Goldmann JUGEND Taschenbücher

Band Ju 62

Fred Lane · Durch die wilden Kimberleys

Mit Goldmann JUGEND Taschenbüchern
in das Bücherparadies

Zu diesem Buch

Glen Hamilton, der wegen rücksichtslosen Autofahrens aus der Schule geflogen ist, kommt zu seinen Verwandten nach Australien, um etwas zu erleben. Sein Onkel Manley, Sergeant in Derby, einer Stadt in der Bergwildnis Kimberleys, hat dort für Ruhe und Ordnung zu sorgen. Deshalb muß Glen auch auf die geplante Jagd auf Krokodile, Känguruhs und Dingos verzichten, denn sein Onkel sucht drei Verbrecher. Mit seinem Vetter Dave darf er ihn auf dieser Verbrecherjagd begleiten. Trotz größter Vorsicht fallen die beiden in die Hände der Verbrecher, die sie als Geiseln behalten. Durch die Umsicht und Phantasie Daves und schließlich auch durch die Tapferkeit Glens gelingt es den beiden, die Polizei wieder auf die Fährte der Verbrecher zu führen und deren Flucht zu vereiteln.
Glen beschließt, nachdem er das rauhe, unwirtliche Land und seine Menschen kennen und lieben gelernt hat, später einmal als Viehzüchter nach Kimberley zurückzukehren.

FRED LANE

Durch die wilden Kimberleys

Auf Patrouillenritt mit der australischen Polizei

Mit einer Karte im Text

WILHELM GOLDMANN VERLAG
MÜNCHEN

7033 · Made in Germany · Genehmigte Taschenbuchausgabe. Die deutsche Originalausgabe ist im Albert Müller Verlag, Rüschlikon–Zürich, erschienen. Aus dem Amerikanischen übersetzt von Edith Gradmann. Titel der amerikanischen Originalausgabe: »Patrol to the Kimberleys«. Umschlagentwurf: Ilsegard Reiner. Gesetzt aus der Linotype-Garamond-Antiqua. Druck: Presse-Druck Augsburg. Verlagsnummer Ju 62 · Lö/Hmei

ISBN 3–442–200062–8

I

Die Morgendämmerung war gerade angebrochen, als die Patrouille Derby verließ. Über eine Straße, die hauptsächlich aus Karrenspuren und Schlammlöchern bestand, ritt sie nach Osten, dem Weideland entgegen. Kurz hinter der Stadt begann die Salzebene, ein riesiges, von niederen Pflanzen und Buschwerk bestandenes Gebiet. Ab und zu sah man einen merkwürdig geformten Schieferkegel zum Himmel aufragen. Scharen von wilden Enten und Gänsen schwirrten, vom Geräusch der Hufe aufgestört, mit brausenden Flügeln aus den Sümpfen empor. Grassittiche, schwarze Kakadus mit roten Schwänzen und bunte Mulgapapageien zeterten und kreischten. Wolken von Schmetterlingen wirbelten durch die Luft.

Sergeant Manley, der vorausritt, blickte sich von Zeit zu Zeit nach den beiden Buben um, die ihn begleiteten. Wallaby Joe, sein eingeborener Fährtensucher, bildete mit den proviantbeladenen Maultieren die Nachhut.

Für den jungen Amerikaner, der auf einem Rappen namens Midnight – zu deutsch Mitternacht – ritt, bedeutete diese Stunde den Beginn seines ersten großen Abenteuers. Tief atmete er die warme, nach Erde duftende Luft ein und spürte, wie seine Aufregung von Minute zu Minute wuchs. Hier war er – Glen Hamilton aus San Francisco – zusammen mit einer berittenen Polizeipatrouille unterwegs in die wilden Kimberleys im nordwestlichen Australien, unterwegs in das Landesinnere, das man Nimmer-Nimmer nennt. Sich vorzustellen, daß man gerade zu Hause aus der Schule geflogen war und jetzt mitten in einem solchen Abenteuer steckte! Schule und Jugendrichter und Strafe für rücksichtsloses Autofahren schienen weltweit entfernt.

Und dabei handelte es sich nicht um einen gewöhnlichen Erkundungsritt. Die Patrouille befand sich vielmehr auf der Suche nach drei berüchtigten Verbrechern, zwei Weißen und einem Wilden aus dem Busch. Glens Augen leuchteten. Was auch seines Onkels Pläne für seine Person sein mochten, für ihn selbst war es eine ausgemachte Sache, daß er bei der Banditenjagd dabeisein würde. Und das war tausendmal besser als alles, was er zu erwarten gewagt hatte, als der schäbige, kleine Postdampfer in den Hafen von Derby eingelaufen war.

Glen hatte die Zuneigung seiner Mitreisenden für den kleinen Küstendampfer *Koolinda* nicht geteilt. Fast während der ganzen stürmischen Reise von Darwin herunter war er seekrank gewesen und hatte infolgedessen keine allzu gute Meinung von der Seetüchtigkeit des rollenden Schiffes. Es interessierte ihn auch herzlich wenig, daß die *Koolinda* für die an der Küste der Timorsee und des Indischen Ozeans lebenden Menschen die wichtigste Verbindung mit der Außenwelt war, da sie ihnen Lebensmittel, Medikamente, Zeitungen und Post brachte, während sie auf dem Rückweg Gold und Perlen, Wolle und Alligatorhäute mitnahm, alles, was jene Leute verkaufen wollten. Er wußte, daß sich ein paar Viehzüchter an Bord befanden und ein paar Perlenhändler, die nach Broome wollten, außerdem einige Regierungsbeamte, die nach Perth, ganz unten im Süden, reisten, sowie ein Dingofänger, der die Regenzeit in Wyndham verbracht hatte, und sich jetzt mit der Absicht trug, sich wieder auf die Jagd nach Dingos, den australischen Wildhunden, zu begeben. Doch von Wyndham und Broome hatte er früher noch nie etwas gehört, und Perth war auch nichts weiter als ein Name.

Als das Schiff den King Sund passierte, und die See sich zu beruhigen begann, gesellte er sich zu den an der Reling versammelten Reisenden. Mit verächtlicher Miene betrachtete er die abgenutzten Deckplanken und das glanzlose Messinggeländer. Was für ein altmodischer Kasten! Sein Vater besaß eine Vergnügungsjacht, die wesentlich größer war!

Er drängte sich durch die Passagiere bis zum Bug vor. Das Ufer war mit knorrigen Mangroven bewachsen; dahinter gab es ein paar kleine Häuser und eine Anzahl Gebäude mit Blechdächern, die wie Lagerschuppen ausschauten. Nach einem gleichgültigen Blick auf die lange Mole, die in den Sund hinausragte, trat er auf einen Matrosen zu, der gerade ein Tau aufrollte. »Das ist Derby, dort vorne, nicht wahr?« fragte er.

»Ganz richtig, Yank«, grinste der Seemann. »Sieht genau wie San Francisco aus oder wie New York mit seinen Wolkenkratzern? Oder vielleicht nicht?«

Hastig drehte Glen sich um. Nur schon die Erwähnung von San Francisco machte ihn vor Heimweh krank. Derby schien ein verlorenes, kleines Nest zu sein. Die Reise hierher, zum Besuch seines Onkels, war vielleicht doch keine so hervorragende Idee gewesen. Immerhin, überlegte er, lange würde er sowieso nicht bleiben. In einer Woche oder so konnte er ja wieder abreisen, nachdem er vorher mit Onkel Jim ein bißchen auf die Jagd gegangen war. Es gab hier bestimmt ganz nette Jagdbeute, Känguruhs und Krokodile zum Beispiel und diese wilden Hunde, die man Dingos nannte.

Als die *Koolinda* sich dem Ufer näherte, sah Glen, daß die lange Mole voller Menschen war. Er drängte sich bis zur Reling vor und kam neben einen grauhaarigen, sonnverbrannten, kleinen Mann zu stehen. ›*Ein Original*‹ dachte er, als er ihn betrachtete. Der Alte trug verschossene Blue Jeans und ein geflicktes Khakihemd, dazu einen staubigen Schlapphut auf dem Kopf und eine zusammengerollte Wolldecke auf dem Rücken. Dabei lächelte er so zufrieden, als ob er mindestens Millionär wäre.

Als der Mann sich ein wenig zur Seite wendete, bemerkte er den spöttischen Ausdruck auf Glens Gesicht. Mit einer raschen, vogelähnlichen Bewegung legte er den Kopf auf die Schulter und fragte: »Hast du etwas Komisches entdeckt, mein Sohn?«

Glen schluckte. Der schäbige, kleine Kerl hatte gemerkt, daß er sich über ihn amüsierte.

Verwirrt heftete der Junge seine Augen auf die Mole und sagte hastig: »Mich nimmt nur wunder, woher alle diese Leute da unten kommen. Sie können doch nicht alle in einem solchen Nest wie Derby wohnen – oder?«

»Sie kommen aus dem Landesinnern, Freundchen«, war die krächzende Antwort. »Von Quanbun und Moolabulla, von Fossil Downs, Cobbers Creek und Noonkanbah, von Gehöften und Farmen draußen im Busch.«

»Moolabulla, Noonkanbah . . .«. Glen schüttelte den Kopf. »Was für sonderbare Namen.«

»Nicht sonderbarer als Tuscarora und Connecticut. Genau so wie ihr in Amerika viele indianische Namen beibehalten habt, ist es hier mit den Ortsbezeichnungen der Ureinwohner.«

»Dann sind Moolabulla und die anderen merkwürdigen Wörter – das sind dann also die Namen von Städten oder Staaten?«

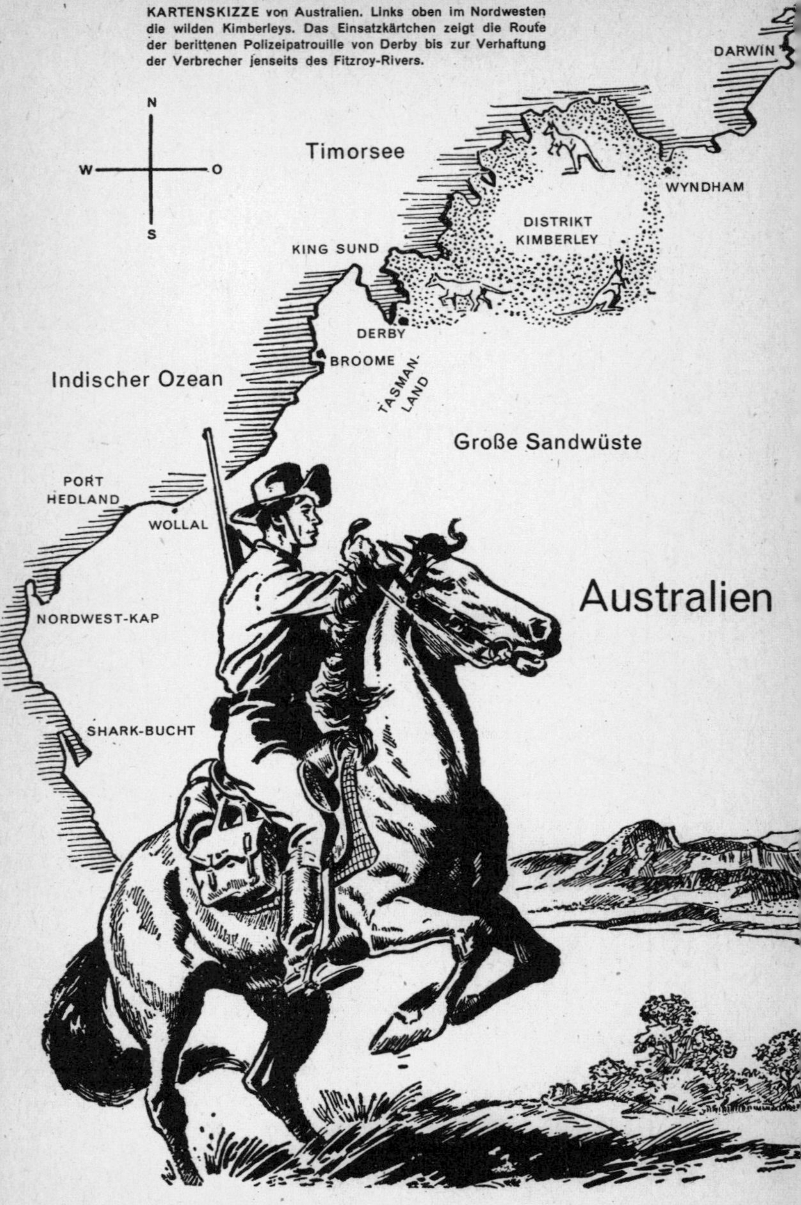

KARTENSKIZZE von Australien. Links oben im Nordwesten die wilden Kimberleys. Das Einsatzkärtchen zeigt die Route der berittenen Polizeipatrouille von Derby bis zur Verhaftung der Verbrecher jenseits des Fitzroy-Rivers.

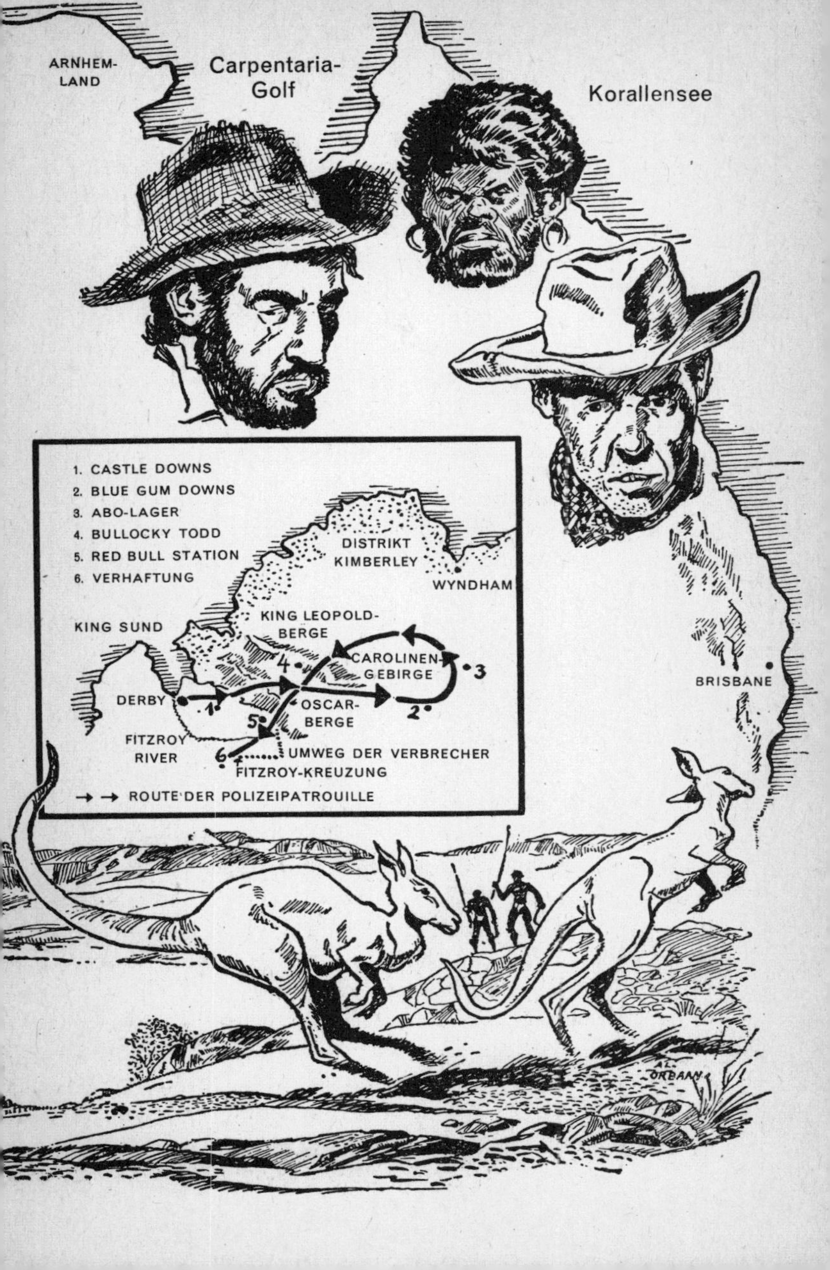
ARNHEM-LAND
Carpentaria-Golf
Korallensee
1. CASTLE DOWNS
2. BLUE GUM DOWNS
3. ABO-LAGER
4. BULLOCKY TODD
5. RED BULL STATION
6. VERHAFTUNG
DISTRIKT KIMBERLEY
WYNDHAM
KING SUND
KING LEOPOLD-BERGE
CAROLINEN-GEBIRGE
DERBY
OSCAR-BERGE
FITZROY RIVER
UMWEG DER VERBRECHER
FITZROY-KREUZUNG
ROUTE DER POLIZEIPATROUILLE
BRISBANE
AL ORBANN

Der kleine Mann schmunzelte. »Weder – noch. Es sind Viehfarmen, die meisten wenigstens.«

»Die alle in der Nähe von Derby liegen?« fragte Glen.

»Sie liegen in den Kimberleys, mein Sohn, Hunderte von Kilometern tief im Busch, im Nimmer-Nimmer.«

»Und Sie wollen behaupten, daß diese Leute Hunderte von Kilometern hierher reisen, nur um einen Blick auf einen so rostigen alten Kahn wie . . .«

»Kein Wort weiter!« Die brüchige, alte Stimme war plötzlich kräftig geworden. »Nimm dich in acht. Ein paar von diesen Buschleuten würden dir sogleich eine Tracht Prügel geben, wenn du über die *Koolinda* spottest. Für diesmal will ich nichts gehört haben, weil du ein dummer Yankee bist und noch nicht trocken hinter den Ohren.«

»Was fällt Ihnen ein«, brauste Glen auf. »So können Sie nicht mit mir reden!«

»Ach, nein, tatsächlich nicht?«

Glen spürte plötzlich seine Hand von einem stählernen Griff gepackt, und der Arm wurde ihm derart umgedreht, daß er nicht die kleinste Bewegung zu machen vermochte.

»He, lassen Sie mich los!« ›Menschenskind‹, dachte er, ›der alte Kerl hat Muskeln wie Stahl und Eisen.‹

Der kleine Mann gab den Jungen frei und sagte: »Das geschah zu deinem eigenen Besten. Und jetzt will ich dir erzählen, warum das ganze Buschvolk dort drüben auf dem Hafendamm steht. Einmal möchten sie ihre Post abholen und ihre Vorräte ergänzen. Zukker, Mehl und Tee, Nähgarn, Nadeln und Werkzeug und tausend andere Sachen, die die *Koolinda* ihnen bringt, als einzige Verbindung mit der Außenwelt während der Regenzeit. Außerdem möchten sie Neuigkeiten hören, denn die meisten dieser Leute hocken monatelang mutterseelenallein draußen im Nimmer-Nimmer, wo sie nur die Wildhunde heulen hören. Sie haben keinen Menschen, mit dem sie ein Wort reden können, außer, wenn zufällig einmal ein Fallensteller oder ein Prospektor, ein Erzsucher, vorbeikommt. Jetzt kannst du vielleicht verstehen, daß es dir übel bekommen wird, wenn du ein Wort gegen die *Koolinda* sagst! Hm?«

Glen nickte ziemlich eingeschüchtert, und der alte Mann fuhr fort: »Ich habe gehört, daß du Glen Hamilton heißt. Mein

Name ... nun, die meisten Leute nennen mich Billabong Bill, weil ich einen Billabong – das ist ein Wasserloch – ebenso schnell finden kann wie jeder Eingeborene. Und ein Glück, daß das so ist, sonst hätte ich meinen Beruf schon längst an den Nagel hängen können, anstatt noch immer Dingofelle zu verkaufen.«

»Sie schießen Wildhunde?« fragte Glen interessiert. »Ist das Ihr Beruf?«

»Nein, schießen tu ich sie nicht, oder doch nur dann, wenn sie blöd genug sind, mir unter die Augen zu kommen. Und das ist selten der Fall, das kann ich dir verraten. Meistens fange ich sie mit der Falle.«

Glen hätte gern gewußt, wie Dingos eigentlich aussahen. »Sind sie wie die Kojoten, die es bei uns in Amerika gibt?«

»Ich habe noch nie einen Kojoten gesehen, deshalb kann ich es nicht sagen. Aber von den Dingos kann ich dir folgendes erzählen: Sie scheinen eine Art Kreuzung zwischen Schakal und Wolf zu sein. Es sind große, zähe Gesellen – meist gelblich und grau – und haben Schlitzaugen wie ein Chinese und einen langen, buschigen Schwanz. Sie sind schnell und bösartig, und meiner Meinung nach töten sie oft nur um des Tötens willen. Sie haben Kinnbacken wie aus Stahl, und sie wissen sie zu gebrauchen. Einer von ihnen kann in einer Nacht fünfzig Schafe umbringen. Und ein Rudel Dingos erledigt einen Bullen ohne viel Federlesens. Die Dingos bellen nicht, aber wenn du sie einmal hast heulen hören, wirst du es so schnell nicht wieder vergessen.«

Glen wollte gerade noch weitere Fragen stellen, als sein Gefährte grinsend sagte: »Schade, daß ich nicht länger in Derby bleibe. Ich hätte dir ein bißchen vom Busch erzählen können. Aber sobald ich meinen Fuß aufs Land gesetzt habe, werde ich mir ein paar Esel kaufen und losziehen. Hast du Freunde dort, Junge?«

Als Glen berichtete, daß er seinen Onkel, Sergeant Manley, besuchen wolle, rief der Dingojäger aus: »So. Also Jim Manleys Neffe bist du? Auf den Gedanken wäre ich nicht gekommen. Aber wenn du ein Verwandter von Jim Manley bist, muß doch etwas Gutes in dir stecken. Und der Busch wird es schon zum Vorschein bringen. Vorausgesetzt, daß du Mumm genug hast, es eine Zeitlang bei uns auszuhalten.«

Empört drehte sich Glen nach dem kleinen Trapper um. Doch

als er den unschuldigen Ausdruck auf dem wettergegerbten, braunen Gesicht sah, verebbte sein Zorn, und er dachte: ›Der alte Kerl ist ja blöd. So einer kann mich doch nicht beleidigen.‹

Auf einmal bemerkte er, daß die *Koolinda* schon ganz in der Nähe der Mole angelangt war. Die Leute unten winkten und riefen der Mannschaft und den Reisenden auf dem Schiff zu. Er sah, daß die Menge hauptsächlich aus Männern bestand – es waren nur ganz wenige Frauen darunter. Dann erblickte er ein paar schwarzhäutige Gestalten, die nur mit einem Lendenschurz oder mit Hosen bekleidet waren, und er rief aus: »Diese Schwarzen dort drüben, das sind doch Wilde, oder nicht?«

Billabong Bill lachte. »Irgendwann werden sie schon einmal wild gewesen sein, aber jetzt sind sie zahm genug. Diejenigen, die Hosen tragen, sind Hafenarbeiter, die andern sind in Derby, um ein Corroboree zu feiern.«

»Ein Corroboree?«

»Das ist eine Art Fest, das die Eingeborenen jedesmal feiern, wenn sie zusammenkommen.«

Glen seufzte. »Ich fürchte, es gibt überhaupt keine Wilden mehr. Wahrscheinlich sind sie alle so zivilisiert wie unsere nordamerikanischen Indianer.«

»Oh, da bist du aber schwer im Irrtum, mein Sohn. Draußen im Busch gibt es noch eine ganze Menge. Nicht so viel wie in früheren Zeiten, aber ab und zu muß dein Onkel sich doch noch mit ihnen befassen. Ich erinnere mich, vor ein oder zwei Jahren, als Habicht ihm zu schaffen machte. Der hatte erst einmal ein paar von seinen Lubras umgebracht – so nennt man die Eingeborenenfrauen . . .«

Glen hätte gern noch mehr darüber erfahren, doch da tönte ein Ruf zu ihm herauf: »Glen Hamilton! Ist Glen Hamilton an Bord?«

Er blickte in die Menge hinunter. Der Rufer war ein großer, braungebrannter Junge, der sich seinen Weg zum Fallreep bahnte. Glen winkte und lief ihm entgegen.

»Ich bin Dave Manley«, sagte der junge Australier mit einem freundlichen Lächeln, »dein Vetter.«

Glen streckte ihm die Hand entgegen. »Da bin ich also«, erwiderte er und lachte.

2

Es war April, und damit war hier – in Nordwest-Australien – das Ende der Sommer-Regenzeit gekommen. Ein leichter Herbstwind blies vom Indischen Ozean her, der Derby, dem kleinen Hafenstädtchen, endlich Kühlung brachte.

Die Überschwemmungen gingen langsam zurück. Bald würden auf dem Hochland oben die fetten Rinder ausgewählt und durch die Bergpässe heruntergetrieben werden – quer durch das Grasland und die Steppe, wo nichts als Spinifexgras und Pindanflechte wuchs –, bis sie endlich die Küste erreichten. Dann würden die Viehtransporter im King Sund erscheinen, um die lebendige Ernte des Nordwestens nach den Städten des Südens zu bringen.

Das Ende der Regenzeit und der Beginn der Viehtransporte bedeutete für Sergeant Manley von der Westaustralischen Berittenen Polizei mehr als nur die Ankunft des Herbstes. Sobald der Monsun vorüber war – die Zeit der heulenden Willy Willys, wie man die häufig auftretenden sommerlichen Wirbelstürme nennt –, und sobald die Regengüsse aufhörten, war für den Sergeanten der Moment gekommen, nach den Kimberleys aufzubrechen, um dort Nachschau zu halten, ob bei den Viehzüchtern zwischen dem Fitzroy-Fluß und der Timorsee, den Erdnußfarmern und den Leuten im Busch alles in Ordnung war.

Mit dem Ende der Regenzeit würde auch Derby wieder zum Leben erwachen und von dem Gelächter der Viehtreiber, Schafscherer, Dingotrapper und Erzsucher widerhallen. Der Klang von Silber würde sich mit dem geheimnisvollen Singsang der Corroborees aus den Eingeborenenlagern draußen am Stadtrand vermischen.

Doch an dem Tag, an dem Glen Hamilton in Derby eingetroffen war, war wenig Leben zu sehen gewesen. Der ältliche, kleine Austin hatte gekeucht und gespuckt, als Dave Manley seinen Vetter durch die Hauptstraße fuhr.

»Mit San Francisco verglichen, wird es dir hier recht langweilig vorkommen«, sagte Dave fast entschuldigend, als er den Wagen anhielt, um einen langen Zug Eselkarren vorbeizulassen.

Glen äußerte es zwar nicht laut, aber er war ganz seiner Meinung. Aufregend war es hier wirklich nicht. Es gab ein paar zweistöckige Bauten mit Hotelschildern daran. Die weit auseinanderliegenden Einfamilienhäuser waren mißfarbene, verwitterte kleine Buden, die wenigen öffentlichen Gebäude unansehnlich.

»Das hier ist die Schule.« Dave wies auf einen Holzbau.

Glen warf einen Blick darauf und sagte: »Na, überwältigend ist sie ja gerade nicht. Daß Derby nicht sehr viele Einwohner hat, kann ich mir denken, aber man sollte doch meinen, daß eine Menge Kinder mit Autobussen von den Viehfarmen und Bauernhöfen aus der Umgebung hereinkommen.«

»Das geht nicht«, erwiderte Dave. »Sie müßten Hunderte von Kilometern fahren.«

»Dann brauchen sie sich also überhaupt nicht mit Lernen zu plagen?«

»O doch, Glen! Sie *wollen* ja lernen, und deshalb bekommen sie Radio-Unterricht.«

Voller Interesse hörte Glen dem Bericht seines Vetters über die Schulfunksendungen zu: »Wenn die Schulzeit beginnt, schalten die Schüler ihre Apparate ein; bis dahin müssen sie ihre Aufgaben können und vorbereitet sein. Sie wissen nie, wann ihr Name aufgerufen wird, und dann müssen sie Fragen beantworten, und alle ihre Mitschüler hören ihnen zu.«

Nachdem Dave seinem Vetter alles über diese Radio-Kurse und -Vorlesungen erzählt hatte, fuhr er fort: »Es ist noch gar nicht so lange her, daß die einzige Möglichkeit, eine Botschaft ins Landesinnere zu senden, darin bestand, einen Eingeborenen mit einem Yabberstick loszuschicken, das heißt mit einem gespaltenen Stock, an dem man den Brief befestigte. Es konnte Monate dauern, bis man eine Antwort bekam. Manchmal gab man seine Briefe auch den Kamelkarawanen mit, die die Viehfarmen und Siedlungen mit Vorräten versorgen.«

Glen pfiff vor sich hin. »Das muß schön schwierig gewesen sein. Und was geschah, wenn jemand krank wurde oder einen Unfall hatte?«

»Ja, das war schlimm. Viele Leute, die noch zu retten gewesen wären, mußten sterben. Aber das hat sich alles geändert, seit John Flynn, ein Pfarrer, die Lösung fand: Medikamente durch Flugzeuge – ärztliche Betreuung durch Radio. Es klingt so einfach, aber . . .«

Und er erzählte Glen, daß der Funkverkehr zuerst sehr schwierig gewesen war. Da es auf diesen weit abgelegenen Gehöften keine Stromversorgung gab, konnte man Akkumulatoren nicht aufladen. Und Trockenbatterien erschöpften sich zu rasch. Erst der Fußgenerator – ein kleiner Dynamo, der mit zwei Fahrradpedalen angetrieben wird und bei geringer Stromstärke eine genügend hohe Spannung erzeugt – gab den Leuten im Landesinneren die Möglichkeit, auf jeder Farm eine kleine Radiostation – Sender und Empfänger – zu betreiben und sich so mit ihren Mitmenschen in Verbindung zu setzen. Mit dem »Fußradio« begann das »tote Herz« Australiens zu schlagen.

»Heute«, fuhr Dave fort, »steht jede Farm mit einer Zentrale in Verbindung, die als Vermittlungsstelle dient. Auf diese Weise können die Farmer, auch wenn sie viele hundert Kilometer entfernt voneinander wohnen, zu bestimmten Stunden gemütlich miteinander plaudern. Wenn jemand erkrankt, wird die Zentrale der ›fliegenden Ärzte‹ benachrichtigt. In schweren Fällen kommt dann der Arzt per Flugzeug; ist das nicht nötig, so gibt er seine Ratschläge am Radio. Die gebräuchlichsten Medikamente hat jedes Farmhaus vorrätig.«

Knatternd fuhr der Austin wieder an, und Glen, der sich neugierig umschaute, stellte mit Erstaunen fest, daß die Stadt, so klein sie auch sein mochte, doch ganz anders war als jede andere Kleinstadt, die er bis jetzt gesehen hatte.

Derby hatte etwas Besonderes. Zum Teil war vielleicht die goldene Sonne daran schuld, die aus dem wolkenlosen Himmel herniederstrahlte und die feuchte Erde zum Dampfen brachte. Und dann die Bäume, die am Straßenrand wuchsen. Sie waren sehr hoch, mit mächtigen, flaschenförmigen Stämmen und knorrigen Ästen. In ihrem Laub wimmelte es von großen und kleinen Papageien, die alle in den prächtigsten Farben prangten und ununterbrochen pfiffen und kreischten.

Glen meinte: »Die Vögel scheinen mir die einzigen zu sein, die ein bißchen Leben in die Stadt bringen.«

»Ja«, sagte Dave. »Während der Regenzeit hält Derby einen ganz schönen Schlaf. Und ehe die Viehtransporte beginnen, wird hier nicht viel mehr los sein.«

»Aber die Regenzeit ist doch jetzt vorbei. Dann müßte man doch eigentlich schon Rinder und Schafe sehen, aber ich kann keine entdecken.«

»Nein, die ziehen jetzt erst los. Und es dauert ein paar Wochen, bis die Treiber ihre Herden zu uns herunterbringen, um sie auf den Viehtransportern nach Freemantle zu verschiffen.«

»Oh, das würde ich mir gern anschauen, doch am meisten interessiert mich die Jagd. Gibt es hier in der Nähe Känguruhs und Krokodile?«

»In den Pindangestrüppen und in den Tälern jenseits der Berge findet man noch Känguruhs und Wallabys – das ist eine kleinere Art –, obgleich die Viehzüchter alles daransetzen, sie auszurotten. Und Krokodile leben in den tiefen Wasserlöchern und den Flußmündungen an der Küste. Im Land drinnen gibt es Süßwasserkrokodile. Wenn Dad nicht zu viel Zeit mit der Polizeipatrouille verliert, können wir vielleicht vor deiner Abreise einmal zusammen jagen gehen.«

»Ist er schon weg?« fragte Glen.

»Noch nicht. Aber in den nächsten Tagen wird er seinen alljährlichen Patrouillenritt antreten. Sobald die Regenzeit vorüber ist, muß er bei allen Rind- und Schafzüchtern seines Bezirks nachschauen, ob alles in Ordnung ist. Er registriert dann die Geburten und die Todesfälle auf den Farmen – und sorgt dafür, daß die Eingeborenen, die etwa an Lepra erkrankt sind, auf eine Leprastation gebracht werden.«

»Hat er auch mit den Wilden zu tun, von denen man mir erzählt hat?«

»Manchmal«, erwiderte Dave. »Ab und zu machen die Munjons – das sind die Ureinwohner, die Abos*, die noch wild im Busch leben – einen Überfall auf eine Farm, um sich neue Frauen – Lubras – zu holen. Sie schätzen diese Eingeborenenfrauen, die auf den Farmen leben, ganz besonders, da sie stark und kräftig sind, weil sie die gleiche Nahrung wie die Weißen haben. Die Munjons hassen alles, was Arbeit heißt. Außer ihren Waffen tragen sie nichts selber, und deshalb brauchen sie die Lubras als Träger. Außerdem bereiten die wilden Schwarzen den Viehzüchtern dadurch Schwierigkeiten, daß sie mit ihren Speeren Tiere aus den

* Abos = Abkürzung von aborigines = Ureinwohner

Herden töten. Es handelt sich gar nicht einmal um die Zahl der Rinder, die sie erwischen; das Schlimme ist, daß sie die Tiere erschrecken, die daraufhin in blinder Angst davonstürmen und später nicht mehr zu ihrer Herde zurückfinden. Im Augenblick scheint allerdings überall Ruhe zu herrschen. Es ist leicht möglich, daß die Zeit des ›wilden Nordwestens‹ vorüber ist.«

»Dann ist dein Vater vielleicht schon in ein paar Tagen wieder zurück und kann uns zur Jagd mitnehmen?«

»In ein paar Tagen?« Dave lachte. »Dad hat ein ziemlich großes Gebiet zu kontrollieren, den Distrikt Kimberley, ein Bergland, das wir die wilden Kimberleys nennen. Ungefähr 65 000 Quadratkilometer. So schnell wird er kaum wieder daheim sein können.«

Dave war stolz auf die Westaustralische Polizei, und er begann voller Begeisterung ein paar von Sergeant Manleys Pflichten aufzuzählen. Während der Monate, in denen man das Vieh zur Küste trieb, hatte er dafür zu sorgen, daß alle Jungtiere – viele tausend – gezeichnet wurden, und festzustellen, ob die Brandmarken in Ordnung waren. Er war der staatliche Forstaufseher und als solcher für den Schutz gewisser Vögel und anderer Tiere verantwortlich. Als Standesbeamter war es seine Pflicht, die Geburts- und Todesfälle im Busch in die Register einzutragen. Er stellte die Waffenscheine und die Lizenzen für Erzsucher aus. Wurde ein Prospektor fündig, so registrierte der Sergeant die von ihm beanspruchten Claims, d. h. die Stellen, wo er Erz abbauen wollte. Trat irgendwo ein Leprafall auf, so mußte er nachforschen, wo der Kranke sich angesteckt hatte. Und manchmal galt es, ganze Weidegebiete zu überwachen, weil dort Tiere von den Schwarzen aufgespießt oder von Weißen gestohlen wurden. »Dad hat eine riesige Verantwortung«, schloß Dave. »Und wenn er auf Patrouille reitet, dann dauert das eine ganz schöne Zeit.«

Glen biß sich auf die Lippen. »Und ich habe damit gerechnet, daß wir etwas unternehmen könnten, solange ich hier bin. Ich hasse es, nur so herumzusitzen.«

»Mir macht das Herumsitzen auch keinen Spaß«, stimmte Dave ihm freudig bei. »Nach ein paar Wochen Fischen, Rudern und Reiten habe ich es immer reichlich satt. Ehe ich wußte, daß du zu Besuch kommen würdest, hatte ich mir vorgenommen, in Blue Gum Downs bei der Viehmusterung zu helfen. Vielleicht würde dir das auch gefallen. Außerdem kann man dabei ein schönes Stück Geld verdienen. Dad hofft jedenfalls, daß du mit mir kommst.«

»Geld ...« Glen schwieg plötzlich. Eigentlich hatte er sagen wollen, daß er genug Geld besäße, doch war ihm gerade noch rechtzeitig eingefallen, daß das doch ziemlich unpassend gewesen wäre.

»Auf den Stationen – wie man hier die Viehfarmen nennt – können sie immer Hilfe brauchen, Glen«, fuhr Dave eifrig fort. »Also, wenn du Lust hast ...«

»Schon recht. Ich will es gern versuchen.« In Gedanken fuhr Glen fort: ›Für ein paar Tage wenigstens.‹ Bestimmt war es möglich, in einer Woche alles Wissenswerte über die australische Viehzucht zu erfahren. Dann würde man – wieder daheim – wenigstens einen Gesprächsstoff haben. Natürlich war es längst nicht so eindrucksvoll, wie wenn man von einer Krokodiljagd erzählen konnte, aber man mußte die Dinge schließlich nehmen, wie sie kamen.

Eine zweite Kolonne Eselkarren holperte vorüber, geführt von einem Treiber mit rauher Stimme und knallender Peitsche. Auf die Eselkarren folgte ein Pferdewagen, der durch die Schlammpfützen zockelte. Bei seinem Anblick fiel Glen auf, daß er bisher kaum mehr als ein halbes Dutzend Lastautos gesehen hatte. Der größte Teil des Warenverkehrs wurde augenscheinlich durch Vierbeiner bewältigt. Er wandte sich zu Dave und fragte: »Weshalb eigentlich die vielen Heufresser? Warum habt ihr nicht mehr Autos und Lastwagen hier?«

»Jetzt gibt es schon viel mehr als noch vor ein paar Jahren. Aber die meisten Viehzüchter verlassen sich immer noch lieber auf ihre Tiere. Das hat zwei Gründe. Das Benzin ist teuer, weil es eingeführt werden muß, und wenn einmal etwas am Motor kaputt ist, kann es Monate dauern, bis man Ersatzteile bekommt. Doch ich glaube, der Hauptgrund, weshalb Pferde-, Esel- und Ochsenkarren sowie Kamele unsere Hauptbeförderungsmittel sind, ist der miserable Zustand der Straßen. Während der Regenzeit haben wir überhaupt keine Straßen, weil sie unter Wasser stehen. Aber dort, wo ein Motor versagt, kommen die Tiere immer noch durch.«

»Und warum werden keine besseren Straßen gebaut?«

»Das ist ein rauhes Land hier, Glen; zum größten Teil noch ganz unerschlossen. Als es in Amerika so aussah wie hier, hattet ihr ja auch keine Straßen. Auch euer Land wurde mit Pferden und Ochsenkarren erobert. Straßen und Eisenbahnen kamen viel später. Im Sommer macht der Regen bei uns aus den kleinsten Bächen tobende Flüsse, und die Niederungen sind alle überschwemmt. Der Fitzroy-River, der südlich von Derby in den King Sund mündet, setzt während der Regenzeit seine ganze Umgebung unter Wasser. Manchmal werden ganze Stationen weggewaschen, und Tausende von Rindern und Schafen ertrinken. Während der Trockenzeit ist es natürlich anders. Dann kann das Postauto zu einer ganzen Reihe von Stationen im Landesinnern auf gebahnten Wegen fahren. Geteert oder befestigt sind sie allerdings nicht.«

Glen schüttelte den Kopf. Daheim hatte er Straßen immer als etwas Selbstverständliches betrachtet. Nie hatte er sich Gedanken über sie gemacht, es sei denn, daß sie schlüpfrig oder voller Löcher gewesen waren. Und war man wirklich einmal in einem Graben gelandet, so brauchte man nur an die nächste Garage zu telefonieren, damit sie einen Schlepper schickte, um einen herauszuholen. Er lächelte dünn. Wahrscheinlich gab es hier im Nordwesten nicht viele Telefone und nur wenige Garagen.

Der Austin begann zu spucken und konnte kaum weiter. Dann, mit einem verzweifelten Keuchen, erwachte er zu neuem Leben.

Kritisch meinte Glen: »Das tönt, als ob dein Motor dringend einer Überholung bedürfe. Hast du dich in letzter Zeit einmal um deinen Wagen gekümmert, Dave?«

»Leider verstehe ich nichts davon, Glen.«

»Na, ich werde ihn mir mal anschauen und versuchen, ihn wieder flott zu machen. Ich habe eine Menge Freunde, die sich so alte Schlitten angeschafft haben, und ich half ihnen, sie wieder in Ordnung zu bringen. Mein eigener Wagen läuft wie geschmiert.«

»Du hast einen eigenen Wagen, ganz für dich allein?«

Jetzt kam Glen in Fahrt. Er verbreitete sich ausführlich über jede Einzelheit seines nagelneuen Cabriolets und war noch immer nicht damit fertig, als Dave den quietschenden Austin vor einer Gruppe niedriger Holzhäuser anhielt. Das vorderste hatte ein verblichenes Schild über der Tür: *Westaustralische Berittene Polizei.*

»Wir wollen hier einen Augenblick aussteigen, Glen. Vater möchte dich zuerst begrüßen, ehe wir zu unserem Haus fahren.«

Bevor sie eintraten, stellte Glen fest, daß die Fenster mit Moskitogittern versehen waren. ›Eine gute Idee‹, dachte er und schlug nach den summenden Insekten, die seinen Kopf umschwirrten. Drinnen genügte ein einziger Blick, die Spärlichkeit der Möblierung festzustellen. Ein Schreibtisch, eine Schreibmaschine, ein paar Aktenschränke und einige Schaukelstühle. An der Wand hing ein Telefon – ein altmodischer Kasten, noch mit einer Kurbel daran.

Plötzlich erhob sich ein lautes Geschrei. Überrascht hörte Glen eine heisere Stimme: *»New chum, new chum.«*

Der Lärm stammte, wie er jetzt entdeckte, von einem großen, weißen Kakadu, der auf einer Stange in der Nähe der Fenster saß. Der Vogel beobachtete ihn mit schiefem Kopf und gesträubtem Gefieder und kreischte dann wieder: *»New chum.«*

»Hallo«, rief Glen bewundernd aus, »was für eine Schönheit. Aber er scheint mich nicht sehr zu schätzen. Was ruft er mir da eigentlich zu?«

Dave lachte. »New chum heißt Neuling in Australien. Cocky erkennt das auf den ersten Blick.« Er hob den Arm, und der Kakadu flog quer durch das Zimmer. Er ließ sich auf Daves Schulter nieder und krächzte: *»Good feller cobber, good feller cobber.«*

»Das heißt guter Kerl«, übersetzte Dave.

»So einen würde ich gern mit nach Hause nehmen.« Glen streckte die Hand aus, um das prächtige Tier zu streicheln, zog sie aber schleunigst wieder zurück, denn Cockys Schnabel näherte sich sogleich drohend seinem Daumen. »Grobian«, brummte Glen. »Aus der Art, wie er mich anschaut, kann man merken, daß er mich ganz und gar nicht für einen guten Kerl hält.«

»Guter Kerl bedeutet hier so viel wie Freund. Und wenn Cocky das einmal zu dir sagt, ist es ein Beweis, daß er dich mag. Gelt, Cocky?« Als Dave merkte, daß die Tür zum andern Zimmer geöffnet wurde, ging er zum Fenster und setzte den Vogel wieder auf seine Stange. Gleichzeitig sagte er: »Dad – Glen ist da.«

Nach den Bildern auf dem Schreibtisch seiner Mutter hätte Glen seinen Onkel sofort erkannt, doch war er nicht darauf gefaßt, daß Jim Manley so groß sein würde. Er mußte zu dem sehnigen, sonnverbrannten Mann emporsehen, der da in Reitstiefeln und Khakihemd vor ihm stand, auf dem Kopf den breitrandigen Filzhut mit dem Abzeichen der Westaustralischen Polizei.

Mit einem freundlichen Lächeln sagte Sergeant Manley: »Willkommen in Australien, Glen. Es tut mir leid, daß ich dich nicht abholen konnte, aber gerade vorhin kam noch eine Extra-Arbeit.« Er zog zwei Schaukelstühle zu seinem Schreibtisch und fuhr fort: »Setzt euch, Buben. Und jetzt möchte ich zuerst einmal wissen, wie es daheim geht, Glen?«

»Ausgezeichnet«, erwiderte der Junge. Und lachend fügte er hinzu: »Natürlich macht sich Mutter Sorgen. Sie hat Angst, daß mich die Wilden in den Kimberleys erwischen könnten und Hackfleisch aus mir machen.«

Schmunzelnd ließ sich der Sergeant hinter seinem Schreibtisch nieder. »Wir wollen dafür sorgen, daß nichts Derartiges passiert.« Er stellte noch einige Fragen nach Glens Eltern und sagte dann plötzlich: »Soviel ich weiß, kannst du recht gut reiten?«

»Selbstverständlich. Vater hat vor fünf oder sechs Jahren eine Farm gekauft, und ich bin jeden Sommer dort geritten. Aber ich mache mir nicht mehr sehr viel daraus. Reiten ist etwas für kleine Kinder. Wenn man erst einmal einen starken Wagen gewöhnt ist, liegt einem nicht mehr sehr viel an Pferden.«

»So, so.« Der Sergeant betrachtete seinen Neffen scharf, und Glen hätte fast sagen können, was Sergeant Manley dachte: ›Du fühlst dich erhaben über uns, nicht wahr? Das kommt davon, wenn man einen reichen Vater hat, der nie zu Hause ist.‹ Glen hatte diese Worte schon vorher von anderen Leuten gehört, zuletzt vor ein paar Wochen, als sie ihn aus der Schule wiesen. Manchmal glaubte er es fast selber. Zum mindesten überlegte er sich, ob die andern vielleicht recht haben könnten. Als er sich an Daves Worte über Blue Gum Downs erinnerte, fiel ihm ein, was die Frage nach seinen Reitkünsten zu bedeuten hatte. Er machte sich auf die nächsten Worte seines Onkels gefaßt: ›Du verwöhnter Bursche, du wirst mit Dave gehen und bei der Musterung helfen. Ich hätte nicht warten sollen, bis deine Mutter mir diese Schulgeschichte berichtete. Ich hätte dich schon längst einladen sollen. Je eher du arbeiten und eine Verantwortung tragen mußt und so hundemüde bist, daß du dich nicht mehr auf den Füßen halten kannst, desto besser. Wenn man dich lange genug schuften läßt, wird vielleicht noch einmal etwas aus dir.‹

Auch das hatte Glen schon einige Male gehört. Doch der Onkel wandte sich seinem Sohn zu. »Ich nehme an, Glen möchte sich gern einmal hier umschauen; leider habe ich jetzt keine Zeit für euch. Du kannst ihm ja einstweilen alles zeigen, Dave.«

»Ausgezeichnet.« Dave führte seinen Vetter durch eine Seitentür auf eine große Pferdekoppel, wo eine Anzahl Pferde und Maultiere graste. Auf der einen Seite der Wiese befanden sich die Ställe und Sattelkammern, auf der andern eine Schmiede, Lagerschuppen für die Polizei sowie eine Art Blockhaus aus schweren Holzbohlen mit einem vergitterten Fenster.

Glen schaute hinein und sagte: »Es scheint, als ob euer Kittchen leer wäre. Habt ihr keine Gefangenen?«

Dave zeigte auf eine Gruppe Abos, die damit beschäftigt waren, die Ställe zu reinigen. »Die Kerle dort wurden gerade vor der Regenzeit von einer Patrouille wegen Viehspeeren aufgegriffen.«

»Sind es alles Gefangene?«

»Nur die mit den Lendentüchern. Die beiden andern Schwarzen mit den Reithosen und den Pistolen im Gürtel sind da, um auf sie aufzupassen und die Arbeit zu überwachen. Sie sind Tracker.«

»Tracker?« wiederholte Glen. »Was heißt das?«

»Wenn sie nicht auf Patrouille sind, arbeiten sie hier. Sie pflegen die Pferde, halten Wache und so weiter. Aber ihre Hauptaufgabe ist, draußen im Busch den Spuren zu folgen, die ein Weißer nicht zu erkennen vermag. Alle Polizeistationen im Landesinneren beschäftigen schwarze Tracker. Wenn sie einmal einen Fußabdruck gesehen haben, vergessen sie ihn in ihrem ganzen Leben nicht mehr. Außerdem können sie aus einem Fußabdruck das Alter, das Gewicht, die Haar- und die Hautfarbe des Betreffenden ablesen.«

»Tatsächlich?« murmelte Glen zweifelnd.

Dave nickte nachdrücklich. »Es sind tolle Kerle. Sie setzen ihren ganzen Stolz in die ihnen obliegende Arbeit.« Er zögerte, als sie sich dem Vorratsschuppen näherten, wo ein kleiner, gedrungener Ureinwohner Sättel und Wolldecken bereitlegte. Der Schwarze schaute auf, und Glen blickte in ein wildes Gesicht mit breiter, plattgedrückter Nase.

»Das ist Wallaby Joe«, sagte Dave. »Er ist Dads Leibtracker.« Er unterbrach sich und runzelte leicht die Stirn. »Es sieht aus, als ob Dad den Patrouillenritt schon bald antreten wollte, und dabei dachte ich, er wolle bis gegen Ende der Woche warten.«

»Weshalb fragst du nicht den Tracker?«

»Das wäre zwecklos.« Dave grinste. »Wallaby Joe ist ein großer Schweiger.«

Als sie von der Polizeistation wegfuhren, sagte Dave: »Es sind nur ein paar Minuten von hier bis zu unserem Haus. Es ist nicht sehr groß, und du wirst das Zimmer mit mir teilen müssen. Aber ich glaube, es wird dir gefallen.«

Vor dem kleinen Haus angekommen, spürte Glen die Augen seines Vetters auf sich gerichtet und merkte, daß man eine Äußerung von ihm erwartete. »Es ... es ist sehr nett«, druckste er hervor. Mehr vermochte er beim besten Willen nicht zu sagen. Der Garten ringsum schien recht gepflegt, und das kleine Haus war offensichtlich in letzter Zeit gestrichen worden. Es schaute nicht so verwittert aus wie die meisten, die er bis jetzt gesehen hatte. Andere Vorzüge hatte es allerdings nicht.

Dave führte seinen Vetter zuerst in die Küche. »Heute ist Backtag«, erklärte er. »Mutter backt Brot.«

»Es riecht fein«, sagte Glen und war froh, wenigstens etwas sagen zu können, was einigermaßen schmeichelhaft klang. Über die Petroleumlampe und die altmodischen Möbel versuchte er hinwegzuschauen.

Als sie die Küche betraten, war Frau Manley gerade dabei, den letzten Laib Brot aus dem Backofen zu nehmen. Sie war eine schlanke, freundlich lächelnde Frau, die ihren Neffen warmherzig begrüßte.

»Ihr kommt gerade recht zum Tee.« Sie räumte den Tisch ab und goß Tee ein, während sie eine Menge Fragen über Amerika stellte. Glens Meinung nach war sie die fröhlichste Frau, die er je gesehen hatte – und das war doch eigentlich kaum zu verstehen, wenn man so am Ende der Welt wohnte und sein Brot selber bakken mußte. Verwundert schüttelte er den Kopf.

Eine Weile später holte Dave Glens Koffer herein und sagte: »Komm mit, ich will dir auspacken helfen. Und vielleicht macht es dir Spaß, ein paar von den Sachen zu betrachten, die ich gesammelt habe.«

Glen war nicht sehr begeistert von dem kleinen Zimmer und noch weniger von dem Feldbett mit der harten Matratze, das für ihn bestimmt war. Für Daves Sammlung allerdings zeigte er großes

Interesse. Da gab es Bumerangs und Speere und sonst noch allerhand merkwürdige Dinge, die Sergeant Manley von seinen Buschpatrouillen mitgebracht hatte.

Dave zeigte seinem Vetter einen kleinen, glänzend polierten Bumerang, wobei er ihm erklärte, daß die Abos diese Dinger nach den Vögeln schleuderten. »Und wenn sie ihr Ziel verfehlen, kommt er zu ihnen zurück.« Er drückte Glen einen größeren, schwereren in die Hand. »Das hier ist ein Kriegsbumerang, aber sie verwenden ihn auch für die Jagd auf Känguruhs und andere große Tiere.«

»Kommen diese kleinen Bumerangs wirklich wieder zurück?« fragte Glen.

»Jawohl. Wenn du es selber einmal versuchen willst . . .«

»Und ob ich will!« sagte Glen begeistert.

»Den hier kannst du ebenfalls probieren.« Der junge Australier zeigte ihm einen merkwürdigen, keulenartigen Stock mit einer Hülse am einen Ende. »Das ist ein Wommera – ein Wurfstock. Die Ureinwohner benutzen ihn zum Speerschleudern. Das Ende des Speers paßt genau in die Hülse, und der Wommera wirkt wie ein Hebel.«

»Ich möchte nicht als Ziel für so einen Speer dienen«, bemerkte Glen. Er fuhr mit der Hand über den Wurfstock und dachte, es wäre herrlich, so etwas mit einigen Bumerangs und sonstigen Trophäen mit nach Hause zu nehmen. »Sag, Dave, was hieltest du davon, mir ein paar Stücke aus deiner Sammlung zu verkaufen?«

»Ehrlich gestanden: nichts.« Dave grinste. »Ich bin kein Händler. – Aber ich schenke sie dir. Such dir aus, was du willst.«

»Mach keine Witze!« Glen hielt inne. Plötzlich war ihm der Gedanke gekommen, daß Dave, so stolz er auch auf seine prächtige Sammlung war, es ernst meinen könnte, daß sein Vetter sich die schönsten Stücke aussuchen solle. Glen spürte, wie er rot wurde. Ihm selber wäre es nie eingefallen, ein so großzügiges Angebot zu machen. Er hatte nicht einmal daran gedacht, seinen Verwandten etwas mitzubringen.

»Wollen wir hinausgehen und die Bumerangs probieren?« schlug Dave vor. »Wir haben noch reichlich Zeit, ehe wir zur Wache fahren müssen, um Dad abzuholen.«

Glen zögerte. Er war begierig zu sehen, wie die Bumerangs funktionierten, doch ein unklares Schuldgefühl veranlaßte ihn zu sagen:

»Wir wollen es auf morgen verschieben. Im Augenblick bin ich dafür, mir mal deinen alten Austin vorzunehmen. Vielleicht kann ich ihm ein bißchen auf die Beine helfen.« Das war wenigstens etwas, so überlegte er, was er für seinen Vetter tun konnte.

»Der Wagen gehört meinem Vater, nicht mir«, sagte Dave strahlend. »Aber Dad wäre dir genauso dankbar wie ich, wenn du etwas machen könntest, damit er wieder besser läuft.«

Draußen vor dem Haus lüftete Glen die Kühlerhaube, holte die Zündkerzen heraus und kratzte den Ruß herunter. Er kontrollierte die Verbindungsdrähte, nahm dann den Verteiler und den Unterbrecher vor und stellte ihn richtig ein. Danach säuberte er den Vergaser. Zuletzt drückte er auf den Anlasser, gab Gas und sagte: »Viel hat es nicht genützt, Dave. Die Ventile müßten nachgestellt werden, und die Kolben sollten neue Ringe haben. Wenn ich die richtigen Werkzeuge und Ersatzteile hätte, würde ich die Sache gern erledigen. Aber etwas scheint es mir besser als vorher.«

»Das hast du großartig gemacht!« Daves Stimme war voller Bewunderung. »Hör nur, der Wagen schnurrt wie eine zufriedene Katze. Dad wird nicht schlecht überrascht sein.«

Und Sergeant Manley war tatsächlich überrascht. Als er sich ans Steuer setzte, während Dave ihm von Glens Mechanikertätigkeit berichtete, hatte er etwas zerstreut genickt. Doch der Austin war noch keine dreihundert Meter gefahren, als Jim Manley anerkennend sagte: »Glen, du scheinst mir ein Zauberkünstler zu sein.«

Glen lehnte sich auf seinem Platz zurück. »Das war doch keine große Sache.« Er hielt betroffen inne, als er merkte, daß das tatsächlich der Wahrheit entsprach. Für ihn bedeutete es wirklich keine große Sache, da er doch sozusagen mit Autos aufgewachsen war. Wenn er in Derby gelebt hätte, wo es so wenige Autos gab, und ein Junge nur ganz selten Gelegenheit fand, einen Wagen zu fahren, hätte er ebenfalls nichts von einem Motor verstanden.

Es fuhr ihm durch den Kopf, daß Derby ein gräßliches Nest sei, und daß er sich zu Tode langweilen würde, wenn er mehr als zwei oder drei Tage hierbleiben müßte. Wahrscheinlich würde die Viehfarm in Blue Gum Downs genauso langweilig sein. Nachdenklich runzelte er die Stirn. Es hatte keinen Sinn, in Australien zu bleiben. Wenn er gleich wieder abreiste, konnte er noch rechtzeitig zu den großen Autorennen wieder in San Francisco sein, und . . .

Er hörte seinen Vetter sagen: »Dad, Glen kommt mit mir nach Blue Gum Downs. Er will auch bei der Musterung helfen.«

»Halt«, unterbrach ihn Glen. »Ich habe es mir noch einmal überlegt, und ich glaube, es ist besser, wenn ich mich so rasch wie möglich wieder auf den Heimweg mache. Ich bin hierher gekommen, weil ich mir ein wenig Aufregung versprach, aber jetzt . . .« Er wandte sich zu seinem Onkel. »Nachdem du nicht da bist, um ein paar Tage mit uns auf die Jagd zu gehen . . .« Seine Stimme erstarb.

Es folgte ein betretenes Schweigen. Dann sagte Dave: »Dad, ich sah Wallaby Joe einen Patrouillenritt vorbereiten. Rückt ihr früher aus, als du dachtest?«

»Ja.« Sergeant Manley warf Glen einen merkwürdigen Blick zu. »Ich muß ein paar Verbrecher verfolgen.«

Beide Jungen richteten sich auf. »Verbrecher?« rief Glen.

»Und außerdem einen wildgewordenen Eingeborenen.« Der Sergeant grinste, als er merkte, welchen Eindruck seine Worte machten. »Noch etwas kommt dazu. Du erinnerst dich doch an Tiger, Dave? Sein Abo-Name ist Oomagong.«

»Tiger«, wiederholte Dave. »Natürlich erinnere ich mich an ihn. Er war einer der größten Abos, die ich je gesehen habe.«

»Ja, fast ein Meter achtzig, und das ist groß für einen Eingeborenen«, erklärte der Sergeant. »Er war der geschickteste Tracker, den es im Daly River Distrikt gab. Jetzt ist er in den Busch zurückgegangen und hat in den Carolinenbergen, jenseits von Blue Gum Downs, ein paar Menschen umgebracht.«

»Geschieht es öfter, daß Eingeborene wild werden?« fragte Glen.

»Ab und zu einmal.« Sergeant Manley erzählte von andern Ureinwohnern, deren Haß gegen die weißen Eindringlinge plötzlich mit unheimlicher Gewalt ausgebrochen war.

»Tiger zu fangen, wird nicht gerade leicht sein«, meinte Dave.

Jim Manley nickte zustimmend. Tiger war im Busch zu Hause, genauso gut wie ein Känguruh. Und nachdem er jahrelang für die Polizei gearbeitet hatte, würde er es ausgezeichnet verstehen, seine Spuren zu verwischen. Er hatte genügend Patrouillenritte mitgemacht, um im voraus jeden Schritt zu kennen, den man gegen ihn unternehmen würde. Ja, Tiger zu fangen, würde keine leichte Aufgabe sein.

Eifrig wandte sich Dave zu seinem Vater. »Noch etwas kommt dazu, hast du gesagt. Was ist das, Dad? Hängt es mit den Verbrechern zusammen?«

»Ja. Wallaby Joe hat durch den Buschtelegraf erfahren, daß Saltbush Jack Smith und Reddy Evans sich in unserem Distrikt aufhalten.«

Als er Glens fragenden Blick bemerkte, unterbrach er sich, um ihm den Buschtelegraf zu erklären. Neuigkeiten wurden im Busch von den Schwarzen durch Rauchsignale verbreitet. Dieses unheimlich zuverlässige »Telegrafennetz« überzog die ganze riesige Einöde im Innern des Landes, die man das »tote Herz« nannte. Und es bedeutete eine große Hilfe für die Polizei, gerade zum Beispiel in diesem besonderen Fall. Man war der Meinung gewesen, daß die beiden Verbrecher – Saltbush Jack und sein amerikanischer Spießgeselle Evans – sich irgendwo im Norden, weit entfernt von Manleys Bezirk, versteckt halten würden, um zu warten, bis die Aufregung über ihren letzten, erfolgreichen Schurkenstreich etwas abgeflaut sei. Diesen Schurkenstreich hatten sie gerade vor Beginn der Regenzeit in Alice Springs, mitten im »toten Herzen«, ausgeführt. Sie hatten einen Eisenbahn-Ingenieur ermordet und sich mit den Lohngeldern aus dem Staub gemacht. Eine Kamelpatrouille mit den besten Trackern an der Spitze hatte innerhalb weniger Stunden von Alice Springs aus die Verfolgung aufgenommen. Doch den Verbrechern war ein Staubsturm zu Hilfe gekommen, und dank ihrer vor nichts zurückschreckenden Gerissenheit war ihnen die Flucht gelungen. Sie waren in der Wildnis des Nordens untergetaucht.

»Merkwürdig«, überlegte Jim Manley, »daß Saltbush Jack sich erst seit der Zusammenarbeit mit dem Amerikaner für Geld zu interessieren begann. Früher war er nur ein kleiner Viehdieb. Und kein Mensch hätte vermutet, daß er sich jemals zu einem großen Verbrecher auswachsen würde. Die amerikanische Polizei behauptet das gleiche von Evans. Er war ein kleiner Gauner, der den Leuten einzureden versuchte, daß er der große Unbekannte sei, der hinter den verschiedensten Missetaten steckte.« Der Sergeant schmunzelte. »Evans hat Phantasie, das muß man ihm lassen. Und Saltbush Jack kennt sich im Busch nicht schlecht aus. Für sich allein wäre keiner von ihnen ein Problem, doch zusammen – das ist, wie wenn man zwei harmlose chemische Verbindungen mischt und auf einmal einen Sprengstoff bekommt.«

Glen fragte: »Aber bedeutet das nicht eine gute Neuigkeit, wenn ihr erfahren habt, wo sie sich verstecken?«

»In diesem Fall keineswegs, denn der Rest der Nachricht besagt, daß sie sich mit Tiger zusammengetan haben.«

Dave stieß einen langen, bedeutungsvollen Pfiff aus, und Glens Augen wurden ganz rund. »Jenseits von Blue Gum Downs sagst du?« fragte er seinen Onkel. Er konnte seine Aufregung kaum noch meistern. Die Sache begann spannend zu werden.

»Stimmt. Und das ist der Grund, weshalb wir früher aufbrechen. Ich möchte die Kerle erwischen, ehe sie mit Tigers Hilfe die Küste erreichen. Er kennt das Gebiet und sie nicht. Wir nehmen an, daß sie im Sinn haben, irgendwo ein Boot zu stehlen und durch die Torres Strait nach Papualand zu segeln. Das wäre so die Gegend, wo sie herrlich und in Freuden von ihrem Diebsgut leben könnten.«

Einen Augenblick herrschte Schweigen. Dann fuhr Sergeant Manley fort: »Ich habe an Polizist Norton in Mulla Mulla telegrafiert. Wenn wir dort vorbeikommen, wird er sich mit seinem Tracker Wallaby Joe und mir anschließen. In einem solchen Fall sind vier mehr wert als zwei.«

»Worauf wartest du noch?« wollte Glen wissen.

»Auf nicht mehr viel, Glen. Sobald der Buschtelegraf uns alles bestätigt, reiten wir los. So schnell wie möglich. Und wir werden sie erwischen.« Er fügte hinzu: »Falls du dich entschließen solltest, doch nach Blue Gum Downs zu gehen, Glen, könntest du bis dorthin mit uns kommen.«

Glen reckte die Schultern. »Gern. Und wenn wir erst einmal dort sind . . .«

»Bleibst du mit Dave da, und ihr helft bei der Musterung.«

Glen grinste und sagte zu sich selbst: ›Das glaubst du. Wenn ich erst einmal bei der Patrouille bin, bleibe ich auch dabei. Das werde ich mir doch nicht entgehen lassen.‹ Das war doch einzig eine Sache der Zähigkeit. Genau wie bei seiner Mutter, wenn sie ihn von etwas abzubringen suchte, was er sich nun einmal in den Kopf gesetzt hatte. Laut sagte er: »Fein, Onkel Jim, ich bin bereit!«

3

Glen war gut ausgerüstet, als die Patrouille Derby verließ. Er hatte sich alles besorgt, was zu einer Buschausstattung gehört, beim breitrandigen Filzhut angefangen bis zu den Gummistiefeln, wie sie die Viehhirten tragen. Hinter seinem Sattel war ein wohlgefüllter *Swag* aufgeschnallt – eine mit Segeltuch überzogene Rolle, die alles enthielt, was man draußen in der Wildnis brauchte. Und in einem Tragriemen hing ein Gewehr.

Als sie durch die Salzebene östlich von Derby ritten, sah Glen eine Schar großer, schiefergrauer Vögel auffliegen. »Sie sehen wie Kraniche aus, Dave.«

»Das sind Brolgas«, erwiderte sein Vetter. »Stell dir vor, sie können tatsächlich tanzen. Der Rundtanz der Brolgas ist sehenswert. Es wird zwar behauptet, daß der Bowervogel noch bessere Vorstellungen gibt, doch bis jetzt habe ich noch nie das Glück gehabt, die Bowervögel in ihren Spielhäusern zu sehen. Aber Dad wohl. Er sagt, der Bowervogel sammelt starkfarbige Steine und Blumen und gibt dann eine tolle Vorstellung für sein Weibchen.« Dave hielt inne und beobachtete seinen Vetter, der sich den Schweiß von der Stirn wischte. »Jetzt fängt es gerade erst an, heiß zu werden«, warnte er.

Die Sonne war erst vor kurzer Zeit hinter den fernen Hügeln emporgestiegen, doch hatte sich die Luft inzwischen schon ganz unwahrscheinlich erhitzt. Glen fühlte sich von Minute zu Minute unbehaglicher. Er hatte jedes Interesse an der Unterhaltung verloren und achtete kaum noch auf die Umgebung. Es wurde ihm nur undeutlich bewußt, daß das Sumpfland einem Lehmboden gewichen war, übersät mit Pindanbüschen und Mallee, einer Art Zwerg-Eukalyptus. Das einzige, was ihn jetzt noch beschäftigte, war die Hitze und Midnights viel zu breiter Rücken.

Doch er zwang sich dazu, aufrecht zu sitzen. Sein Onkel durfte nie und nimmer auf die Idee kommen, daß er den Anforderungen des Rittes nicht gewachsen sei.

Sie ritten noch immer, als die Sonne bereits wie eine glühende Scheibe direkt über ihren Köpfen stand. Glen begann sich gerade zu fragen, ob der Sergeant überhaupt jemals eine Rast einzuschalten gedachte, als er ihn endlich rufen hörte:

»Hier sind wir – Gibber Billabong.«

Glen glitt von Midnights Rücken herab und lehnte sich zitternd gegen die Flanke des Tieres. Es dauerte ein paar Sekunden, bis das Schwindelgefühl wich und er imstande war, seine Umgebung zu erkennen. Dann schaute er – noch immer ganz wirr im Kopf – den riesigen Felsblock an, den die Natur anscheinend hierher gesetzt hatte, um die Lage des Wasserlochs zu kennzeichnen. Der nähere Umkreis wurde von Papierrindenbäumen, roten Gummibäumen und einigen anderen Baumriesen beschattet, die Glen schon in Derby aufgefallen waren.

Als die Pferde in der Nähe des Wasserlochs zu grasen begannen, rief der Sergeant: »Wenn ihr Buben trockenes Holz sammeln wollt, können wir Tee trinken und etwas essen.«

Während der Wasserkessel über dem Feuer hing, wandte sich Glen einem der phantastischen, flaschenförmigen Bäume zu. Er war lange nicht so hoch wie die riesigen Gummibäume, doch war er der erstaunlichste Baum, den Glen jemals gesehen hatte. Ungefähr vier oder fünf Meter über der Erde streckte er ungeheure, knorrige Arme in die Luft, die in fast klauenartigen Zweigen mit weißen, wächsernen Blüten endeten. Es war jedoch der knollenförmige Stamm, der sein besonderes Interesse erweckte. In der Mitte, wo er sich wie ein Fettwanst ausbuchtete, mochte er ungefähr zwanzig Meter Durchmesser haben.

»Das ist ein Baobab«, sagte sein Onkel. »Er kommt eigentlich nur hier in der Nordwestecke Australiens vor. Man nennt ihn auch Boab oder Flaschenbaum, und er ist für die Eingeborenen außerordentlich wichtig. Die Rinde liefert Fasern, aus denen sie Stricke machen und auch Kleidungsstücke weben.«

»Und noch etwas kommt dazu«, warf Dave ein. »In den Löchern und Höhlen des Stammes und der dicken Äste sammelt sich während der Regenzeit Süßwasser, das eine ganze Weile darin stehenbleibt. In der trockenen Jahreszeit hat der Baobab schon manchem Buschmann das Leben gerettet.«

»Da wir gerade vom Trinken reden«, sagte der Sergeant lächelnd: »Die Eingeborenen verstehen es, den Stamm anzuzapfen und aus dem Saft ein Getränk zu bereiten. Aus den Blüten stellen sie eine Medizin gegen Fieber her, und die zerkleinerten Kelchblätter liefern mit Wasser gemischt eine nahrhafte Speise.«

»Diese Abos scheinen sich aber auch nichts entgehen zu lassen«, bemerkte Glen. »Wahrscheinlich benützen sie die ausgehöhlten Stämme als Hotels.«

Der Sergeant lachte. »Die Abos im Busch legen keinen großen Wert auf ihre Behausung, denn sie sind dauernd auf Wanderschaft. Als Obdach genügen ihnen leichte Windschirme aus Zweigen oder Rindenstücken. Ich kenne allerdings einen Schafzüchter, der mehr als zwanzig Jahre in einem Baobab gewohnt hat.«

Während sie ihren Tee tranken und kaltes Fleisch und Brot dazu aßen, breitete der Sergeant seine Landkarte neben sich aus. »Hier«, sagte er und wies mit dem Finger auf die Karte, »das ist der Weg, den wir gekommen sind, und in dieser Richtung reiten wir jetzt weiter. Hier ist Matt Larsens Farm – Castle Down – eine der kleineren Stationen. Bei Matt werden wir übernachten, und am Morgen geht's dann nach Mulla Mulla weiter.«

In Mulla Mulla, einem Buschdorf, sollte Polizist Norton zu ihnen stoßen. Danach würde man die Napier- und die King Leopold-Berge durchqueren, um nach Blue Gum Downs zu kommen.

Während sie die Karte studierten, war Wallaby Joe langsam um den Billabong herumgetrottet und hatte aufmerksam den Boden betrachtet. Glen, der ihm zuschaute, fragte: »Hat er etwas verloren?«

»Er sucht nach Spuren«, antwortete der Sergeant, »um nicht aus der Übung zu kommen. Gib ihm eine halbe Stunde Zeit, und er wird dir jeden einzelnen Menschen aufzählen, schwarz oder weiß, der sich in der letzten Woche hier aufgehalten hat. Übrigens auch jedes Tier.« Als er den Zweifel in Glens Augen bemerkte, winkte er dem Tracker und fragte: »Wie heißt?«

Dave beugte sich zu seinem Vetter. »Wie heißt ist Buschsprache und bedeutet, daß er erklären soll, was er festgestellt hat.«

Wallaby Joe begann: »Schwarze Leute, Emu-Totem, lange am Billabong geblieben. Buschratte gegessen, dann diesen Weg gegangen.« Er wies mit dem Daumen rückwärts, in der Richtung auf Derby zu.

Manley fragte Glen: »Hast du ihn verstanden?«

»Ja, alles bis auf dieses Emu-Totem. Was soll das heißen?«

»Das bedeutet, daß die Eingeborenen alle zum gleichen Stamm gehören, einem Stamm, der den Emu, unseren australischen Strauß, sozusagen als Wappentier gewählt hat. Jeder Stamm hat ein bestimmtes Tier, das seine Mitglieder als ihren Blutsverwandten betrachten.«

Wallaby Joe begann wieder zu sprechen. »Weißer Mann auch lange hier. Hat braunes Pferd und zwei Esel mitgebracht. Hat Essen gekocht.«

Ungläubig sagte Glen: »Das ist doch nicht möglich. Wie kann er wissen, ob der Mann eine weiße oder schwarze Haut hat und sein Pferd ein braunes Fell?«

»Wallaby Joe findet das gar nicht schwierig«, antwortete der Sergeant. »Die Nahrung eines Weißen unterscheidet sich von der der Schwarzen. Und was die Farbe des Pferdes betrifft: ein paar Haare – an irgendeinem Zweig hängengeblieben – werden seinen Augen niemals entgehen. Es ist erstaunlich, was er alles sieht. Ein umgedrehter Stein erzählt ihm eine ganze Geschichte. Ich habe schon miterlebt, daß Wallaby Joe die Spur eines Mannes über die Kiesel eines ausgetrockneten Bachbetts verfolgte.«

Obgleich der unheimlich aussehende, kleine Abo nicht alles verstand, was Sergeant Manley sagte, merkte er doch genau, daß von seinen Fähigkeiten die Rede war. Voller Stolz berichtete er weiter. »Weißer Mann hier anhalten. Dort weggehen.« Er zeigte nach Osten. »Dingo fangen. Name von weißer Mann Billabong Bill.«

»Billabong Bill«, rief Glen. »Das muß der kleine Fallensteller sein, den ich auf der *Koolinda* traf. Er hat mir erzählt, daß er von Derby aus auf die Dingojagd ginge. Aber woher kann Wallaby Joe seinen Namen wissen?«

»Das ist nicht schwer«, antwortete der Sergeant. »Billabong Bill war schon früher in den westlichen Kimberleys. Und wenn ein Tracker einmal die Fußspur eines Mannes gesehen hat, so vergißt er sie nie wieder.« Er stand auf und streckte sich. »Es wird Zeit, daß wir uns wieder auf den Weg machen.«

»Ich . . .« Glen biß sich auf die Lippen. Eigentlich hatte er sagen wollen, daß er ganz gern noch ein bißchen geblieben wäre. Doch das wäre ein Eingeständnis seiner Verweichlichung gewesen und hätte seinem Onkel einen guten Vorwand geliefert, ihn wirklich in Blue Gum Downs zurückzulassen. Deshalb schwieg er lieber.

Sergeant Manley schlug ein flottes Tempo ein. Der Schweiß rann in Strömen über Glens Gesicht, als sie unter dem wolkenlosen, stahlblauen Himmel dahinritten. Sehnsüchtig dachte er an die kalte Dusche daheim.

4

Am späteren Nachmittag erreichten sie das Weideland. In der Ferne sah Glen ab und zu Rinder, Schafe und Ziegen grasen. Gelegentlich konnte er auch einen einzelnen Reiter erblicken, der die Herden begleitete. Einmal rief Dave »Ruh«, aber Glen vermochte nirgends ein Känguruh zu entdecken.

Als sie sich einem gewundenen Flußlauf näherten, wurde das Gras immer höher, bis es ihnen schließlich über die Köpfe reichte. »Zuckergras«, erklärte Dave. »An den Flußufern wird es bis zu drei Meter hoch. Dieses Gras ist die Ursache, daß so viele Viehzüchter hierher in den Nordwesten gezogen sind, nachdem Alexander Forrest im Jahre 1879 die Kimberleys erforscht und dieses Gras beschrieben hatte, das hier überall wächst.«

Begeistert erzählte Dave von dem Vieh und dem Gras und der Kimberley-Versuchsstation an den Ufern des Ord. Dort wurde mit neuen Grassorten experimentiert, mit Luzerne, Büffelgras und Sorghumkorn. Er erzählte von den riesigen Gebieten mit fruchtbarer schwarzer Erde, die es in diesem Distrikt gab, und rief dann aus: »Wasser ist der Schlüssel zu allem hier im Nordwesten. Während der Regenzeit treten die Flüsse über die Ufer, so daß sich große Teiche bilden. Sobald die Regenzeit zu Ende ist, versickern diese Teiche, desgleichen ein Teil der Flüsse, ehe sie noch die Küste erreichen. Die Eingeborenen sagen, der Teufel schlucke das Wasser auf, weil die Teiche und Flüsse nach der Regenzeit so rasch verschwinden. Doch das Wasser geht nicht verloren, Glen. Der fette Boden ist nur eine Decke über großen unterirdischen Sammelbekken. Wenn die Flüsse trocken sind, holt man das Wasser in der Tiefe durch von Windmotoren getriebene Pumpen herauf.«

Glen antwortete nicht. Er hatte das Gefühl, nicht einmal mehr genügend Kraft zu haben, um mit dem Kopf zu nicken.

Der anstrengende Ritt ging immer weiter. Doch gerade als Glen sich fragte, ob er sich noch eine Sekunde länger im Sattel halten könne, hörte er Sergeant Manley sagen, daß sie sich Castle Downs näherten. »Wenn du dort hinüberschaust, Glen, kannst du die Blechdächer in der Sonne glitzern sehen.«

Glen folgte dem Finger seines Onkels und erblickte die glänzenden Dächer und das sich eifrig drehende Flügelrad eines Windmotors. Allerdings war alles noch sehr weit entfernt. Doch er nahm seine ganze Kraft zusammen und bat nicht um eine Rast.

Kurz vor Sonnenuntergang erreichte die Patrouille die Farm auf Rufweite. Eine Schar bellender Hunde rannte ihnen entgegen. Ein paar Eingeborene, die auf der Station angestellt waren, kamen aus der Tenne und den Wirtschaftsgebäuden gelaufen. Lubras mit ihren Kindern schlüpften aus den rindengedeckten Buschhütten hervor, um die Ankömmlinge neugierig zu betrachten.

Als die Patrouille vor dem Haupthaus anhielt, hörte man eine dröhnende Stimme die Hunde verjagen. Glen drehte sich um und sah einen großen, breitschultrigen Mann mit zottigen, grauen Haaren von der Veranda herunterkommen.

»Jim! Jim Manley!« rief der Hüne. »Willkommen in Castle Downs! Sie sind früh dieses Jahr, oder irre ich mich? Ich habe Sie erst in ein paar Wochen erwartet.«

»Eine Spezialaufgabe, Matt.« Der Sergeant stieg ab und schüttelte dem Viehzüchter die Hand. »Ich werde es Ihnen später erzählen.« Er stellte Matt Larsen, dem Besitzer der Farm, die beiden Jungen vor. Glens Finger wurden von einer Hand gedrückt, die aus mit Glaspapier überzogenem Eisen zu bestehen schien.

»Aus den Staaten? Fein!« röhrte Matt Larsen. »Ich habe gerade gelesen, was für großartige Rassen ihr dort drüben züchtet. Da ist diese neue Kreuzung: fünf Achtel Durham und drei Achtel Brahma. Aber dein Onkel sagte ja gerade, daß du aus San Francisco kommst. Stadtkinder können nichts von Viehzucht wissen.«

So müde Glen auch war, er konnte nicht widerstehen, sich mit seiner Weisheit zu brüsten. »Doch, ich weiß, was Sie meinen. Die Kreuzung, die Sie gerade erwähnten, hat man auf der King Ranch in Texas gezüchtet. Die neue Rasse gedeiht noch dort, wo andere Rassen verhungern würden, und sie kommt auch mit viel weniger Wasser aus. Und dann noch etwas: es scheint da in ihrem Fell eine ölige Substanz zu geben, die sie gegen Insekten schützt.«

»Das ist allerhand«, rief Matt Larsen aus. »Dieses Ungeziefer macht uns hier im Nordwesten endlose Schwierigkeiten.«

»Dann müssen die Viehzüchter hier mit Brahmablut kreuzen«, erklärte Glen stolz.

»Na, junger Mann, darüber werden wir uns später noch unterhalten«, erwiderte der Farmer. »Kommt erst einmal ins Haus und wascht euch gründlich. Die Abos werden die Pferde besorgen und eure Satteltaschen hereinbringen.«

Wallaby Joe stolzierte wie ein großer Herr umher und erteilte den Schwarzen der Station Befehle. Er wußte ganz genau, daß sie ihn wegen der wichtigen Stellung, die er bei der Polizei innehatte, grenzenlos bewunderten.

Oben auf der Veranda wandte sich Dave zu Glen um und sagte: »Wallaby Joe lebt für solche Augenblicke. Die Schwarzen sind wie kleine Kinder: wenn sie sich nur aufspielen können.«

Einen Augenblick lang wunderte sich Glen über den merkwürdigen Ton in seines Vetters Stimme. Es war, als ob Dave ihm damit etwas hätte sagen wollen. Er vergaß es jedoch gleich wieder, als er das Haus betrat.

Es machte mehr den Eindruck einer Scheune als den eines Wohnhauses. Die Decke wurde von schweren Balken getragen, die aussahen, als seien sie mit der Axt zugehauen. An den Wänden hingen Sättel, Segeltuchrollen, Ketten und Seile. Auf dem aus festgestampfter roher Erde bestehenden Fußboden lagen gegerbte Kuhhäute als »Teppiche«.

An dem einen Ende des Raumes befand sich ein offener Kamin, und in seiner Nähe stand ein langer, aus Brettern zusammengefügter Tisch. Die Sitzgelegenheiten bestanden aus zugehauenen Klötzen. Es gab einen Gewehrschrank voller Schußwaffen, und daneben stand, aus Packkisten gezimmert, ein Büchergestell, das unter dem Gewicht der zerlesenen Bände fast zusammenzubrechen drohte. In einer Ecke erblickte Glen ein Pedal-Radio.

Als sie daran vorübergingen, meinte er: »Sender und Empfänger zugleich. Alles in einem. Nette Sache. Augenscheinlich leicht zu bedienen.«

»Ganz richtig«, antwortete Dave. »Es ist tatsächlich so einfach konstruiert, daß jedermann damit fertig wird. Ein solches Gerät ist jahrelang der Wunschtraum Dr. Flynns gewesen. Er arbeitete mit Alf Traeger zusammen, einem jungen Radio-Ingenieur, der diesen Sender-Empfänger entwickelte. Zuerst behaupteten alle, die Idee tauge nichts. Die großen Elektrizitätsgesellschaften waren der Meinung, daß ein derartiger Apparat für die Siedler im Landesinnern viel zu teuer sei.«

»Nun, mir scheint, dieser Alf Traeger hat die Preisfrage gelöst«, bemerkte Glen. »Andererseits vermute ich, daß es ein ziemlich teurer Spaß sein wird, einen Arzt per Flugzeug kommen zu lassen.«

Dave nickte. »Die Kosten solcher Flüge sind ziemlich hoch. In vielen Fällen können die Leute selber nur einen Teil davon zahlen. Den Rest begleicht nötigenfalls eine Stiftung, die von reichen Mitbürgern begründet worden ist und von solchen Leuten immer wieder dotiert wird. Sonst könnte der fliegende Gesundheitsdienst gar nicht existieren.«

Als die Buben in den Hauptraum zurückkehrten, winkte Matt Larsen sie an den großen Tisch heran. Während er die Petroleumlampen an den Wänden anzündete, sagte er: »Rose und Pixy sind gleich mit dem Abendessen fertig.«

Rose und Pixy waren die Haushalt-Lubras, Abofrauen, die mit zwei schwarzen Viehhirten verheiratet waren. Zu Ehren der Gäste hatten sie nicht nur ihre Haare sorgfältig gebürstet, sondern auch frische Baumwollkleider angezogen. Es kamen selten Gäste nach Castle Downs. Aufgeregt tippelten sie mit ihren bloßen Füßen im Zimmer umher und stellten Platten voll Roastbeef und Curryreis auf den Tisch; dazu frisch gebackenes Brot und eine große Kanne Tee.

»Greift zu, ihr Buben«, drängte Matt Larsen herzlich. »Wo das herkommt, gibt es noch mehr. Meldet euch, wenn ihr etwas haben wollt. Es ist alles da, nur kein Zucker.« Er schmunzelte. »Der scheint ausgegangen zu sein.« Grinsend wies er nach den Lubras. »Ich kann ihnen das Zuckermausen nicht abgewöhnen. Ihn unter Verschluß zu halten, hat keinen Zweck. Sie bringen es fertig, die Schlösser mit Draht zu öffnen.«

Nachdem Glen ein paar Bissen gegessen hatte, begann er sich langsam wieder als Mensch zu fühlen. Schon aus dem Sattel und im Schatten zu sein, hatte weitgehend geholfen. Aber am besten hatten die paar Minuten unter Matt Larsens improvisierter Dusche getan – die hatten Wunder gewirkt.

Während Glen und Dave dem Essen ihre ungeteilte Aufmerksamkeit zuwandten, unterhielt sich Sergeant Manley mit dem

Viehzüchter über gemeinsame Bekannte, die Vieh- und Wollpreise und über die Verluste, die die Herden durch Wildhunde und eingeborene Speerwerfer erlitten hatten. Schließlich fragte der Sergeant: »Wann wollen Sie mit Ihrer Musterung beginnen, Matt?«

»Sobald Billjim aus Derby zurückkommt. Ich vermute, daß er augenblicklich das Leben dort genießt. Billjim ist ein großartiger Aufseher, aber wenn er einen Hauch von Zivilisation verspürt, verliert er den Kopf. Ich kann ihm allerdings keinen großen Vorwurf daraus machen. Das Leben ist schon verflixt einsam hier.«

»Ihnen scheint es aber zu gefallen, Matt.« Sergeant Manley lächelte. »Sie kommen ja nicht einmal an den *Koolinda*-Tagen nach Derby.«

Larsen nickte mit seinem Zottelkopf. »Sie haben recht, Jim. Für mich bedeutet Castle Downs den Himmel. Es ist rauh hier, und die viele Arbeit strengt an – aber es ist wundervoll. Selbstverständlich ...« er seufzte » ... ist es nicht mehr wie in den alten Tagen. Jetzt haben wir Motortransporte – wenigstens während der Trokkenzeit. Und das Pedal-Radio. Stellen Sie sich vor, wir hätten so etwas vor dreißig Jahren gehabt.«

»Trotzdem, Matt. Die Viehzucht hier draußen ist noch immer eine schwere Sache.«

»Damit haben Sie recht«, gab der Züchter zu. Er sprach von den wachsenden Kosten der Seetransporte auf den Viehmarkt nach Perth. »Und wir haben noch immer Überschwemmungen während der Regenzeit und Dürre in den Trockenperioden. Wir haben giftige Kräuter und Buschfeuer, die wir fürchten ...«

»Und Speerwerfer, die das Vieh töten«, warf der Sergeant ein.

»Ja, das kommt auch immer wieder vor. Gerade jetzt sind wieder ein paar wilde Schwarze in den Hügeln drüben, die sich mit ihren Speeren recht unliebsam bemerkbar machen. Ich zähle auf die Polizei, daß ihr mir helft, sie einzufangen.«

»Die regelmäßige Patrouille wird sich in allernächster Zeit darum kümmern, Matt«, versicherte der Sergeant. »Handelt es sich um Knechte von Ihnen, die in den Busch zurückgekehrt sind?«

»Nein. Augenblicklich habe ich eine ganz anständige Gesellschaft hier. Die Kerle, die mich belästigen, gehören zu einem Stamm, der jenseits des Weidelandes haust. Es macht mir gar nichts aus, wenn sie ab und zu mal einen Ochsen speeren. Schließlich sind die Abos ja vor uns hier gewesen –, und wir haben ihnen ihre Jagdgründe weggenommen. Sie haben ein Recht darauf, aus dem Land zu leben. Das Ärgerliche ist, daß sie mehr Rinder töten, als sie wirklich brauchen. Und sie scheinen es für einen Riesenspaß zu halten, die Herden in eine solche Panik zu versetzen, daß sie in wilder Flucht über die ganzen Weidegründe stürmen. Sie wissen, was das bedeutet, Jim.«

Da Glen inzwischen seinen ersten Hunger gestillt hatte, hielt er die Zeit für gekommen, an der Unterhaltung teilzunehmen. »Wenn die Tiere so herumrasen, können sie ja kein Fett ansetzen. Man muß sie ruhig halten – ruhig und zufrieden. Das sagt unser Verwalter wenigstens immer.«

Matt Larsen wandte sich zu Glen und sagte höflich: »Du scheinst ja allerhand von der Viehzucht zu verstehen.«

»Das will ich meinen. Ich habe ein paar Wochen auf der Farm meines Vaters zugebracht. Er bewirtschaftet sie allerdings nicht selber. Mein Vater hat einen anderen Beruf, und es ist ein Verwalter da, der alles leitet. Für Vater ist die Farm ein Hobby. Aber es ist ganz anders als hier. Unsere Farm liegt in Kalifornien und umfaßt etwa 120 Hektar Land. Gerade jetzt besitzen wir eine Herde von fünfzig Stück, alles eingetragene Herefords. Sind Ihre Tiere auch eingetragen?«

»Nein«, erwiderte Matt Larsen, um sich dann wieder an den Sergeanten zu wenden. »Jim, Sie haben mir noch nichts über die Extra-Patrouille erzählt, auf der Sie sich befinden. Aber ich kann mir denken, worum es sich handelt. Sie sind hinter diesen beiden Buschkleppern her, die letztes Jahr den Eisenbahnmann in Alice Springs umgebracht haben.«

»Richtig. Im Busch reisen die Neuigkeiten schnell.«

»Buschtelegraf!« Der Züchter lachte. »Manchmal schlägt er sogar das Radio. Meine Schwarzen wußten schon vor Tagen, daß die Kerle hier in der Gegend sind. Die Rauchsignale behaupten, sie hätten sich mit Tiger und einigen Munjons zusammengetan. In der Nähe der Abgrundweiden. Eine üble Gesellschaft, Jim. Ich hoffe, daß Sie's nicht allein und ohne Hilfe mit ihnen aufnehmen wollen.«

»Nein. In Mulla Mulla treffe ich Tom Norton und seinen Trakker. Wissen Ihre Leute übrigens etwas Näheres, Matt? Irgend etwas, woraus sich schließen ließe, welchen Weg das Gesindel eingeschlagen haben könnte?«

»Wenn die Burschen etwas wissen, so haben sie es mir nicht erzählt. Aber Wallaby Joe wird bestimmt alles aus ihnen herausbekommen. Er versteht es, mit ihnen umzugehen. Er wird Witze reißen, und er wird drohen. Er wird einen gegen den anderen ausspielen –, was ihm übrigens nicht schwerfallen dürfte. Die Schwarzen hier gehören verschiedenen Totems an.«

Nachdenklich nickend, sagte der Sergeant: »Es war ein Glück für uns Weiße, daß die Abos sich nie im Kampf gegen die Ansiedler verbündeten, wie die amerikanischen Indianer. Der Abo ist nur seiner kleinen Horde treu, nie seiner Rasse.« Dann schob er seinen Stuhl zurück, und erhob sich. »Zeit zum Schlafengehen«, sagte er. »Wir müssen schon vor der Morgendämmerung aufbrechen.«

Die Pritschen waren in den hinteren Räumen des Hauses aufgestellt. Glen betrachtete sie mißtrauisch. »Ich glaube nicht, daß sie sehr bequem sein werden«, sagte er zu seinem Vetter, als er stirnrunzelnd die zwischen zwei Holzblöcken ausgespannten Kuhhäute in Augenschein nahm. »Aber ich bin so müde, daß ich auch mit dem Fußboden vorlieb nehmen würde.« Er begann sich auszuziehen und fuhr fort: »Dave, dein Vater erzählte, Castle Downs sei eine kleine Station. Wieviel Hektar Land hat es? Es muß sehr klein sein, weil ich merkte, daß Herr Larsen nicht mehr weiter darüber sprechen wollte, als er erfuhr, daß wir eine Herde von fünfzig Stück und 120 Hektar Land besitzen.«

»Ich glaube, er hat das Thema gewechselt, weil er dich nicht kränken wollte, Glen.«

»Mich kränken? Wieso?«

»Nun, du schienst so schrecklich stolz auf diese 120 Hektar. Hier in Castle Downs ist das ungefähr die Größe des Paddocks – der Pferdeweide.«

»Der Pferdeweide?«

»Ja, das ist ein eingezäuntes Gebiet, wo die Pferde grasen, wenn sie nicht von den Musterern oder den Hirten gebraucht werden.«

»Aber wenn schon die Pferdeweide so groß ist, wie groß ist dann die ganze Station?«

»Ich weiß es nicht genau.« Dave gähnte. »Wahrscheinlich ungefähr 250 000 Hektar.«

»250 000 Hektar«, wiederholte Glen. Er schnappte nach Luft.

»Vielleicht auch etwas weniger, denn Matt hat nur etwa 10 000 Stück Vieh.«

Glen schluckte. Da hatte er sich nicht schlecht blamiert. Und wie wichtig hatte er sich mit seiner Herde von fünfzig Stück gemacht.

Dave blies die Petroleumlampe aus und sagte gelassen: »Es gibt verschiedene Züchter in den Kimberleys, die von ihrem Haus bis zur Grenze ihres Besitzes mehr als 160 Kilometer reiten müssen. Ich war mal auf einer Station, die 34 000 Quadratkilometer umfaßt. Soviel ich weiß, entspricht das etwa dem Gebiet eurer beiden Staaten Massachusetts und Connecticut. Auf einen Streifen von 8 Kilometer Breite umgerechnet, würde die Farm von New York bis San Francisco reichen. In Australien rechnen wir mit andern Maßstäben als bei euch. Australien ist groß. Es hat nur wenig Einwohner.«

»Schau, Dave . . .« Glen verstummte. Er hatte ein fernes Heulen gehört. Es war ein unheimlicher Laut, langgezogen, trostlos. Es schien das Signal für einen nun einsetzenden wilden Chor gewesen zu sein, der einem das Blut in den Adern gerinnen ließ. Glen verkroch sich unter seine Decke. »Was . . . was ist das, Dave?«

»Dingos.«

Als das schauerliche Heulen seinen Fortgang nahm, fielen Glen Billabong Bills Worte an Bord der *Koolinda* wieder ein: daß, wer einmal die Wildhunde hätte heulen hören, es niemals vergäße. Er, Glen, würde es bestimmt nicht vergessen.

5

Glen kam es vor, als sei er gerade erst eingeschlafen, als Dave ihn schüttelte und ungeduldig sagte: »Wach auf! Zieh dich an! Es ist höchste Zeit, aufzustehen.«

Mit einem Blick auf die brennende Petrollampe protestierte Glen. »Es ist ja noch ganz dunkel draußen. Was willst du denn?«

»Wir müssen schon vor Sonnenaufgang unterwegs sein.«

Verschlafen suchte Glen sich von seinem Lager zu erheben. Es gelang ihm nicht, ein Stöhnen zu unterdrücken.

»Was ist los?« fragte Dave, der frisch und vergnügt mit Anziehen beschäftigt war.

»Nichts«, antwortete Glen, der, als er merkte, daß sein Vetter den langen Ritt anscheinend überhaupt nicht spürte, nicht um die Welt zugeben wollte, daß ihm sämtliche Muskeln wehtaten. Niemand sollte ihm vorwerfen können, daß er ein Jammerlappen sei.

Die Buben konnten hören, wie die Station allmählich erwachte. Die Haushalt-Lubras schwatzten laut in der Küche. Die schwarzen Knechte riefen einander zu. Wallaby Joes Stimme übertönte alle andern. Gewichtig gab er seine Befehle, wie die Lasten auf die verschiedenen Maultiere zu verteilen seien.

Nach dem Frühstück fühlte sich Glen ein wenig besser. Er hätte sich nicht gerade um einen zweiten Tag im Sattel gerissen – immerhin war er entschlossen, den Rest der Woche durchzuhalten. Bis dahin würde man die Verbrecher gefaßt haben, und dann konnte er sich eine Schiffskarte nach Hause besorgen. Und daheim konnte er hernach mit einer Geschichte aufwarten, um die ihn seine sämtlichen Freunde beneiden würden.

Nach dem Frühstück winkte die Patrouille Matt Larsen ein letztes Lebewohl zu. Er stand auf der Veranda und rief: »Viel Glück.«

Sergeant Manley – an der Spitze – schlug einen leichten Trab in Richtung der purpurroten Berge ein, die sich als Silhouetten gegen den langsam erglühenden östlichen Himmel abhoben. »Jetzt kommen die Napiers, Glen. Das sind die ersten Berge, über die unser Weg führt.«

»Das nennt ihr Berge? Du solltest einmal unsere Gebirge sehen, Onkel Jim. In Kalifornien würde man diese Napiers als Maulwurfshügel bezeichnen. Sie sind bestimmt nicht mehr als zwölf- bis fünfzehnhundert Meter hoch.«

»Die meisten sind sogar höchstens neunhundert«, sagte der Sergeant und schaute zu den merkwürdigen, turmartigen Umrissen der Berge hinüber. »Man nimmt an, daß sie früher bedeutend höher gewesen sind. Wind und Regen haben sie abgetragen, wie die anderen Berge auch. Du befindest dich hier auf einem uralten Kontinent, Glen. Australien war schon alt, als die ganze übrige Welt noch in den Kinderschuhen steckte. Die Gelehrten nennen es das Land der lebenden Fossilien, weil viele unserer Tiere aus der ältesten Tertiärzeit stammen. Die liegt mehr als zwanzig Millionen Jahre hinter uns.«

Langsam trabten sie über eine Wiese, durch feuchtes Gras, wo in den Mulden noch immer Wasserlachen standen. Kleine, von Büschen und Bäumen gesäumte Bäche, die noch aus der Regenzeit stammten, schlängelten sich durch das Gras.

Als Glen fragte, was das für Bäume seien, antwortete Dave, daß es sich hauptsächlich um Eukalyptusarten handele, und erklärte ihm, daß man in Australien den Eukalyptus meist Gummibaum nennt. »Es gibt etwa 600 Eukalyptus-Arten, von Riesenbäumen bis zu Zwergsträuchern«, erzählte er. »Und etwa 400 verschiedene Akazien-Arten. Im Süden wächst der Jarrah, dessen edles Holz berühmt ist, sowie der Riesenkarri, der 90 Meter hoch wird. Dort drüben«, fuhr Dave fort und wies auf ein Wäldchen in der Nähe, »stehen Papierrindenbäume, deren Rinde die Eingeborenen benutzen, um ihre Gunyahs damit zu decken, die Hütten, die sie auf den Stationen bewohnen. Und jene Büsche, das sind Akazien, die wir Wattles nennen.«

»Wattles? Das ist doch Flechtwerk. Warum nennt man sie so?« fragte Glen.

Sergeant Manley übernahm die Erklärung: »Weil die ersten Siedler die Zweige dieser Akazien benutzten, um daraus Wände für ihre Hütten zu flechten. Hernach wurde das Flechtwerk mit Lehm beworfen.«

Glen merkte, daß sich hinter den Akazienbüschen etwas bewegte. Zuerst dachte er, es könnten vielleicht Känguruhs sein, doch als sie näher kamen, entdeckte er, daß es Ziegen waren. »Ich bin wirklich gespannt, wann wir endlich einmal wilde Tiere zu Gesicht bekommen. Ich möchte gern ein paar Känguruhs aus der Nähe betrachten und auch diese kleinen Koalas, von denen man mir erzählt hat.«

»Ruhs wirst du schon noch sehen«, versicherte ihm Dave. »Aber auf die Koalas mußt du verzichten; die kommen nur in Ost-Australien, in Neu-Süd-Wales und in Victoria vor. Auch dort gibt es aber nicht mehr viele. Die Jäger haben sie fast ausgerottet, denn ihre Felle waren sehr gesucht. Heute stehen sie unter strengstem Naturschutz, und man darf sie weder erlegen noch fangen.«

»Warte nur, Glen«, lachte der Sergeant. »Du wirst bald genug eine Auswahl unserer Beuteltiere zu sehen bekommen.«

»Beuteltiere? Oh, ich weiß.« Glen nickte. »So nennt man doch die Tiere, die ihre Jungen in einer Bauchtasche aufziehen? Gehören denn die Koalas auch dazu?«

»Jawohl«, antwortete der Sergeant. »Der Koala heißt auch Beutelbär. Und ein neugeborener Koala ist nicht größer als die Spitze deines kleinen Fingers. Deshalb bleibt er bei seiner Mutter im Beutel, bis er ungefähr acht Monate alt ist.«

»Genau wie die kleinen Känguruhs?« fragte Glen.

»Genau wie die Känguruhs, die Wallabys, die Bandicoots und die eingeborenen Ratten und Mäuse.«

»Ratten und Mäuse?« rief Glen erstaunt. »Ja, tragen hier denn sogar die Mäuse ihre Jungen im Beutel?«

Dave lachte. »Gewiß, auch Maulwürfe, Marder, Dachse, Eichhörnchen und noch viele andere Tiere, die es nur in Australien gibt. Wie Dad schon sagte: du wirst eine ganze Menge davon sehen.«

Er wurde von seinem Vater unterbrochen. »Schau schnell nach rechts, Glen. Eine Goanna.«

Als er hinblickte, sah Glen eine riesige Eidechse, die gerade mit ziemlicher Geschwindigkeit auf ihren zwei Hinterbeinen dahergehoppelt kam. Sie war vom Rachen bis zur Schwanzspitze ungefähr anderthalb Meter lang und hatte einen Kopf wie eine Schlange. Als das Reptil die Reiter erblickte, hielt es an und stemmte die plumpen Vorderbeine fest auf die Erde. Furchtlos starrte es sie an. Den großen Kehlsack drohend aufgeblasen, zischte die Echse heftig.

»Du brauchst keine Angst zu haben, Glen«, sagte Sergeant Manley beruhigend. »Die Goanna ist zwar, wie die meisten großen Echsen, ein Fleischfresser, doch zieht sie Ratten und Kaninchen jedem anderen Fleisch vor. Nur in ganz seltenen Fällen greift sie Menschen an. Wenn sie es tut, ist es entweder ganz außergewöhnlichen Umständen zuzuschreiben, oder aber sie riecht die Angst. Manche Raubtiere können nämlich die Angst riechen, und sie kennen auch genau die Bewegungen, die von Angst diktiert sind. In dem Augenblick, wo sie merken, daß ihr Gegner Angst hat, sind sie auch imstande anzugreifen. Nähert man sich ihnen aber furchtlos, so ergreifen sie gewöhnlich die Flucht.«

Die Goanna zischte noch einmal bedrohlich, raschelte mit ihrem mächtigen Schwanz und watschelte auf einen großen Papierrindenbaum zu.

Glen hörte Wallaby Joe rufen. Während sie das große Reptil betrachteten, hatte der Tracker, der mit den Lasttieren die Nachhut bildete, sie eingeholt.

Jetzt griff Joe nach seiner Flinte, sprang vom Pferd und rannte hinter der Goanna her. Die große Echse war jedoch inzwischen schon an dem Baumstamm in die Höhe geklettert.

Glen beobachtete, wie der Tracker nach oben schaute und die Goanna zu erspähen versuchte. Aber sobald der Tracker auf der einen Seite des Baumes stand, huschte die Goanna auf die andere hinüber. Endlich warf Wallaby Joe verärgert seine Flinte auf den Boden und machte sich daran, den Baum zu erklettern. Er kletterte mit der Behendigkeit einer Fliege an der Wand.

Sergeant Manley lachte: »Joe hätte wissen können, daß er sie nicht so einfach bekommt.«

Sich immer vorsichtig auf der anderen Seite des Stammes haltend, stieg die erschrockene Goanna immer höher in den Baum hinauf.

Glen, der gespannt zusah, meinte: »Ich würde mich nur äußerst ungern in die Nähe dieser Vorderbeine begeben. Sie sehen aus, als ob sie allerhand anrichten könnten.«

»Das können sie auch«, erwiderte der Sergeant. »Was sie auch immer umklammern, hat wenig Aussicht, mit dem Leben davonzukommen. Ich habe einmal gesehen, wie eine Goanna es mit einer dreieinhalb Meter langen Pythonschlange aufnahm. Als die Schlange endlich die Goanna zwischen ihren mächtigen Ringen zerquetscht hatte, war sie selber so zugerichtet, daß es auch für sie keine Rettung mehr gab.«

Plötzlich erhob sich ein Tumult in den Wipfelzweigen des Papierrindenbaums. Glen sah, daß Wallaby Joe um den Stamm herumgefaßt und geschickt den Schwanz des Tieres ergriffen hatte. So zerrte der Tracker das zischende und sich bäumende Reptil hinter sich her auf den Boden hinunter, um es dort im Nu zu töten, indem er ihm den Kopf gegen den Baumstamm schlug. Dann warf er es mit zufriedenem Grinsen auf sein Pferd und schnallte es hinter dem Sattel fest.

»Jetzt sieht man erst, wie groß sie ist – tatsächlich ein Ungeheuer«, rief Glen.

»Ja, sie hat schon eine ganz ordentliche Größe für diese Gegend hier«, sagte der Sergeant. »Aber die Wüstengoannas werden noch viel größer; manche sind zweieinhalb Meter lang.« Er wendete sein Pferd, und die Patrouille setzte sich wieder in Marsch.

Als einige Zeit später die Pferde in einen langsameren Schritt fielen, meinte Glen: »Wallaby Joe war ja richtig versessen auf diese Goanna, Onkel Jim. Ist denn die Haut so wertvoll?«

»Nein, die Haut taugt nichts. Er will die Goanna essen. Du wirst sehen, sobald wir das nächste Lager aufschlagen, wird er sie braten. Möglicherweise ißt er sie sogar roh. Ihm ist ihr Fleisch bedeutend lieber als das beste Beefsteak. Wenn er sie brät, werde ich ihn bitten, dich davon kosten zu lassen. Das Fleisch schmeckt gut.«

»Nein, danke schön«, sagte Glen entschlossen. »Lieber nicht!«

Um die Mittagszeit schlugen sie bei einem schattigen Wasserloch in der Nähe des Medaflusses ihr Lager auf. Wallaby Joe wies seine Fleischportion zurück und begann, die Goanna zu zerlegen.

Dave gab Glen einen Stoß in die Rippen und sagte: »Schau ihn dir an! Er kann es kaum erwarten, bis er hineinbeißen kann. Er denkt nicht daran, sie erst zu braten.«

Als Glen schauderte, lächelte der Sergeant. »Über den Geschmack läßt sich nicht streiten, Glen. Das weißt du doch.« Ein nachdenklicher Blick kam in seine Augen. »Ich kann mich jedenfalls an zwei Fälle erinnern, wo wir auf Patrouille waren, und uns eine rohe Goanna ausgezeichnet schmeckte.«

»Du hast sie roh gegessen?«

»Ja, Glen. Wir mußten, wenn wir überhaupt etwas zu essen haben wollten. Wir waren hinter einigen wilden Schwarzen her, und ein Feuer hätte uns verraten.«

»Hattet ihr denn keine Konserven dabei?«

»Sie waren uns ausgegangen.« Jim Manley lächelte eigentümlich. »Du kannst nie abschätzen, wie lang ein Patrouillenritt in den Kimberleys dauert. Wie oft habe ich schon gedacht, in ein paar Wochen ist alles erledigt, und dann vergingen drei Monate, bis wir wieder in Derby waren.«

»Drei Monate!« Glens Mund blieb offen. Ein paar Tage im Busch, sogar eine Woche, das war eine Sache. Doch Wochen oder Monate, das war etwas anderes. »Und wie lange wird diese Patrouille dauern? Was meinst du?«

Der Sergeant zuckte die Schultern. »Das kann kein Mensch sagen. Ein paar Wochen auf alle Fälle.«

6

Rot leuchteten die Napierberge in den Strahlen der Nachmittagssonne, als die Patrouille in das Buschstädtchen Mulla Mulla einritt. Glen dachte, daß die Berge seit dem Morgen kaum näher gerückt seien; noch immer schienen sie meilenweit entfernt. Wenn die Reiter erst einmal die Napiers hinter sich hatten, mußten sie erst noch das King Leopold-Gebirge durchqueren, bevor sie in die Nähe der beiden weißen Buschklepper und Tigers kamen.

Glen merkte allmählich, daß in den wilden Kimberleys Zeit und Entfernung eine Sache für sich waren. Hier spielte sich das Leben in einem anderen Tempo ab, als er es gewohnt war. Der Bezirk umfaßte, wie er gehört hatte, 650 000 Quadratkilometer; in diesem riesigen Gebiet existierte weder eine Eisenbahn noch eine Autostraße. Nicht einmal Straßen, die das ganze Jahr hindurch befahrbar gewesen wären, gab es. Überdies war das ganze Bergland nur spärlich besiedelt. »Im Durchschnitt entfällt auf 325 Quadratkilometer nur ein Weißer«, hatte Jim Manley erklärt. »In manchen Gegenden sogar nur einer auf 13 000.«

Außer seinen schmerzenden Muskeln hatte Glen jetzt noch allerhand anderes, was ihn beschäftigte. Aus den Worten seines Onkels ging hervor, daß sich die Patrouille unter Umständen monatelang im Landesinnern aufhalten konnte, um zum Schluß womöglich nur noch von Schlangen und Echsen zu leben. Auf jeden Fall sah die Sache nicht nach drei oder vier Tagen aus. Ein paar Wochen würde der Streifzug mindestens dauern.

Er hatte sich in den letzten Stunden immerfort mit diesem Gedanken herumgeschlagen. An sich brannte er darauf, dabei zu sein, wenn die Patrouille die Verbrecher faßte. Sobald die Sache erledigt war, wollte er seinem Vater telegrafieren, damit der die ganze Geschichte daheim in die Zeitung brachte. Das würde ihn – Glen – zu einer wichtigen Persönlichkeit stempeln. Doch jetzt begann er sich zu fragen, ob dieser Ruhm eine monatelange Mühsal wert sei. Allerdings bestand ja schließlich auch die Möglichkeit, daß man die Buschklepper schon in wenigen Tagen erwischte; und so lange würde er es bestimmt aushalten können. Wenn man nur wüßte!

Als er so hin- und herüberlegte, begann sich langsam ein Plan in seinem Kopf abzuzeichnen. Dave hatte vom Postauto gesprochen. »Es kann jetzt jeden Tag durchkommen; das Land fängt an auszutrocknen. Der Wagen folgt den Flußläufen, sobald das Wasser zurückgegangen ist.«

Glen nickte befriedigt vor sich hin. Das war die Lösung! Wenn die Sache zu unerfreulich wurde oder zu lange dauerte, würde er seinen Onkel bitten, ihn bei irgendeiner Station oder einer Siedlung zurückzulassen. Der Postwagenchauffeur würde sich bestimmt freuen, durch einen unerwarteten Passagier etwas extra zu verdienen. Und nicht allein das, es gab ja auch Postflugzeuge, die während der Trockenzeit verschiedene dieser Ortschaften mit den komischen Namen anflogen.

Er fühlte sich erleichtert. Geld genug hatte er ja in seiner Brieftasche; und wer Geld hat, braucht nichts zu befürchten.

Nachdem er seinen Entschluß gefaßt hatte, wandte er seine Aufmerksamkeit Mulla Mulla zu, dem kleinen Dorf, in das sie gerade einritten. Auf der einen Seite der sogenannten Hauptstraße befanden sich einige blechgedeckte Hütten, ein winziges Postamt und ein scheunenartiges Gebäude mit einer verlotterten Veranda: das Hotel. Gegenüber lag der Polizeiposten, ein kleines Haus aus rohen Holzplanken. Dicht daneben sah man einen eingezäunten Hof und das Gefängnis, und ein Stückchen weiter entfernt befand sich der Dorfladen. Vor ihm waren einige Pferde und Maultiere und zwei Kamele angebunden. Diese beiden Kamele stellten für Glen das einzig Interessante in ganz Mulla Mulla dar.

Auf der Hotelveranda lagen ein paar Männer in Schaukelstühlen; als sie die nahende Patrouille bemerkten, rief einer von ihnen, ein Schwarzbärtiger: »Was gibt es Neues in Derby, Sergeant? Ist die *Koolinda* rechtzeitig eingetroffen?«

Auch die andern begannen jetzt Fragen zu stellen – über Freunde und über die Fleisch- und Wollpreise.

Sergeant Manley lachte. »Wir können uns später ausführlich unterhalten, Herrschaften. Zuerst muß ich mit Norton sprechen.«

Als sie vor dem Polizeibüro abstiegen, kamen zwei Tracker herausgerannt, um Wallaby Joe mit den Pferden und Maultieren zu helfen. Glen und Dave folgten dem Sergeanten ins Haus.

Ein hagerer, eckiger Mann blickte von seinem Schreibtisch auf. Sein schmales, wettergegerbtes Gesicht sah aus, als hätte es sich noch nie zu einem Lächeln verzogen. Sich erhebend, schüttelte er Sergeant Manley die Hand. »Gut, dich zu sehen, Jim.« Der sauertöpfische Ausdruck seines Gesichts veränderte sich nicht, doch aus der Stimme klang aufrichtige Wärme. Mit der gleichen Wärme begrüßte er auch Dave und sagte. »Du bist ein schönes Stück gewachsen, seit ich dich das letzte Mal sah. Du wirst bestimmt einmal so groß wie dein Vater.« Dann wanderten seine Augen zu Glen.

»Das ist Glen Hamilton, Tom«, sagte der Sergeant, »mein Neffe aus Amerika.«

»Und wie gefällt dir Australien?« fragte der Polizist höflich.

»Ich denke, ihr Australier solltet es den Eingeborenen zurückgeben«, erwiderte Glen mit einem Grinsen.

Der finstere Blick des Polizisten wurde noch finsterer.

Sergeant Manley erklärte rasch: »Er ist noch keine Woche im Land, Tom.«

»Das stimmt«, sagte Glen. »Aber wenn ich erst einmal eure Känguruhs und ein paar von euren andern Beuteltieren gesehen habe, glaube ich, daß es mir genügt.«

»Und wenn du heimkommst, kannst du allen Leuten alles über Australien erzählen, nicht wahr?« Tom Norton stemmte die Hand in die Hüfte.

»Selbstverständlich«, grinste Glen. »Ich habe eine Menge erfahren. Ich bin nicht wie die meisten Leute. Ich scheue mich nämlich nicht, Fragen zu stellen. Ich . . .« Er hielt inne, denn Norton schien kein Interesse für ihn zu haben. Der Polizist hatte sich wortlos umgedreht und einige Papiere vom Schreibtisch genommen.

Zu Sergeant Manley gewandt, sagte er nun: »Was unsere Patrouille betrifft, Jim, da scheinen wir Glück zu haben. Die Kerle dürften noch nicht sehr weit gekommen sein. Es ist das beste, wenn wir uns sofort auf den Weg machen. Einer meiner Tracker kann die Buben hinüber zur Maynard Plains Station bringen.«

»Nein, Tom. Sie kommen mit uns bis Blue Gum Downs.«

Verärgert warf der Polizist die Papiere auf den Schreibtisch zurück. »Schau her, Jim, wenn es sich nur um Dave handelte, wäre alles in Ordnung. Aber ein Neuling wird uns nur aufhalten.«

Der Sergeant faßte Norton am Arm und nahm ihn auf die Seite. Leise redete er auf ihn ein, doch gelang es Glen, einen Teil seiner Worte zu verstehen. ». . . reiten kann er. Und wenn er auch nicht an Parforceritte gewöhnt ist, so nimmt er sich doch zusammen. Er ist ein bißchen vorlaut, aber kein Spielverderber, Tom. Und mit der Zeit wird er schon soweit kommen, daß . . .«

Mehr hörte Glen nicht. Aber er konnte sich denken, wie der Schluß des Satzes gelautet hatte: ›. . . daß wir ihn ruhig mitnehmen können, falls er darauf bestehen sollte.‹

Jim Manley war jetzt zur andern Wand hinübergegangen, an der eine große Karte des Kimberley-Distrikts hing.

Norton bemerkte brummig: »Es ist ein riesiges Gebiet, Jim.«

»Stimmt«, gab der Sergeant zu. »Aber vergiß nicht, daß wir monatelang keine Ahnung hatten, wo sie sich aufhalten. Jetzt wissen wir wenigstens, daß sie irgendwo in der Gegend der Carolinenberge sind.«

»Sie sind gerissen, Jim. Wenn man bedenkt, von Alice Springs bis dorthin – gut sechzehnhundert Kilometer – ohne daß irgend jemand etwas ahnte. Wenn nicht ein paar Eingeborene angefangen hätten zu schwatzen . . .«

»Wenn nicht!« unterbrach ihn Sergeant Manley. »Solche Kleinigkeiten bringen zum Schluß jeden Verbrecher zu Fall, mag er so gerissen sein, wie er will.«

Glen, der die Karte betrachtete, konnte erkennen, daß das Land kreuz und quer von Bergen durchzogen war. Er trat näher und stellte fest, daß die Gebirgszüge nicht sehr breit sein konnten. Aus dem Maßstab ließ sich erkennen, daß ihre Breite zwischen fünf und sechzehn Kilometern schwankte. Dazwischen lagen etwas breitere Täler. Punkte, die Viehstationen und Erdnußfarmen bezeichneten, gab es nur wenige, und sie waren weit verstreut.

Auf die Karte weisend, sagte der Polizist: »Sie werden sich kaum da oben in den Carolinen zur Ruhe gesetzt haben, Jim. Es ist inzwischen trocken genug geworden, daß sie in jeder Richtung abrücken können. Nach allem, was wir wissen, haben sie sich jetzt vielleicht schon auf den Weg gemacht. Und ich habe das Gefühl, daß sie zur Nordwestküste wollen.«

»Das ist völlig wildes Land, Tom.«

»Tiger kennt die Gegend. Er hat schon Patrouillenritte nach Collier Bay und Admirality Gulf mitgemacht. Er kann sie an die Küste bringen, und das ist alles, was Saltbush Jack will. Erinnere dich, es gab eine Zeit, wo Jack ein Segelboot besaß – damals, als er mit Perlen handelte. Er versteht es, mit Booten umzugehen.« Norton machte eine weite Handbewegung. »Wie sollten die beiden sonst außer Landes kommen? Einen Dampfer oder ein Flugzeug zu benutzen, können sie nicht wagen.«

Sergeant Manley starrte auf die Karte. Seine Augen wanderten zwischen den beiden kleinen Häfen – Derby im Süden und Wyndham im Norden – hin und her. »Hunderte von Kilometern zieht sich die Küste hin. Und sie ist fast so spärlich besiedelt wie das rauhe Hinterland. Und Schiffsverkehr gibt es dort auch kaum.«

»Trotzdem«, sagte der Polizist. »Alles, was Jack und Reddy brauchen, ist ein kleines Boot. Und es ist ihnen ziemlich egal, ob der Besitzer es verkaufen will oder nicht.« Er seufzte. »Wir wissen, was wir zu tun haben, Jim. Wir haben ja keine Ahnung, an welchem Punkt sie die Küste erreichen wollen. Und den Weg können wir ihnen auch nicht abschneiden. Es bleibt uns also gar nichts anderes übrig: wir müssen ihnen nachsetzen und sie rechtzeitig zu schnappen versuchen. Und Tiger kennt alle Tricks, wenn es sich darum handelt, eine Spur zu verwischen.«

»Damit wird er aber erst beginnen, wenn er weiß, daß eine Patrouille unterwegs ist.«

»Das wird er bald genug erfahren«, unterbrach ihn Norton verdrossen. »Die Schwarzen auf den Stationen nördlich von hier werden mit ihrem Rauchgeschwätz anfangen, sobald sie uns zu Gesicht bekommen. Und weil du dieses Jahr mit der Patrouille sehr früh dran bist, und aus dem Weg, den wir einschlagen, wird Tiger sofort erkennen, daß es ihnen gilt.«

»Wir werden von jetzt ab jede Station meiden, Tom. Das hier ist der Weg, den wir einschlagen wollen«, sagte der Sergeant und zeigte eine Zickzacklinie auf der Karte.

Der Polizist verzog die Lippen. »Hm. Das wird eine schwierige Sache, Jim.« Er studierte die Karte. »Allerdings wäre es auf diese Weise vielleicht möglich, sie zu überraschen. Wenn wir die Patrouille teilten, könnte es sogar noch eher gelingen. Aber das geht nicht. Wir sind eben nur zu zweit. Ich möchte einmal diese Paradepolizisten da unten in Perth sehen, wenn sie – so wie wir – Tausende von Quadratkilometern im Busch zu überwachen hätten. Von denen müßte man mindestens ein halbes Dutzend hier heraufkommandieren.«

»Und wenn sie kämen«, grinste der Sergeant, »könnte man dein Protestgeheul bis nach Perth hinunter hören. Du wärst nicht bereit, auch nur einen Zentimeter von deinem Bezirk abzutreten, Tom. Das weißt du so gut wie ich.« Er wandte sich zur Tür. »Wie ich sehe, bist du ja bereit; also können wir in einer Stunde aufbrechen. Auf diese Weise kommen wir vor der Dunkelheit noch ein Stück vorwärts.«

Glen seufzte enttäuscht. Er hatte gehofft, in Mulla Mulla zu übernachten. Das sogenannte Hotel sah zwar nicht gerade verlockend aus, doch war das schlechteste Bett noch immer einer auf dem nackten Boden ausgebreiteten Decke vorzuziehen. Das war eine Sache, die er so lange wie möglich hinauszuschieben wünschte. An den Wasserlöchern, an denen sie gelagert hatten, hatte er allerlei krabbeln gesehen, große Ameisen und viele Spinnen.

Obgleich er Spinnen nicht leiden konnte, hatte er bisher keine Angst vor ihnen gehabt. Daheim war öfter von der giftigen *»Schwarzen Witwe«* die Rede gewesen, doch kam diese Spinne in San Francisco so selten vor, daß er bis jetzt noch nie eine gesehen hatte. Deshalb war er sehr erstaunt gewesen, als er gelegentlich sah, wie Dave sich schleunigst eine Spinne vom Hemd wegwischte. »Weshalb die Aufregung?« hatte er gefragt.

»Das war ein Rotrücken, Glen. Paß nur ja auf diese schwarzen, langbeinigen Spinnen auf, mit einem hellroten Streifen über dem erbsengroßen Wanst. Ihr Biß tut unverschämt weh und kann manchmal recht gefährlich werden.«

»Der Rotrücken«, fuhr Dave fort, »ist nicht die einzige gefährliche Spinne hierzulande. Es gibt vier oder fünf Arten, die giftig sind. Also sei vorsichtig, Glen, und behandle sämtliche Spinnen mit Respekt.«

Glen versuchte, sich die Spinnen aus dem Sinn zu schlagen, und horchte auf die Unterhaltung, die sein Onkel mit Tom Norton führte.

Sergeant Manley fragte: »Ist dein Tracker ebenfalls reisefertig?«

»Reisefertig, und er glüht vor Eifer. Wir können von Glück sagen, daß wir Bandicoot dabeihaben werden. Er hat sich zum besten Tracker der ganzen Kimberleys entwickelt.«

»Laß das nur Wallaby Joe nicht hören.« Der Sergeant lachte. »Der wird dir allerhand darauf zu sagen wissen. Und wenn *er* es nicht tut, dann tu ich's.« Er öffnete die Tür und nickte den beiden Buben zu. »Kommt mit. Ich will ein Weilchen hinüber zu Lofty in den Laden gehen und ein wenig schwatzen, bis Tom fertig ist.«

Lofty Lewis, der hünenhafte, bärtige Ladenbesitzer, begrüßte den Sergeant erfreut und stellte die beiden Buben den Männern vor, die von der Hotelveranda hereingekommen waren.

Glen schüttelte Bert Mahomet die Hand, dem dunkelhäutigen Besitzer der Kamele. Er lernte Booroloola Bob kennen, den grauhaarigen Goldsucher, dessen Hemd aus einem Mehlsack bestand, und Limey Stone, der ihm erzählte, daß er ein Erdnußfarmer vom Lydell-Fluß sei. Außerdem war noch ein Vogelfänger aus Wyndham zugegen, der Finken verkaufte, und ein Missionar, der unterwegs nach Kunmunja Creek war.

Gerade als Glen Bert Mahomet über seine Kamele befragen wollte, erschien ein langbeiniger, fast meterhoher Vogel unter der Tür und stolzierte gravitätisch auf sie zu, als ob ihm das ganze Haus gehöre. Mit einem Flügelschlag landete er schließlich auf der Theke zwischen Sergeant Manley und dem Besitzer.

»Na, na, Sir Winston«, sagte Lofty und gab dem Vogel einen freundschaftlichen Schubs. »Das sieht dir mal wieder ähnlich. Du meinst immer, ohne dich geht es nicht.« Er wandte sich zu Glen und stellte ihm feierlich Sir Winston Churchill vor.

»Das ist ein Brolga, nicht wahr?« fragte Glen, der sich an die hochbeinigen, schieferblauen Vögel erinnerte, die sie auf den Wiesen kurz hinter Derby gesehen hatten.

»Richtig«, antwortete Lofty Lewis, »und man nennt ihn auch den eingeborenen Kameraden.«

Glen meinte, während er Sir Winstons Rücken kraulte: »Er sieht ganz ähnlich wie ein Kranich aus.«

Der Vogelfänger von Wyndham nickte ihm zu. »Er ist auch einer. Er gehört zu der großen Familie der Watvögel.«

»Es scheint, daß sie leicht zu zähmen sind«, sagte Glen.

»Ja, sie laufen einem nach wie Hunde«, erwiderte Lofty Lewis. »Es gibt Leute, die lieber Papageien als Haustiere halten, aber meiner Meinung nach sind die Papageien schwatzhafter als Lubras. Ständig das Geschrei und das Gekrächze. Ich ziehe Brolgas vor.« Er unterbrach sich, als ein Neuankömmling seinen vollgestopften Sack auf die Theke warf. »Hallo, Sam. Wie ich sehe, hast du Glück gehabt. Eine Menge Felle, scheint mir.« Er begann den Sack zu öffnen.

»Das sind Dingofelle«, erklärte Dave seinem Vetter.

Nachdem Lofty die Felle gezählt und abgeschätzt hatte, fragte er: »Und was brauchst du, Sam?«

Der stämmige Mann im geflickten Khakihemd schob seinen Strohhut zurück und starrte zur Decke. »Warte einmal – Tabak, Wundsalbe, Mehl, Tee, Zucker und – nein, das ist alles.«

Der Händler legte die Waren auf den Tisch. Dann sagte er: »Das macht 2 Pfund und 16 Shilling.« Er kritzelte etwas auf ein Stück Papier. »Hier ist dein Gutschein, Sam.«

Sam steckte den Zettel in die Tasche und fragte: »Hat jemand von euch Billabong Bill gesehen?«

»Ja.« Lofty kratzte sich hinterm Ohr. »Er ist hier vorbeigekommen. Das war am – warte einmal – vorgestern ist es gewesen. Er hat nach dir gefragt. Er wollte zu den Bergen hinüber.«

»Dann werde ich ihn diesmal nicht treffen«, sagte Sam. »Ich will nach Süden. Wenn er wieder hier vorbeikommt, sag ihm, daß ich während der nächsten Regenzeit in Wyndham bin. Auf Wiedersehen, Lofty.«

Als er draußen war, sagte Glen: »Du, Dave, diese Geschichte mit dem Gutschein habe ich nicht begriffen. Was bedeutet das?«

»Lofty hat Sams Dingofelle gekauft, zum Marktpreis. Von dem Kaufpreis hat er den Preis der Waren abgezogen, die Sam haben wollte. Was übrigblieb, hat er Sam gutgeschrieben und auf dem Stück Papier bestätigt, daß Sam diesen Betrag bei ihm guthat. Solche Gutscheine mit der Unterschrift eines Ladenbesitzers gelten hier draußen in den Kimberleys als Geld.«

»Eine Art Scheck also?«

Dave nickte. »Oder so etwas ähnliches wie ein Wechsel. Im ganzen Bezirk gibt es nicht eine einzige Bank und auch nicht viel bares Geld. Deshalb dienen diese Gutscheine als Zahlungsmittel. Mit ihnen kannst du im ganzen Nordwesten alles kaufen, was du haben willst. Mit Dingofellen übrigens auch, weil die Regierung für jeden erlegten Dingo eine Prämie zahlt. Allerdings wäre es umständlich, stets einen Haufen Dingofelle mitzuschleppen. Deshalb tauschen die Dingojäger ihre Felle stets gegen einen Gutschein ein, sobald sie zu einem Händler kommen.«

Ungefähr zwei Stunden vor Sonnenuntergang verließ die Patrouille mit ihren beiden neuen Mitgliedern – Polizist Norton und seinem Tracker – Mulla Mulla.

Mit einem Blick auf Bandicoot, der mit Wallaby Joe zusammen die Nachhut bildete, sagte Glen zu seinem Vetter: »Er scheint mir nicht so sauertöpfisch wie Tom Norton zu sein, oder?«

Der zierliche, springlebendige Tracker zeigte ein breites Lächeln auf seinen Zügen. »Er weiß sich kaum zu lassen vor Stolz, daß er uns auf diesem Patrouillenritt begleiten darf. Jetzt hat er Gelegenheit zu zeigen, daß er ebenso tüchtig ist wie Wallaby Joe.«

»Sind sie denn vorher noch nie zusammen gewesen?«

»Nein. Bandicoot arbeitet noch nicht so lange für die Polizei. Vor ein paar Jahren lebte er noch dort drüben in den Bergen und war das Muster eines wilden Munjons. Ab und zu kam er mit den anderen Abos herunter, um ein wenig Tabak und ein paar Stücke Eisen zu erbetteln.«

»Eisen?«

»Ganz richtig. Die Ureinwohner sind jetzt bei der Eisenzeit angelangt. Sie haben gemerkt, daß sich Eisen für Speerspitzen besser eignet als Stein. Eines Tages verdingte sich Bandicoot dann als Viehhirte auf der Farm von Maynard Plains. Von da ab dauerte es nicht lange, bis ihn der Ehrgeiz packte. Monate hindurch lag er Tom Norton in den Ohren, bis er zum Schluß die Stelle als Tracker bekam.«

»Warum haben die Abos so komische Namen: Wallaby Joe, Bandicoot, Tiger?«

»Das sind die Namen, die ihnen die Weißen geben. Es dürfte dir schwerfallen, ihre Stammesnamen auszusprechen. Aber sie gebrauchen die richtigen Namen auch nicht untereinander, denn sie sind unbändig stolz darauf, ›Weiße-Mann-Namen‹ zu haben. Wenn die wilden Abos zu den Stationen herunterkommen, betteln sie nicht nur um Eisen und Tabak, sondern auch um Namen. Ihren Stammesnamen kennt niemand außer ihnen selbst und den Stammesältesten, die ihnen den Namen gegeben haben, als sie mannbar wurden. Sie glauben, wenn irgend jemand diesen Geheimnamen kenne, besäße er die Macht, sie zu verzaubern und sogar zu töten.«

Während Dave dies alles erzählte, waren sie durch einen Gummibaum-Wald geritten, und als sie jetzt ins Freie kamen, sah Glen eine riesige, vollständig flache Ebene vor sich. Die ganze Gegend war mit Spinifexgras bedeckt, das in so regelmäßigen Büscheln wuchs, daß es aussah wie eine Armee Stachelschweine, die nur auf den Marschbefehl wartete.

Dave meinte: »Von jetzt an wird es schwierig für uns werden. Da wir uns nicht blicken lassen dürfen, können wir nicht länger auf der Straße bleiben.«

»Straße?«, rief Glen aus. »Wo ist denn eine Straße?«

Dave lächelte. »Bis Mulla Mulla sind wir tatsächlich auf einer Straße geritten. Ich bin zwar bereit zuzugeben, daß die Natur nicht mit euren Straßenbauern in Amerika konkurrieren kann, aber immerhin versorgt sie uns mit gangbaren Wegen, die von einer Siedlung zur nächsten führen. Ein geschulter Blick erkennt sie leicht. Jetzt ist es aus damit. Jetzt geht's querfeldein.«

Als Mulla Mulla etwa eine halbe Stunde hinter ihnen lag, verstand Glen, was Dave gemeint hatte. Sie waren auf einen von Regen und Wind tief ausgewaschenen Boden gekommen; und so sicher die Pferde bisher gegangen waren, hier in den Löchern und Rinnen begannen sie zu stolpern. In den Strahlen der untergehenden Sonne breitete sich eine trostlose Einöde vor ihnen aus. Glen schaute mit müden, brennenden Augen um sich. Die bis zum Horizont reichende Gleichförmigkeit war für ihn kaum zu ertragen. Und schlimmer noch: alles Leben schien hier ausgestorben.

»Das macht mir richtig angst«, murmelte Glen vor sich hin. Dann wanderte sein Blick zur Seite, und plötzlich richtete er sich im Sattel auf. »Ein Friedhof!« stieß er hervor. »Schaut nur die Grabsteine dort.«

»Nein, Glen, das sind keine Grabsteine, sondern Termitenhügel, die Nester der weißen Ameisen«, sagte der Sergeant. »Weiter nördlich kannst du noch größere sehen. Die Termiten bauen bis zu fünf Meter hohe Nester, die außen steinhart und innen von Gängen und Kammern durchzogen sind, in denen die Tiere leben.«

Glen starrte auf die Termitenhügel, die sich zwischen den Spinifexbüschen erhoben. Einige waren bis zu zweieinhalb Meter hoch. Manche waren abgerundet, andere spindelförmig mit waagerechten Quergängen. »Wie sie da so zusammenstehen, schauen sie tatsächlich wie Grabsteine aus. Findest du nicht auch, Dave?«

»Doch, wirklich«, gab Dave zu.

»So, das sind also Termitenbauten«, überlegte Glen. »Na, hier draußen am Ende der Welt muß man sich ja keine Gedanken über den Schaden machen, den die Viecher anrichten können.«

»Wir haben aber trotzdem unsere Sorgen mit ihnen«, meinte Dave. »Sie fressen einfach alles. Hausbalken, die vollkommen gesund aussehen, fallen plötzlich in sich zusammen, weil die Termiten sie ausgehöhlt haben. Auf Holz sind sie besonders versessen, aber sie fressen auch Kunststoffe, Papier, Kleider, Leder, Wolle und so weiter. Deshalb gehören sie dort, wo sie vorkommen, zu den schlimmsten Schädlingen. Eben fällt mir noch ein . . .«, er lächelte, ». . . daß sie auch zu den Ursachen gehören, die bei uns den Ersatz der Vierbeiner durch den Motor erschweren. Einem Autobesitzer kann es nämlich passieren, daß er am Morgen nur noch Felgen vorfindet. Die Termiten haben die Reifen und Schläuche gefressen.«

Kurz vor Sonnenuntergang ließ Sergeant Manley halten und schickte die Tracker auf die Suche nach Wasser aus.

»Hier werden sie sicher kein Wasser finden«, sagte Glen überzeugt. »Das kann doch ein Blinder mit dem Krückstock sehen.«

»Meinst du nicht, daß Dad sich mit solchen Dingen auskennt?« erwiderte Dave. »Du kannst sicher sein, daß sie welches finden werden. Alle Abos wissen, wo man im Sand nach einer Wasserstelle graben muß. Oder sie entdecken eine Felsenhöhle, in der sich der Regen gesammelt hat. Ein Abo wird niemals verdursten. Er kennt die Bäume, deren Wurzeln Flüssigkeit zurückhalten. Er kennt die Frösche, die sich in der Regenzeit so volltrinken, daß sie die Trokkenperiode überleben können. Er wird sie aus ihrem Lehmbett ausgraben, wo sie schlafen.«

»Bin froh, daß ich Wasser in meiner Feldflasche habe«, unterbrach ihn Glen.

Dave lachte. »Ich glaube nicht, daß sie hier Frösche für uns ausbuddeln müssen. Die Regenzeit ist ja eben erst vorbei. Da gibt es in den Fluß- und Bachbetten unter dem Sand überall Wasser.«

Und so war es auch. Als die Tracker zurückkehrten, berichtete jeder von ihnen, daß er ein Wasserloch gefunden habe.

Die Patrouille bezog ihr Nachtlager im ausgetrockneten Bett eines breiten Flusses. Nachdem Bandicoot an einer sandigen Stelle ein Loch gegraben hatte, machte Wallaby Joe einen schmalen

Kanal, der zu einem Loch in einem Felsblock führte. Langsam aber stetig tropfte das Wasser in das kleine Reservoir.

Tom Norton spähte nach Westen, wo sich – von der untergehenden Sonne blutrot gefärbt – eine Herde kleiner Cirruswölkchen gebildet hatte. »Jim«, sagte er, »das könnte Regen bedeuten.«

»Regen?« fragte Glen seinen Vetter. »Ich dachte, die Regenzeit sei vorüber.«

»Die Hauptregen sind tatsächlich vorbei«, erwiderte Dave. »Aber manchmal kommt noch ein verspäteter Sturm hinterher. Hin und wieder kann es während der Trockenzeit sogar noch einen ganz schönen Orkan geben. Wenn du Glück hast, erlebst du vielleicht einen heulenden Willy Willy, einen Sommerzyklon. Aber draußen solltest du dann nicht gerade sein.«

Sergeant Manley rief: »Ihr Buben, schafft ein bißchen Holz herbei!«

»Wird gemacht«, antwortete Dave. »Komm mit, Glen.«

»Nanu, wo soll es denn hier Holz geben, Dave?« erkundigte sich Glen. »Es ist ja kein einziger Baum zu sehen.«

»Komm nur mit!« rief Dave, der schon unterwegs war. Er ging das Flußbett entlang und hielt hie und da inne, um hinter den angeschwemmten Felsblöcken nachzuschauen, ob sich während der Regenzeit dort Schwemmholz angesammelt hatte. Tatsächlich fanden sie einige Äste von weißen Gummibäumen und losgerissene Cadjuputbüsche.

Während Dave das Feuerholz kunstgerecht aufschichtete, hörte Glen Tom Norton sagen: »Ich würde auf jeden Fall Bandicoot an die Spitze nehmen, Jim, denn jetzt handelt es sich darum, den Weg zu finden. Und er kennt schließlich sein Land am besten.«

»Du hast ganz recht; er stammt ja aus dieser Gegend.« Sergeant Manley rief Wallaby Joe herbei und erklärte ihm rasch den Sachverhalt.

Doch dieser erhob Einspruch: »Mich das Land alles kennen.«

»Das ist schon möglich«, sagte der Sergeant beschwichtigend. »Aber du wirst noch oft genug Gelegenheit finden, Bandicoot zu übertreffen, ehe dieser Patrouillenritt zu Ende ist.«

Bald kochte der Kessel, und das Fleisch brutzelte über dem Lagerfeuer, doch Glen verspürte keinen großen Appetit. Er überlegte, daß er doch besser in Mulla Mulla geblieben wäre. Bert

Mahomet, den er im Dorfladen getroffen hatte, war auf dem Weg nach Derby gewesen. Bestimmt hätte er mit Vergnügen ein paar seiner Erdnußsäcke in dem Buschdorf zurückgelassen, um dafür einen gut zahlenden Passagier einzutauschen.

Während er nach den winzigen Stechmücken schlug, die ihn umschwärmten, dachte Glen an die nächtlichen Stunden, die vor ihm lagen. Nicht nur giftige Spinnen, sondern auch Schlangen gab es hier. Die andern schienen sich allerdings keine Sorgen darüber zu machen.

Sergeant Manley, dem auffiel, wie schweigsam Glen geworden war, setzte sich zu ihm. »Ich kann mir vorstellen, wie dir zumute ist, Glen. Der Ritt ist nicht leicht für dich gewesen, und diese letzte Strecke hat dir schwer zugesetzt.«

»Es war mehr die trostlose Gegend«, murmelte Glen. Er hielt inne. Es schien ihm, als sei das wirklich der Grund für seine Verstimmung.

»Morgen geht es dir sicher besser.« Sergeant Manley klopfte ihm ermunternd auf die Schulter und erhob sich. »Leg dich so rasch wie möglich schlafen. Morgen müssen wir wieder früh aufstehen. Jede Stunde ist wichtig.«

»Ich weiß. Dieser Ritt wäre wahrscheinlich sehr schnell beendet, wenn du die Carolinenberge erreichen könntest, ehe die Gangster sich davongemacht haben, oder nicht?« Als sein Onkel nickte, fuhr Glen fort: »Wenn du nur ein paar Leute mehr hättest, dann könntest du die Patrouille teilen, nicht wahr? Und dann würde ein Überraschungsangriff voraussichtlich noch besser gelingen.«

»Ganz richtig.«

Beim Schein des Lagerfeuers konnte Glen den Ausdruck auf dem Gesicht seines Onkels erkennen. Er sah sehr nachdenklich drein. Bestimmt hatte er gemerkt, was Glen im Sinn führte. Er runzelte jedoch keineswegs mißbilligend die Stirn.

Glens Laune besserte sich. Es schien leichter zu gehen, als er erwartet hatte. »Hör mal, Onkel, du kannst selbstverständlich auf mich zählen, wenn du Hilfe brauchst.«

Sergeant Manley räusperte sich umständlich. »Ich danke dir, Glen«, sagte er ernst.

7

Grau und düster kam die Dämmerung herauf. Eine dunkle, drohende Wolkenbank verfinsterte den Himmel. Die warme, drükkende Luft war mit Elektrizität geladen.

Sie brachen eilig das Lager ab. »Es wäre gut, wenn wir den Lennard River hinter uns hätten, ehe der Sturm losbricht«, sagte der Sergeant.

Nach einem einstündigen, scharfen Ritt gelangten sie an das Ufer des schmutzigen, gurgelnden Flusses. »Das Wasser steht noch immer sehr hoch«, brummte Norton. »Wenn es noch einmal regnet, wird er wieder alles überfluten.«

Als Glen das rauschende Wasser sah, in dem entwurzelte Bäume und abgebrochene Äste trieben, fragte er sich, wie sie da wohl hinüberkommen würden. Die Antwort kam von selbst, als man ihm und Dave eine Axt in die Hand drückte, mit der Aufforderung, ein paar Gummibäume zu fällen, aus denen man ein Floß herstellen wollte. Die Tracker begannen die Traglasten der Maultiere abzuladen und am Flußufer aufzustapeln.

Als sie endlich genügend Bäume geschlagen und ans Ufer geschafft hatten, war Glen in Schweiß gebadet. Er hatte schmerzende Blasen an den Händen und das Gefühl, als hätte man ihm die Arme aus den Gelenken gedreht.

Es dauerte eine Weile, bis das Floß fertig war; dann wurde es in der Nähe eines riesigen Baumes, der im Flußbett lag und als Wellenbrecher gute Dienste leistete, ins Wasser gelassen und mit den Sätteln, dem Proviant und den in Segeltuch verpackten Gewehren beladen.

Glen hatte erwartet, daß sie selber mit dem Floß hinüberstaken würden. Doch als immer mehr Material aufgeladen wurde, bekam er langsam den Eindruck, als ob für Passagiere kein Platz mehr bliebe. Er fragte sich, wie sie wohl die andere Seite erreichen würden.

Er sollte es bald merken. Sein Onkel fragte: »Bist du ein guter Schwimmer, Glen?«

»Oh – müssen wir hinüberschwimmen?«

»Jawohl.« Tom Norton schaute ihn durchdringend an. »Wir schwimmen und schieben das Floß vor uns her.« Er wandte sich zu dem Sergeanten. »Ich glaube, es wäre gescheiter, wenn wir Glen oben auf die Ladung setzen würden.«

Glen wurde blutrot. »Machen Sie sich keine Sorgen um mich. Ich bin schon viel geschwommen.« Er fügte jedoch nicht hinzu, daß es sich dabei immer nur um stehendes Wasser gehandelt hatte. Er zog sich aus wie die andern und warf seine Kleider auf das Floß.

Während sie in die warme Strömung hineinwateten, schlug Glen wütend nach den Moskitos, die ihn überall stachen. Er hielt sich dicht neben Dave. Zuerst sah es aus, als ob die Sache ganz einfach sei. Der Fluß schien nicht sehr tief. Wahrscheinlich kam es nur darauf an, nicht den Boden unter den Füßen zu verlieren.

Als sie sich jedoch der Flußmitte näherten, wurde das Wasser tiefer und die Strömung stärker. Kleine Wellen schlugen über Glens Schultern, und das schmutzige Wasser spritzte ihm ins Gesicht. Halb geblendet bemerkte er den dicken Ast nicht, der – teilweise unter Wasser – auf ihn zugeschossen kam. Daves Warnruf kam zu spät.

Der Ast rammte ihn so stark, daß er vor Überraschung das Floß fahren ließ. In der nächsten Sekunde spürte er einen harten Schlag auf dem Kopf, und dann wurde alles dunkel.

Als Glen langsam aus seiner Bewußtlosigkeit erwachte, spürte er einen dumpfen, pochenden Schmerz auf der einen Schädelseite. Er hörte Worte, die in seiner Nähe gesprochen wurden, doch es dauerte eine gewisse Zeit, bis er ihren Sinn verstehen konnte.

». . . Ast stieß gegen seinen Kopf. – Gott sei Dank nicht sehr schlimm. – Er erholt sich schon wieder . . . «

Glen, der seines Onkels Stimme erkannte, streckte sich ein wenig und versuchte zu sprechen. Dann hörte er Tom Norton verärgert sagen: »Ich hab's ja gewußt, daß er uns Schwierigkeiten bereiten wird. Er ist so weich wie Butter. Und für einen Grünschnabel ist der Busch nicht der richtige Platz.«

»Sei doch gerecht, Tom«, protestierte der Sergeant. »Er wird von Tag zu Tag härter. Gib ihm nur noch ein bißchen Zeit.«

»Das können wir uns nicht leisten«, erklärte Norton energisch. »Er hält uns auf. Morgen wird er womöglich in einen Abgrund stürzen.«

»Sei vernünftig, Tom. Was Glen passiert ist, hätte dir oder mir genausogut passieren können. Aber ganz abgesehen davon: wir müssen ihn jetzt bei uns behalten, weil wir bis Blue Gum Downs alle Stationen und Dörfer vermeiden wollen – ja sogar alle Herden und Treiber.«

»Du vergißt Maynard Plains, Jim. Der Lennard fließt direkt an dem Anwesen vorbei. Bandicoot könnte den Jungen hinbringen und dann zurückreiten und uns wieder treffen. Die Station liegt nur ungefähr 25 Kilometer flußabwärts.«

»Ich habe Maynard Plains nicht vergessen. Aber ich weiß, daß sie dort in den nächsten Tagen ihre Herden nach Derby treiben. Und ich möchte nicht, daß Glen nach Derby zurückkehrt. Er würde sofort heimreisen wollen. Du weißt ja, was ich im Sinn habe.«

»Ja, ich weiß.« Der Polizist brummte. »Du hast ihn bei dem Glauben gelassen, daß er weiter bei der Patrouille bleiben darf.«

»Es war seine eigene Idee«, sagte Jim Manley gelassen. »Glen hat bis jetzt immer erreicht, was er wollte. Und er glaubt, daß er auch diesmal seinen Kopf durchsetzen kann. Ich habe ihm nicht widersprochen. Ich lasse mich nicht auf Diskussionen mit ihm ein. Wir werden ihn einfach in Blue Gum Downs zurücklassen. Ist er erst einmal dort, so muß er bleiben, bis sie ihre Herden nach Derby treiben – und das wird noch eine ganze Weile dauern. Die Arbeit bei Scott Marsh kann dem Buben nur guttun.«

Glen lauschte gespannt. Hatte sein Onkel wirklich gesagt, daß er ihn in Blue Gum Downs zurücklassen wollte? Oder hatte er es geträumt? Er rieb sich die Augen und versuchte, sich aufzusetzen. Das Klopfen im Kopf wurde ärger. Er war nicht imstande, einen vernünftigen Gedanken zu fassen. Er stöhnte leise.

»Langsam, Glen.« Der Sergeant legte stützend den Arm um seine Schultern und half ihm, sich hochzusetzen.

Jetzt wurden Rufe laut. Wie durch einen Nebel sah Glen Bandicoot die Maultiere die Böschung hinauftreiben, genau an der Stelle, wo die Vorräte lagen. Er sah Dave zu den Pferden gehen, die ein Stückchen weiter entfernt weideten.

Norton rief: »Nur keine Eile, Dave. Wir bleiben noch eine Weile hier. Glen bildet sich ein, schwer verwundet zu sein.«

»Ich bin bereit, jederzeit aufzubrechen«, preßte Glen zwischen den zusammengebissenen Zähnen hervor. Trotz der Übelkeit, die ihn plötzlich überfiel, stand er auf und ging zu den Pferden hinüber. Sein Onkel nickte ihm ermunternd zu.

Dave runzelte die Stirn, als er bemerkte, daß sein Vetter es schwer hatte, sich in den Sattel zu schwingen. »Glen«, fragte er besorgt, »bist du auch sicher, daß dir nichts fehlt? Es war ein übler Stoß.«

»Mit mir ist alles in Ordnung«, hörte Glen sich selber sagen. Die Worte kamen ganz automatisch, genau wie in den vorhergehenden Tagen, als er sich – obgleich völlig erschöpft – aufrecht im Sattel gehalten hatte.

»Ich weiß nicht recht ... « Dave schaute ihn unsicher an.

»Vorwärts«, rief Norton. »Keine Zeit mehr verlieren.«

In der ersten halben Stunde nach dem Aufbruch vom Lennard gab es Augenblicke, wo Glen glaubte, nicht mehr weiter zu können. Doch nach und nach ging das scheußliche Klopfen in einen dumpfen, einigermaßen erträglichen Schmerz über. Bald konnte er beim Umherschauen schon wieder alles deutlich erkennen, nicht nur verschwommene Umrisse wie zuvor. Er stellte fest, daß sie sich jetzt tatsächlich den Napiers näherten und daß sie bald die Ausläufer des Gebirges erreichen mußten.

Er hörte Tom Norton, der vor ihm ritt, etwas über einen drohenden Sturm sagen. Der grollende Ton der Stimme weckte in Glen eine Erinnerung; auf einmal fielen ihm die vor kurzem gehörten Worte ein: ›Du hast ihn bei dem Glauben gelassen, daß er weiter bei der Patrouille bleiben darf.‹ Und die Antwort des Onkels: ›Wir werden ihn einfach in Blue Gum Downs zurücklassen. Die Arbeit kann dem Buben nur guttun.‹

Glen wurde plötzlich wütend. Man wollte ihn also an der Nase herumführen. Sie hielten ihn für einen Neuling – weich wie Butter –, – sie fanden, er sei ein Hindernis. Nun, er würde sie nicht mehr länger behindern. Er würde seinem Onkel sagen, daß Bandicoot ihn zu der Farm bringen solle, die Norton erwähnt hatte.

Er wollte gerade nach vorne zu seinem Onkel reiten, als ihm einfiel, daß diese Lösung wahrscheinlich doch nicht so einfach wäre. Nachdem Jim Manley nun einmal die feste Absicht hatte, ihn in Blue Gum Downs abzusetzen, war es sehr leicht möglich, daß er einwenden würde, es sei jetzt schon zu spät, Bandicoot noch einmal zu dem Lennard zurückzuschicken.

Glen murmelte vor sich hin, daß er kein Kindermädchen brauche und daß er auch allein zurückreiten könne. So schwer würde es schließlich nicht sein, Maynard Plains zu finden. Man mußte einfach zum Lennard zurück und dann 25 Kilometer flußabwärts reiten. War er erst einmal auf der Station, würde er schon dafür sorgen, daß er so rasch wie möglich nach Derby kam. Die Treiber würden ihn mit Vergnügen mitnehmen. Schließlich verfügte er ja über genügend Geld. Jetzt galt es einzig, abzuwarten, bis sich eine passende Gelegenheit fand, um sich unbemerkt davonzumachen. In der Zwischenzeit mußte er die Landschaft ganz genau betrachten, um sich einzelne Merkmale einzuprägen, die ihm als Wegweiser zum Lennard zurück dienen konnten.

Beim Weiterreiten machte sich Glen in Gedanken Notizen über bestimmte Felsformationen und verkrüppelte Bäume. Als sie sich einem steilen Absturz näherten, sagte er sich, daß auch dies wieder etwas sei, woran er sich erinnern würde. Da gab Sergeant Manley das Zeichen zum Halten.

»Wir bleiben vorläufig hier«, sagte er, »und schicken Bandicoot und Wallaby Joe als Pfadfinder voraus.«

Tom Norton wandte sich im Sattel um und schaute zu Glen. »Nun, das wird unserem Patienten Gelegenheit geben, sich ein bißchen zu erholen.«

»Meinetwegen hätte man nicht zu halten brauchen«, erwiderte Glen wütend.

Sergeant Manley lachte. »Reg dich nicht über Toms Bemerkungen auf. Er meint es nicht halb so schlimm.«

Als die Tracker zurückkehrten, berichteten sie, daß sie eine Herde gesehen hätten, die in westlicher Richtung, nach Derby zu, unterwegs sei.

»Weißt du, was das bedeutet, Glen?« fragte Dave seinen Vetter. »Bei der Herde befinden sich Schwarze – Viehhirten und Treiber. In dem Moment, in dem sie uns zu Gesicht bekommen, beginnen sie mit ihren Rauchsignalen. Daraufhin wissen die Stämme im Innern sofort, daß die Patrouille unterwegs ist. Und ehe die Nacht anbricht, hat Tiger die Neuigkeit erfahren.«

»Das werden wir verhindern«, sagte sein Vater. »Tom und ich reiten jetzt zu einer Stelle, die Bandicoot kennt. Von dort aus können wir einen Weg ausmachen, wo wir von den Herdenleuten nicht gesehen werden. In ungefähr einer Stunde sind wir wieder zurück.« Und die Hand auf Glens Schulter legend, meinte er: »Die Ruhe wird dir guttun, Junge.«

Als sie davonritten, sagte Dave: »Du hast Pech gehabt, Glen, aber es hätte viel schlimmer sein können.«

›Natürlich hätte es schlimmer sein können‹, dachte Glen wütend. Schließlich hätte er ja auch ertrinken können. Als er die Reiter zwischen den Bäumen entschwinden sah, kam ihm plötzlich die Idee, daß jetzt eine gute Gelegenheit zum Ausrücken sei. Es galt nur zu überlegen, wie man Dave loswerden könnte. Befriedigt nickte er vor sich hin, als ihm einfiel, was Norton gestern abend gesagt hatte, als sie ihr Buschbrot, das die Australier Damper nannten, in der Asche gebacken hatten: »Zu Damper schmecken Emueier am besten.«

Leichthin bemerkte er zu Dave: »Hat nicht Wallaby Joe etwas von Emufährten hier in der Nähe gesagt?«

»Ich habe nichts davon gehört.« Daves Augen leuchteten. »Aber wenn es Fährten gibt, so bedeutet das, daß sich ein Nest in der Nähe befindet. Und Emueier sind prima zu Damper. Du wirst wahrscheinlich keine große Lust haben, mitzukommen und das Nest zu suchen?«

»Nein, ich warte lieber hier und ruhe mich inzwischen ein wenig aus. Allein wirst du rascher vorwärtskommen.«

Kaum war Dave außer Sicht, zog Glen seine Brieftasche hervor und suchte nach einem Stück Papier, auf das er folgende Worte kritzelte:

»Lieber Onkel Jim, es ist mir klar, daß ich mehr ein Hindernis als eine Hilfe für deine Patrouille bin. Es hat keinen Sinn, daß ich noch länger hier bleibe und euch aufhalte. Ich habe mir den ganzen Tag Zeichen für den Rückweg gemerkt und werde bestimmt ganz leicht zu dieser Maynard Farm finden. Von dort aus werde ich schon irgendwie nach Derby kommen. Mach dir keine Sorgen um mich. Alles Gute, Glen.«

Den Zettel spießte er auf einen Zweig, den er in der Nähe von Daves Zaumzeug in den Boden steckte. Dann – nachdem er sich überzeugt hatte, daß sein Vetter nirgends zu sehen war – rollte er seinen Swag zusammen, schnallte ihn hinter den Sattel und schwang sich auf sein Pferd.

Er war erst kurze Zeit unterwegs, als sich ein fernes Donnern vernehmen ließ. Furchtlos schaute er zu den dunklen Wolken empor, die sich über ihm zusammenballten. Er hatte keine Angst. In der kalifornischen Sierra hatte er schon genügend Gewitterstürme erlebt. Eine Menge Lärm und wenig Regen. Es war kaum anzunehmen, daß er sehr naß würde. Sollte es dennoch der Fall sein, so konnte er sich ja bei den Maynards später trocknen. »Ich bin bestimmt dort, ehe es dunkel wird«, murmelte er.

8

Fest im Sattel sitzend, grinste Glen selbstzufrieden vor sich hin. Kein Mensch konnte Glen Hamilton einen Feigling nennen. Er verstand es, mit Pferden umzugehen, so gut wie jeder in der Patrouille. Den Weg zurück zu finden, war eine Kleinigkeit für einen Menschen, der seinen Verstand beisammen hatte. Sein Blick fiel auf ein Wasserloch, das er auf dem Hinweg gesehen hatte.

Auf einmal wurde der graue Nachmittagshimmel von einem zakkigen Blitz zerrissen, dem fast gleichzeitig ein ohrenbetäubender Donner folgte. Ein Zittern lief über Midnights Fell, und Glen machte sich darauf gefaßt, daß das nervöse Tier bei der nächsten Gelegenheit ausbrechen würde. Aber er würde schon mit ihm fertig werden.

Sein Selbstvertrauen wuchs von Minute zu Minute. Nicht nur, daß er die Gegend an allerlei Zeichen, die er sich gemerkt hatte, erkannte, es gelang ihm sogar, dort, wo der Boden weich war, die Spuren der Patrouille festzustellen. Selbst als jetzt der Regen einsetzte und die Spuren verschwanden, machte sich Glen keine Sorgen. Er war stolz auf seinen Orientierungssinn. Er wußte ja genau: wenn er sich nach Westen hielt, mußte er wieder zum Lennard kommen.

Er war deshalb nicht wenig erschrocken, als die Landschaft plötzlich wie in einem Angsttraum auszusehen begann. Entsetzt blickte er um sich. Von einer kleinen Anhöhe aus entdeckte er drohende Felsen und breite, zerklüftete Schluchten, die ihm vollständig unbekannt waren. Er versuchte sich einzureden, daß er jetzt in die Nähe des Lennard käme und daß er diese Gegend hier am

Morgen infolge einer halben Betäubung nicht richtig in sich aufgenommen hätte.

Doch als er sich dann plötzlich in einer engen, steil abfallenden Schlucht befand, verwandelte sich seine Unsicherheit in Angst. Midnight stolperte und hatte Mühe, seinen Weg zwischen den Felsbrocken zu finden. Glen war ganz sicher, daß sie diese Schlucht heute morgen nicht passiert hatten. Selbst wenn ihm noch so schwindlig gewesen wäre, diesen langen gewundenen Schlangenpfad hätte er unbedingt wahrgenommen. Der Regen, der bis jetzt abwechselnd stark und dann wieder schwächer gefallen war, begann nun, von einem heulenden Wind getrieben, in schräger Richtung wie ein Wolkenbruch niederzuprasseln. Glen versuchte, Midnight zu wenden, doch das Pferd legte die Ohren zurück und rührte sich nicht von der Stelle. Erst als Glen die Zügel lockerte und ihm den Kopf freigab, begann es, sich wieder in Bewegung zu setzen. Aber auch dann ließ es sich nicht zur Umkehr bewegen.

Glen erkannte, daß der Engpaß hier kein gemütlicher Ort bei einem Wolkenbruch war. Die vielen Wasserläufe, die in die Schlucht mündeten, konnten jeden Augenblick zu einer Sturzflut anschwellen. Wieder versuchte er, das Pferd zu wenden. Midnight warf den Kopf zurück, und Glen gab seine Bemühungen auf; er mußte warten, bis sie sich wieder im Freien befanden. Wenn er das Pferd zwischen den drohenden Felsen noch mehr irritierte, mochte das zu ernstlichen Schwierigkeiten führen.

Auf einmal sah er, daß sich die Schlucht erweiterte. Die eine Seite machte den Eindruck, als sei sie von einem riesigen Bagger abgetragen worden. Anstatt der steilen Felswand breitete sich dort ein sanft abfallender Hang aus, der wie Lehmboden aussah. Midnight mußte diese Möglichkeit, auf sicheren Boden zu gelangen, ebenfalls entdeckt haben. Er schlug ein rascheres Tempo ein, und als sie erst einmal die Felsen hinter sich hatten, setzte er sich in Galopp und stampfte den Abhang hinauf.

Als das Pferd endlich keuchend stehenblieb, seufzte Glen erleichtert. Jetzt war die Gefahr überwunden. Nun brauchte er sich keine Sorgen mehr zu machen. Er war nicht verloren. Wahrscheinlich hatte er bei der großen roten Sandsteinplatte vorhin – ein paar Kilometer zurück – die falsche Richtung eingeschlagen. Er würde einfach wieder bis dorthin zurückreiten.

Aber ehe das Gewitter vorbei war, konnte er sich nicht noch einmal in diese Todesfalle da unten wagen. Er würde warten müssen, bis der Regen aufhörte, und das konnte möglicherweise noch Stunden dauern. Es war nicht ausgeschlossen, daß er die ganze Nacht auf dieser Stelle hier würde zubringen müssen.

Der Gedanke mißfiel ihm gründlich. Auch ging ihm das gräßliche Toben des Sturms auf die Nerven. Und er fühlte sich höchst unbehaglich in seinen nassen Kleidern.

Während der kurzen Pausen, in denen der Regen nicht wie eine Wand herunterstürzte, versuchte er, von seinem Aussichtspunkt aus die Landschaft zu erkennen. In der Ferne sah er einen bewachsenen Hügelrücken, der ungefähr parallel zu der Schlucht verlief. Je länger er ihn betrachtete, desto mehr wuchs seine Überzeugung, daß dies der Weg sei, der zu jener grauenhaften Stelle mit den Felsen und Abgründen führte, und von dort aus zu der Sandsteinplatte. Zwischen ihm und dem Bergrücken breitete sich ein bewaldetes Tal; doch von der Stelle hier bis zu dem Punkt, wo er ihn erreichen konnte, betrug die Entfernung wohl kaum mehr als anderthalb Kilometer.

»Vorwärts Midnight«, sagte Glen, mit den Absätzen des Pferdes Flanken berührend. Dann, als der Abstieg begann, runzelte er die Stirn. Trotz des Zettels, den er zurückgelassen hatte, würde sein Onkel bestimmt Ausschau nach ihm halten. Und wenn er jetzt bis zu der Sandsteinplatte zurückritt, verlor er den Vorsprung, mit dem er gerechnet hatte.

Als er die ersten Bäume am Waldrand erreichte, glaubte Glen einen regelrechten Pfad zu erkennen. In der Meinung, er sei von Eingeborenen gebahnt, folgte er ihm, um zu dem Bergrücken zu gelangen. Doch mit der Zeit wurde der Pflanzenwuchs um ihn herum immer dichter, bis er sich schließlich in einem niedrigen, grünen Tunnel befand. Da merkte er, daß er einem Wechsel gefolgt war, den Tiere getreten hatten. Und jetzt hörte die Spur auch noch auf; jedenfalls konnte er sie nicht mehr erkennen.

Ob es ihm paßte oder nicht, er mußte zurück, um jenseits des Waldes zu warten, bis der Sturm sich gelegt hatte. Seufzend klopfte er Midnights Hals und sagte: »Komm, alter Knabe, wir müssen zurück, woher wir gekommen sind.«

Doch das war leichter gesagt als getan. Ungefähr zwanzig

Minuten später versperrte ein zweites undurchdringliches Dickicht von Zweigen und Schlingpflanzen ihm den Weg. Irgendwie mußte er auf einen anderen Wechsel geraten sein – einen, der ihn noch tiefer in dieses weglose Labyrinth hineinführte.

Es war nicht zu leugnen: er hatte sich verirrt.

»Warum«, fragte er laut, »habe ich mir in Derby keinen Kompaß gekauft? Dave hat mich noch darauf hingewiesen. Und ich habe ihm erklärt, was für ein fabelhafter Pfadfinder ich sei. Wie ich mich nach der Sonne richte und meine Uhr als Kompaß benutze.« Er biß die Zähne zusammen. Jetzt fing er ja schon an, mit sich selbst zu reden.

Er versuchte, seiner Panik Herr zu werden. Er wußte genau, wie wichtig es war, Ruhe zu bewahren und die Lage vernünftig zu überdenken.

Er stellte sich die Frage: ›Was tut man, wenn man sich in einer solchen Situation befindet?‹ Seine Hand griff nach dem Gewehr in seinem Futteral, und er murmelte: »Ich werde ein paar Signalschüsse abgeben.«

Voller Hoffnung erhob er die Büchse und feuerte. Beim dritten Schuß begann er hysterisch zu lachen. Was für ein Narr er doch war. Wer befand sich denn in der Nähe, um seinen Schuß zu hören, wenn er in diesem Höllenlärm von Sturm, Donner und Regen überhaupt zu hören war? In der ganzen Gegend gab es nicht einen einzigen Menschen außer der Patrouille. Und auch die Patrouille war sicher nicht in der Nähe. Bis die Reiter bei der Sandsteinplatte anlangten, hatte der Regen bereits jede Spur verwischt.

Niedergeschlagen im Sattel kauernd, erinnerte sich Glen, wie selbstsicher er beim Wegreiten gewesen war. Und nun mußte er sich eingestehen, daß er nicht nur ein Feigling, sondern auch ein Hohlkopf war. Wenn er ein bißchen Verstand besessen hätte, würde er das Ende des Regens abgewartet haben und wäre dann durch die Schlucht zurückgeritten.

Sich aufrichtend, sagte er zu sich selbst, daß er nicht einfach hier sitzen bleiben könne. In einer Stunde etwa brach die Dunkelheit herein. Und dann würde der Wald zum Leben erwachen.

Glen spürte, wie es ihn kalt überlief. Daß es in Australien keine großen Raubtiere gab, wußte er. Schlangen jedoch gab es bestimmt. Der Onkel hatte ja von einer Pythonschlange gesprochen. Seine

Augen wanderten zu den Zweigen über seinem Kopf. Angenommen, eine solche Riesenschlange ließe sich von da oben herab und ringelte sich mörderisch um seinen Leib?

Verzweifelt trieb er Midnight hierhin und dorthin und suchte einen Ausweg aus dem entsetzlichen Irrgarten zu finden. Herunterhängende Zweige schnellten ihm ins Gesicht, lange, dicke Ranken wanden sich um seine Schultern und zerrten ihn fast aus dem Sattel.

Schließlich weigerte sich Midnight, weiterzugehen. Er stand wie angewurzelt und reagierte weder auf Bitten noch auf Fersendruck. Mit einem verzweifelten Seufzer ließ Glen die Zügel aus den Fingern gleiten.

Minuten vergingen, bis er merkte, daß Midnight sich wieder in Bewegung gesetzt hatte. Und zwar ging das Pferd so, als ob es genau wüßte, wohin es wolle. Ein winziger Hoffnungsfunke flakkerte in Glen auf – vielleicht konnte das Tier den Weg zu ihrem Ausgangspunkt zurückfinden.

Im Weiterreiten wurde der kleine Funke größer. Das Dickicht lichtete sich, und es war deutlich zu erkennen, daß sie sich dem Rande des Irrgartens näherten. Bald wurden die Abstände zwischen den Bäumen immer größer, bis zuletzt nur noch ein paar Stämme übrigblieben. Dahinter sah Glen das offene Land.

In dankbarem Gebet hob der Junge die Augen zum Himmel. Daß er dem dunklen Schreckensreich entflohen, war vorläufig das einzige, was zählte. Alles andere würde schon wieder in Ordnung kommen. Er würde warten, bis der Regen aufhörte, um dann durch die Schlucht zurückzureiten. Als er jedoch um sich sah, erblickte er ein weites, grasbewachsenes Land, durchzogen von einem rauschenden Fluß. Midnight strebte auf ihn zu. Nun wurde es Glen klar, daß das durstige Tier das Wasser gewittert hatte und daß sie an einer ganz anderen Stelle aus dem Wald gekommen waren.

Der Regen hatte inzwischen nachgelassen, so daß er ziemlich weit sehen konnte. Er spähte umher, und seine Augen blieben an der nächsten Bergwand hängen. Sie war dicht mit Büschen bewachsen. Alle übrigen sahen wie nackte Tischplatten aus.

Es bestand kein Zweifel – dachte er – diese zunächstgelegene Bergwand mußte der Rücken sein, den er hatte erreichen wollen. Anscheinend hatte er sich also doch in einer ziemlich geraden Linie durch den Dschungel hindurchgeschlagen.

Er seufzte befriedigt. Von jetzt an war es einfach. Er würde über den Fluß setzen, die Büsche durchqueren und auf den Bergrücken hinaufreiten. Er schaute auf die Uhr und stellte nochmals fest, daß es in spätestens einer Stunde dunkel würde. Er überlegte flüchtig, ob er vielleicht lieber in der Nähe des Flusses lagern sollte, verwarf jedoch den Gedanken, denn er wußte genau, daß er sich erst dann richtig würde ausruhen können, wenn er die felsübersäte Ebene wiedergefunden hatte.

Midnight hatte inzwischen seinen Durst gelöscht, jetzt hob er den Kopf. Auf Glens Drängen begann er, seine Hufe in den vom Regen angeschwollenen Fluß zu setzen. Doch da ihm die Sache anscheinend nicht geheuer war, hielt er bald wieder inne. Ungeduldig trat ihm Glen in die Weichen.

Das Pferd machte einen Satz vorwärts, geriet jedoch in der nächsten Sekunde in ein Loch, worauf Glen in hohem Bogen ins Wasser flog.

Während Midnight seinen Fuß aus dem Loch befreite, tappte Glen in dem rasch strömenden, aber ziemlich seichten Wasser umher. Das Wichtigste war jetzt sein Hut, der weggeschwommen war. Er hatte keine Lust, ohne Kopfbedeckung in der glühenden Sonne zu reiten. Nachdem er ihn schließlich gefunden hatte, kletterte er zum gegenüberliegenden Ufer empor. Sich umwendend, mußte er feststellen, daß Midnight ihm nicht gefolgt war, sondern sich nach der anderen Talseite davongemacht hatte.

Vergebens suchte er, das Pferd zurückzurufen. Er war schon nahe daran, wieder in den Fluß hineinzuwaten und ihm nachzulaufen, hielt jedoch inne, weil nicht die geringste Hoffnung bestand, Midnight einzufangen.

Plötzlich begann er am ganzen Körper zu zittern. Er hatte geglaubt, jetzt, wo er den Dschungel hinter sich hatte, sei alles in Ordnung. Aber das hier war noch tausendmal ärger als der Irrgarten. Ein Weißer zu Fuß war hilflos in diesem Lande. Und da er weder Lebensmittel noch eine Büchse besaß . . .

Er war erledigt, sagte er sich selbst. Das war das Ende. Was für ein Narr war er doch gewesen, die Patrouille zu verlassen. Einen Augenblick gab er sich ganz der Verzweiflung hin. Dann fuhr er mit dem Ärmel über die Augen und sagte sich, daß es keinen Sinn habe, sich wie eine Heulsuse aufzuführen. Die einzige – wenn auch noch so winzige – Möglichkeit, hier lebendig herauszukommen, war, daß man den Kopf oben behielt.

Als er zu dem Bergrücken hinaufschaute, erkannte er, daß es dunkel sein würde, lange bevor er den Gipfel erreichte. Das wichtigste war jetzt, eine Art Unterstand zu finden. Mit zusammengebissenen Zähnen wanderte er durch das Gebüsch, während er sich damit zu trösten suchte, daß er ja daheim in Amerika auch schon des öfteren im Freien übernachtet hatte. Wenn damals das Wetter auch immer gut und die Ausrüstung erstklassig gewesen war, so hatte er doch schließlich ein paar Dinge dabei gelernt. Aber ob ihm das in dieser Lage nützen würde? Eine innere Stimme warnte ihn.

Jetzt schauderte er vor Kälte. Obgleich das Gebüsch einen gewissen Schutz gegen den Wind bot, war es doch nicht der geeignete Platz zum Trocknen. Die Zweige tropften wie lecke Wasserhähne. Während er, an einen Baum gelehnt, das Wasser aus seinen Schuhen schüttelte, zwang er sich zum Nachdenken. Da fielen ihm auf einmal die Dächer der Eingeborenenhütten ein, die er gesehen hatte. Hier standen ja lauter Papierrindenbäume. Vielleicht gelang es ihm, aus Rindenstücken eine Art Zelt zu machen. Er zog sein Taschenmesser heraus.

Glen arbeitete fieberhaft, um die Zeit vor der Dunkelheit noch richtig auszunützen. Zuerst löste er die Rinde, dann schnitt er Zweige ab, die er kreuz und quer über die herunterhängenden Äste legte. Darüber schichtete er die Rindenstücke wie Ziegel auf.

›Wenigstens hält es die Tropfen ab‹, dachte er zufrieden, als er seine Kleider auswrang. Auf jeden Fall war er jetzt nicht mehr triefend naß, und wenn er erst ein Feuer hatte . . . Aber er besaß keine Zündhölzer. Er hatte nichts, was ihm besonders nützlich hätte sein können, außer seinem Taschenmesser. Alles andere war in seinem Swag verstaut. Und sein Swag befand sich auf Midnights Rücken.

Immerhin: die erste Hürde auf der Straße des Überlebens hatte er genommen. Jedenfalls war er nicht mehr ganz hilflos der Witterung ausgesetzt. Als nächstes wollte er sich auf dem feuchten Laub, das er aufgehäuft hatte, zusammenrollen und schlafen.

Er legte sich nieder und probierte, eine möglichst annehmbare Stellung zu finden. Aber im Anfang hinderten ihn die feuchten Kleider am Einschlafen, und später war es das unangenehm leere

Gefühl in der Magengegend. Es waren Stunden vergangen, seit er das letzte Mal gegessen hatte. Schläfrig begann er, an ein saftiges Beefsteak zu denken. Instinktiv griff er nach der linken Hüfttasche, wo er seine Brieftasche aufbewahrte – womöglich hatte er sie verloren, als er vorhin in den Fluß gefallen war. Aber sie war noch da. Leider nützte das nichts. Geld konnte man nicht essen. Und ein Gasthaus gab es hier im Busch nicht. Trotzdem ließ ihn der Gedanke an eine gute Mahlzeit nicht los. Eine Parade seiner Lieblingsgerichte zog durch sein Hirn, obwohl er sich alle Mühe gab, die qualvolle Prozession zu beenden. Es hatte keinen Sinn, an Speck und Eier und brutzelnde Beefsteaks zu denken. Wahrscheinlich würde er vorerst überhaupt nichts zu essen bekommen. Zu Fuß würde es allerhand Zeit kosten, zu der Sandsteinplatte zurückzukehren. Und von dort war es noch ein ganz schönes Stück bis zum Lennard. Und beim Lennard angelangt, würden die zwanzig Kilometer bis nach Maynard Plains ohne Pferd keineswegs einfach sein.

Es konnte zwei, vielleicht sogar drei Tage dauern, bis er die Viehstation erreichte. Immerhin, es würde ihm gelingen, denn auf alle Fälle gab es ja genügend Wasser. Nach Onkel Jims Worten vermochte ein Mensch ziemlich lange ohne Nahrung zu leben, Durst, nicht Hunger, war die Ursache eines raschen Todes.

Glen fuhr sich mit der Zunge über die Lippen. Es war zweierlei, sich vorzustellen, eine Zeitlang ohne Nahrung auszukommen und mit diesem bohrenden Hunger fertig zu werden. Ob er vielleicht eine kleine Goanna erwischen konnte? Onkel Jim hatte gesagt, daß sie gekocht ähnlich wie Hühnerfleisch schmeckten.

Dann fiel ihm ein, daß er ja keine Zündhölzer hatte. »Also müßte ich sie roh essen, wenn ich eine finge«, murmelte er. Der Hunger war verflogen. Er schloß wieder die Augen. Und jetzt schlief er ein.

9

Die gellenden Vogelstimmen weckten Glen. Als er die rindenbedeckten Zweige über sich sah, fand er sich im ersten Augenblick nicht gleich zurecht. Wo war er? Was war mit ihm geschehen? Dann begann er, sich langsam zu erinnern.

›Besser, du stehst auf‹, sagte er zu sich selbst. ›Wenn die Sonne erst einmal hochsteht, brennt sie wie Feuer.‹ Als er unter seinem Schutzdach hervorkriechen wollte, begann er, jämmerlich zu stöhnen. Durch den Schlaf in den nassen Kleidern waren seine Glieder völlig steif geworden. Nur dadurch, daß er sich an einen Baum klammerte, vermochte er, sich aufrecht zu halten.

Bei jedem Schritt ächzend, stolperte er aus dem Wäldchen hinaus. Manchmal blieb er stehen, um sich Arme und Beine zu reiben. Allmählich begann sein Blut wieder zu zirkulieren. Als er schließlich den Fluß erreichte, war sein Gang schon fast wieder normal.

Auch seine Sinne hatten sich erholt. Er stellte fest, daß der Sturm vorüber war und daß der Himmel, mit Ausnahme einiger kleiner Wolken, in völliger Klarheit erstrahlte. Am Flußufer ließ er sich auf die Knie nieder, legte die Hände aneinander und trank. »Ein üppiges Frühstück kann man das gerade nicht nennen«, murmelte er dabei.

Als er sich erhob, ging die Sonne soeben hinter dem buschbedeckten Bergrücken auf. Also hatte er sich gestern nach der falschen Seite gehalten und sicher einen viel zu weiten Bogen gemacht. Wenn er jedoch erst wieder an der Sandsteinplatte anlangte, war alles in Ordnung. Jetzt, wo er sich nach der Sonne richten konnte, würde es ihm nicht schwerfallen, sich nach Westen zu halten.

Er fing an auszuschreiten, so rasch es seine schmerzenden Muskeln erlaubten. Doch schon nach einer kleinen Weile merkte er, daß er das Tempo der Hitze wegen nicht durchhalten konnte. Schon jetzt war es so warm, daß seine Kleider rasch trockneten.

Vom Fluß aus hatte es den Eindruck gemacht, als sei der Weg auf den Bergrücken hinauf ziemlich leicht. Doch nachdem Glen bereits zwei Stunden geklettert war, befand er sich erst auf halber Höhe. Keuchend vor Anstrengung und Hitze, hielt er inne. Dann, als er nach oben schaute, fiel sein Blick auf eine Höhle. ›Dort drinnen ist es bestimmt kühl‹, dachte er und ging darauf zu. Nach dieser sengenden Sonne brauchte er ein paar Minuten Schatten.

Als er sich dem Eingang, einer breiten, senkrechten Spalte, näherte, merkte er, daß er hier mehr gefunden hatte als nur den willkommenen Schatten. Er sah jetzt, daß von der Höhle aus ein natürlicher Pfad zum Gipfel des Bergrückens führte. Er gratulierte sich zu seinem Glück, als er in die schattige Kühle trat. Weiter drinnen würde es bestimmt noch besser sein. Sobald es seine geblendeten Augen gestatteten, versuchte er, um sich zu schauen. Das erste, was er entdeckte, waren gelbe und rote Flecken an den Wänden. Neugierig trat er näher. »Herrje, das sind ja Bilder!« rief er aus, während er auf die merkwürdigen Figuren, menschliche Gestalten, starrte. Manche schienen Hemden zu tragen, andere wieder Kleider. Der Künstler hatte strahlenförmige Heiligenscheine um die Köpfe gezeichnet und die Gesichtszüge dargestellt – alle, bis auf den Mund. Er überlegte, was er da vor sich hatte. Dann begann seine Neugier einer großen Unsicherheit zu weichen. Es mochte sein, daß die Abos Besucher in ihrer »Kunstgalerie« nicht schätzten. Doch selbst, wenn sie nichts dagegen hatten, war es wahrscheinlich besser, so schnell wie möglich zu verschwinden. Er war ganz und gar nicht erpicht darauf, jetzt und hier in irgendwelche Eingeborenen hineinzurennen. Einem weißen Jungen ohne Pistole im Gürtel oder Flinte in der Hand würde kein Munjon übertriebenen Respekt entgegenbringen. Möglicherweise würde so ein Kerl ihn sogar angreifen. Dies ließ sich wenigstens aus den Erzählungen des Onkels schließen.

Er drehte sich um. Jetzt, da sich seine Augen an das graue Zwielicht gewöhnt hatten, erblickte er noch etwas anderes: Zahllose Knochen lagen verstreut auf dem Boden, dazwischen überall Menschenschädel.

Schleunigst rannte Glen wieder in die helle Sonne hinaus und setzte mit erneuter Energie, die nicht allein der kurzen Rast zuzuschreiben war, seinen Weg nach oben fort.

Als er endlich den Gipfel erreichte, hatte er das Gefühl, seine Lungen seien am Bersten, und seine Knie zitterten so stark, daß er sich kaum noch auf den Füßen zu halten vermochte. Immerhin war er jetzt an dem Punkt angelangt, von dem aus er wieder eine bekannte Gegend erblicken konnte. Von jetzt an würde es leichter gehen. Taumelnd schaute er nach allen Seiten. Doch da waren keine Felsen und Abgründe zu sehen. Da war nichts, was auch nur die geringste Ähnlichkeit mit dem Eingang zur Schlucht hatte.

Glen warf sich auf den Boden und begrub den Kopf in den Armen. Was sollte er jetzt tun? Er wußte es nicht. Er war außerstande zu denken.

Eine lange Zeit – niedergeschmettert vor Verzweiflung – saß er einfach da und starrte geistesabwesend in die Landschaft hinunter. Nirgends war ein Zeichen einer menschlichen Behausung zu erblikken, nirgends Rinder oder Schafe. Das flache Tal war zum größten Teil von Gras bedeckt, doch wuchsen auch einige große Bäume dort unten.

Glens Augen blieben an einem Gehölz in ungefähr einem Kilometer Entfernung haften. Sein Herz begann rascher zu schlagen. Eine dünne Rauchsäule stieg zwischen den Bäumen auf, wurde vom Winde erfaßt und in die Richtung des Bergrückens getrieben.

Irgend jemand hatte da unten ein Feuer angezündet – und ein Feuer bedeutete ein menschliches Wesen.

Es mochte ein Erzsucher sein, vielleicht sogar die Patrouille. Andererseits konnten auch Eingeborene das Feuer entfacht haben. Und wenn ihm das Glück weiter so lachte wie bisher, würde es sich um ein paar besonders feindselige Munjons handeln. Doch das mußte man riskieren. Ohne Hilfe war es ausgeschlossen, den Weg aus dieser Wildnis herauszufinden.

Er rannte den Abhang hinunter, daß die Steine nur so stoben. Im Tal angelangt, drängte er sich durch die Büsche, um die Stelle zu erreichen, von wo der Rauch aufgestiegen war. Zu sehen war der Rauch nicht mehr. Vielleicht brannte das Feuer jetzt schon so gut, daß es keinen Rauch mehr entwickelte, der ihm als Wegweiser dienen konnte; vielleicht hatte der Rauch aber auch bedeutet, daß die Flammen gerade durch eine Handvoll Erde erstickt worden waren, weil die Leute aufbrechen wollten. Womöglich würde er nur noch ein ausgebranntes Feuer vorfinden. Diese Angst spornte ihn zu noch größerer Anstrengung an. Ohne auf sein Seitenstechen zu achten, drängte sich Glen durch die dornigen Sträucher, die ihm Hände und Kleider zerrissen. Das Tal, das von oben wie eine ebene Grasfläche ausgesehen hatte, erwies sich als ein kleiner Dschungel, voll mit mannshohen Dornbüschen.

Auf einmal begannen seine Nasenflügel zu beben. Das war doch Rauch – das war unverkennbar Rauch. Ohne Rücksicht auf seine blutenden Hände quetschte Glen sich durch die Dornbüsche, die ihm den Weg versperrten. Eine Minute später taumelte er auf eine schmale Lichtung. Verschwommen sah er einen drahtigen, kleinen Mann, der eine erhobene Büchse sinken ließ.

»Schau mal an«, hörte er eine bekannte Stimme sagen. »Der

junge Herr aus San Francisco kriecht da im Gebüsch herum. Wo kommst du denn her, hier mitten im Busch?«

»Bill – Billabong Bill!« rief Glen heiser. Er spürte, wie der Trapper stützend den Arm um seine Schultern legte und ihn in den Schatten eines großen Gummibaumes geleitete.

»Na, gut schaust du aus, mein Junge. Was hast du denn gemacht? Hast du dich mit einem Stacheldraht eingelassen?« Er grunzte. »Na, das kannst du mir später alles erzählen. Jetzt ruh dich zuerst einmal aus. Ich setze inzwischen den Kessel noch einmal aufs Feuer. Dann gibt's heißen Tee.«

»Wasser.«

»Schon recht, mein Junge. Aber nicht alles auf einmal.« Der Dingojäger ging zu der Stelle hinüber, wo er sein braunes Pferd und zwei Esel angebunden hatte. Er füllte einen Kessel mit Wasser aus einem Ledersack und holte ein Stück Buschbrot und gesalzenes Fleisch aus seinen Vorräten.

Glen schaute dankbar zu ihm auf, als das Wasser seine ausgedörrte Kehle befeuchtete. »Ich weiß nicht, was mit mir geschehen wäre, wenn ich Sie nicht gefunden hätte.«

»Du weißt es nicht?« Bill grinste. »Na, das kann ich dir ganz genau sagen, und später werde ich es auch tun. Aber jetzt mußt du erst essen. Greif zu! Das Brot ist großartig. Ich habe es heute morgen frisch gebacken.«

Glen war ganz seiner Meinung, daß das Buschbrot ausgezeichnet sei. Noch nie hatte ihm eine Mahlzeit so gut geschmeckt wie diese. Als er bei der letzten Tasse des starken, heißen Tees angelangt war, gab er Antwort auf Bills Frage, wie er in diese Lage geraten sei.

»Ich war bei der Patrouille«, erklärte Glen. Dann erzählte er seine Erlebnisse und schloß: »Polizist Norton nannte mich einen Grünschnabel und fand, daß ich die Patrouille aufhielt. Deshalb entschloß ich mich, auszurücken und nach Maynard Plains zu reiten, um von dort nach Derby zu gelangen.«

»Hm!« Billabong Bill warf dem Jungen einen durchdringenden Blick zu.

Glen seufzte. »Ich dachte, es sei eine Kleinigkeit, Maynard Plains zu erreichen.«

»Eine Kleinigkeit? Man sieht, daß du vom Busch keine Ahnung hast. In den wilden Kimberleys haben sich schon gewiegte Buschläufer, die das Gebiet nicht kannten, verirrt. Und kein Mensch hat sie mehr gesehen. Hättest du mich heute nicht getroffen, so würdest du wahrscheinlich den morgigen Tag nicht mehr erlebt haben. Wenn du dich – als Neuling – irgendwo hier in der Gegend zu einem Schläfchen niederlegst, merkst du beim Aufwachen plötzlich, daß nicht mehr viel von dir übrig ist, außer ein paar Knochen, die die Dingos liegengelassen haben.«

Glen schauderte. »Ich bin ein schrecklicher Esel gewesen, daß ich von der Patrouille fortgelaufen bin.«

»Stimmt ganz genau«, erwiderte Billabong Bill. »Und schlimmer als das, du bist ein äußerst unverständiger, junger Narr. Dein Onkel sucht natürlich nach dir. Dadurch verliert die Patrouille ein paar wertvolle Tage. Wenn die Gangster sich inzwischen aus dem Staub machen können, ist das alles deine Schuld.«

»Ich habe aber doch eine Nachricht hinterlassen. Ich habe meinem Onkel mitgeteilt, daß ich nach Maynard Plains reiten würde.«

»Quatsch! Du hast ganz genau gewußt, daß dir dein Onkel Wallaby Joe nachschicken wird.« Billabong Bill schüttelte den Kopf. »Allerdings keine leichte Arbeit, nachdem der Regen deine Fährte gleich wieder auslöschte. Immerhin bleiben noch die abgebrochenen Zweige.«

»Es gab nicht einmal Zweige.« Glen berichtete von der Felslandschaft, durch die er geritten war.

»Aha, dort bist du also durchgekommen. Da mußt du mehr als einmal nach der falschen Seite abgebogen sein.« Der Alte rieb sich das Kinn. »Möglicherweise suchen sie dich noch immer dort. Schämst du dich eigentlich nicht?«

»Und ob! Ich schäme mich ganz gründlich. Jetzt werden sie mich alle für einen gräßlichen Jammerlappen halten«, sagte Glen bitter.

»Das ist natürlich das einzige, was dir Sorgen macht. Du hast nur einen Wunsch: daß die Leute denken sollen, was für ein toller Kerl du bist. Ob sie dich leiden mögen oder nicht, ist dir augenscheinlich ganz egal. Na, eigentlich ist es ja ein Glück, daß es dir gleichgültig ist. Kein Mensch kann nämlich einen Burschen wie dich leiden.« Er starrte in die Baumwipfel hinauf und fuhr fort: »So, Polizist Norton hat behauptet, daß du ein Grünschnabel seist. Ich wette, daß sie inzwischen schon einen neuen Namen für dich gefunden haben. Einen Drückeberger werden sie dich jetzt nennen.«

Glens Miene wurde finster. »Ich bin kein Drückeberger. Der wahre Grund, weshalb ich die Patrouille verließ, war, daß mein Onkel mich nur bis Blue Gum Downs mitnehmen wollte. Auf dieser blöden Viehstation sollte ich bleiben und mich kaputtarbeiten.« Er erzählte Bill von der Unterhaltung, die er mitangehört hatte.

»Ich verstehe. Aber hat Sergeant Manley dich vielleicht überredet, mit der Patrouille zu reiten? War es nicht von Anfang an abgemacht, daß du nach Blue Gum Downs gehen würdest?«

»Ja«, gab Glen zu, »aber . . .«

»Da gibt's kein Aber. Ihr hattet eine Abmachung getroffen, und daran mußtest du dich halten. Ja, Drückeberger ist der richtige Name.« Er blickte ihm ins Gesicht.

Glen senkte den Kopf, den Unterkiefer vorgeschoben. »Kein Mensch hat mich bis jetzt einen Drückeberger nennen können . . .« Er schluckte und schwieg.

Dann herrschte eine lange Stille. Scheinbar ungerührt rauchte Billabong Bill seine Pfeife. Endlich blickte Glen auf und sagte: »Sie scheinen die Gegend zu kennen, wo ich mich verirrte. Glauben Sie, daß die Patrouille dort nach mir sucht?« Als der Dingojäger nickte, fuhr Glen fort: »Hören Sie, wenn Sie mich dorthin zurückbringen, will ich von jetzt an bei der Patrouille bleiben.«

»Ich dachte, du willst nach Maynard Plains. Ich kann dich genausogut dorthin bringen. Durch ihre Rauchzeichen werden die Schwarzen Wallaby Joe mitteilen, daß du gesund und munter bist und bereit, zu deiner Mama zurückzureisen.«

»Kein Mensch soll mich einen Drückeberger nennen. Ich habe mich entschlossen, nach Blue Gum Downs zu gehen.«

»Schön«, sagte Billabong Bill, »du mußt tun, was du für richtig hältst. Ich mische mich da nicht ein.« Er wies mit dem Kopf auf die angebundenen Reittiere. »Sobald du dich einigermaßen erholt hast, wollen wir aufbrechen. Du kannst Jenny, die Eselin, nehmen. Sie ist zwar manchmal ein bißchen störrisch, aber . . .«

»Immer noch besser als auf Schusters Rappen«, ergänzte Glen.

10

Daß Jenny störrisch war, war nur eine von ihren schlechten Eigenschaften. Außerdem hatte sie auch die Gewohnheit, mit den Hinterhufen nach den beiden anderen Tieren zu schlagen. Glen fühlte sich, nur mit einer Wolldecke als Sattel, nicht übertrieben sicher auf ihrem Rücken. Und sehr bequem saß er ebenfalls nicht. Trotzdem war er glücklich, daß er wenigstens reiten konnte.

»Es wäre bestimmt scheußlich, wenn ich den Weg zu Fuß machen müßte«, sagte er und rieb sich das schweißüberströmte Gesicht. »Australien ist ein grauenhaft heißes Land.«

»Na«, sagte Bill bissig, »das ist auch wieder eine ziemlich blöde Bemerkung. Wahrscheinlich wirst du, wenn du wieder daheim bist, allen Leuten erzählen, daß Australien heiß wie die Hölle ist. Natürlich steigt die Temperatur hier im Norden recht hoch. Aber vergiß nicht, daß sich der Kontinent über 28 Breitengrade erstreckt. Von einem Ende zum andern wachsen nicht überall Bananen. Im Süden, entlang der Küste, ist das Wetter wirklich mild. Nimm Sydney, zum Beispiel.«

Jenny hatte den Kopf gesenkt und machte Anstalten, wieder einmal auszuschlagen. Bill beobachtete, wie Glen mit Händen und Fersen versuchte, das Tier zur Vernunft zu bringen. Ein Schimmer von Anerkennung trat in seine Augen, doch als er weitersprach, war sein Stimme genauso scharf wie bisher.

»Außerdem wirst du deinen Freunden wahrscheinlich erzählen, daß wir nichts anderes tun, als Jagd auf Dingos und wildgewordene Schwarze machen.«

»Na, nach dem, was ich bisher gesehen habe, ist es wirklich ein ziemlich primitives Land.«

»Quatsch. Was hast du denn schon gesehen? Doch nur gerade ein Stückchen von einem Land, das fast so groß ist wie die Vereinigten Staaten. Du kennst unsere Städte nicht – Sydney, Melbourne, Perth. Prachtvolle Orte für jemand, der das Stadtleben liebt. Aber in ganz Australien gibt es nur ungefähr neun Millionen Menschen, während ihr – wieviel Einwohner haben die Staaten eigentlich?«

Glen zögerte. »Ich weiß es nicht genau.«

»Du scheinst mir nicht einmal allzuviel über dein eigenes Land zu wissen. Immerhin, soviel ich gehört habe, müssen es mehr als hundertsechzig Millionen sein. Allerdings hatten die Vereinigten Staaten auch einen ganz anderen Start. 1776, als die amerikanischen Kolonien ihre Unabhängigkeit erklärten, gab es dort schon Straßen und viele ziemlich große Städte, außerdem Plantagen und Handelsniederlassungen in Hülle und Fülle, während zur gleichen Zeit von Australien, außer ein paar Entdeckern wie Dampier oder Kapitän Cook, noch kein Mensch etwas wußte. Es gab nichts als Eingeborene, Känguruhs und Dingos hier.«

»Aber hat nicht Kapitän Cook Australien für die Krone von England in Besitz genommen?« Glen erinnerte sich an das bißchen Schulweisheit, das ihm geblieben war, und fügte hinzu: »Wahrscheinlich hat er sich überlegt, daß das ein guter Platz wäre, um die englischen Verbrecher unterzubringen.«

»Unsinn. Erst im Jahre 1787 sind die ersten von ihnen hierher geschickt worden. Und das kam nur daher, daß man sie nicht länger nach Amerika abschieben konnte, wo man sie bis dahin untergebracht hatte.«

»England hat Verbrecher nach Amerika geschickt?« fragte Glen.

»Jawohl, bis zum Jahre 1780. Aber du darfst nicht vergessen, daß die Leute damals für die blödesten Sachen zur Deportation verurteilt wurden. Zum Beispiel, wenn einer erklärte, daß er nicht der gleichen Meinung sei wie die Regierung, oder wenn er Fasanen und Kaninchen auf dem Gut eines Edelmanns fing. Und den Edelleuten gehörte sozusagen das ganze Land.«

Glen sagte nachdenklich: »Jetzt, wo Sie es erwähnen, fällt mir ein, daß ich über die Gesetze von damals gelesen habe. Ein Mann, der einen Laib Brot stahl, konnte gehängt werden, nicht wahr?«

»Ganz richtig. Die englischen Gesetze waren damals sehr hart gegen die Armen. Aber auf den ersten elf Schiffen, die 1787 Sträflinge und Wachsoldaten nach Australien brachten, befanden sich auch ein Anzahl freie Kolonisten. Ich nehme an, daß die – genau wie ich – Ellbogenfreiheit haben wollten.«

»Kamen von denen auch welche zu den Kimberleys?«

»Keine Spur. Damals wußte kein Mensch etwas von diesem Teil des Landes. Alle diese Einwanderer landeten an der Ostküste, in der Nähe der Botany Bay, wo Kapitän Cook bei der Entdeckung der Ostküste im Jahre 1770 gelandet war. Damals hieß der Ort Port Jackson. Fünfzehnhundert Leute setzten die Schiffe dort an

Land: Siedler, irische Rebellen, sogenannte Verbrecher und Wachmannschaften, die Kapitän Arthur Philip befehligte. Das erste, was sie sahen, waren nackte, wilde, schwarze Menschen, die im Busch lauerten und die Ankömmlinge mit ihren Speeren bedrohten.«

»Ich vermute, daß sie auch sonst mit allerhand Schwierigkeiten zu kämpfen hatten«, meinte Glen.

»O ja, sie hatten zuerst schwere Zeiten, viele Jahre lang. Nachdem sie die Ureinwohner in den Busch zurückgejagt hatten, mußten sie vor allem dafür sorgen, daß sie nicht verhungerten, denn die mitgebrachten Lebensmittel reichten nicht weit, und Nachschub von England kam nur spärlich. Sie rodeten das Land, bauten sich erst Hütten, dann Häuser und pflanzten Getreide. So ist mit der Zeit aus Port Jackson Sydney geworden, die Hauptstadt von Neu-Süd-Wales, der ersten australischen Kolonie.«

Billabong Bill fuhr fort und erzählte, daß unter den Einwanderern mehrere Anwälte und Ärzte waren, die man aus politischen Gründen deportiert hatte, desgleichen geschickte Handwerker: Zimmerleute, Schmiede, Maurer und Drucker. »Natürlich waren auch wirkliche Verbrecher darunter, hartgesottene Bösewichter, die die Arbeit scheuten wie die Pest, und deren einzige Beschäftigung darin bestand, den Leuten das Geld aus der Tasche zu stehlen oder ihnen die Kehle durchzuschneiden. Bei jedem neuen Transport, der ankam, gab es solche Sünder, doch die anderen wurden ihrer bald Herr. Die besseren Elemente beschwerten sich so lange, bis sich England, so um das Jahr 1840 herum, entschloß, seine Sträflinge von jetzt ab nach Tasmanien zu verschicken. Und kurz darauf hörte man überhaupt auf, sie aus dem Mutterlande zu deportieren.«

Bill erzählte von den anderen Kolonien, die in den folgenden Jahren gegründet wurden. Weiter nördlich, in Queensland, entstanden Siedlungen und im Süden die Städte Melbourne und Adelaide. Bald begannen die Einwanderer auch in Neuseeland Fuß zu fassen und auf der großen, herzförmigen Insel Tasmanien südlich von Melbourne.

Während Bill sprach und Glen lauschte, hatten sie schon eine tüchtige Strecke zurückgelegt. Jetzt kamen sie zu einem schmalen Paß, der aus dem Tal hinaus in die Berge führte. Hier mußten sie hintereinander reiten, und Bill ritt voran. Beim Zurückschauen merkte er, daß Glen in die Tiefe hinunterstarrte und versuchte, Jenny so dicht wie möglich an der fast senkrechten Felswand zu seiner Rechten zu halten. »Gib Jenny den Kopf frei, Glen. Sie ist so bergsicher wie eine Ziege.«

»Schon recht«, murmelte Glen, der kaum zu atmen wagte, als der Esel unbekümmert seines Weges schritt. »Gibt es noch mehr solche Stellen, Bill?«

»Noch viele. Jetzt geht's wieder in ein Tal hinunter und dann abermals über einen Bergrücken ins nächste. Alle fünf bis zehn Kilometer gibt's einen Saumpfad wie diesen. In diesem Gebiet sind die Berge richtige Barrieren, Glen. Sie sind nicht hoch und sehen nicht sonderlich schwierig aus, aber sie sind's.« Er deutete in die Ferne, wo sich ein zackiger, purpurgrauer Felsrücken hinter dem anderen erstreckte. »Das ist ein Teil der Napiers. Auch sie sind nicht hoch, aber wenn du den Weg nicht kennst, kommst du nicht durch.«

Nachdem der gefährliche Saumpfad hinter ihnen lag, ritt Bill wieder neben Glen und erzählte ihm noch mehr über die ersten Jahre der australischen Besiedelung. Er sprach von den Entdekkern, die sich als erste in das unbekannte Innere, die Große Sandwüste, gewagt hatten. »Diese Leute haben die Wege für unsereinen bereitet. Natürlich sind nicht alle wieder aus dem Busch zurückgekommen. Nimm zum Beispiel Leichart. Das war ein deutscher Forscher, der von Queensland aus ins Innere zog; kein Mensch hat je wieder etwas von ihm gesehen oder gehört.«

»Was kann ihm passiert sein, Bill?«

»Das gleiche, was jedem, der sich in der Wildnis verirrt, auch noch heutzutage passieren kann – junge Naseweise aus Amerika, die noch nicht ganz trocken hinter den Ohren sind, mit eingeschlossen. Vielleicht fand er kein Wasser mehr, vielleicht haben die Dingos oder die Abos ihn überfallen. Damals waren die Abos noch verteufelt wild. Wahrscheinlich hat Leichart mit einer Speerspitze Bekanntschaft gemacht.«

»Hören Sie«, unterbrach ihn Glen, »das erinnert mich ...« Er erzählte Bill von der Höhle mit den Menschenknochen.

»Da bist du auf einen Begräbnisplatz geraten. Die Abos schnüren ihre Toten auf Bretter, die sie in den Bäumen aufhängen. Wenn nichts mehr übrig ist als die Gebeine, holen sie die Bretter herunter, wickeln die Knochen in Baumrinde ein und bringen sie in eine Höhle. Wenn die Dingos den Weg in eine solche Höhle finden, werfen sie die ganzen Knochen durcheinander. Das wird bei deiner Höhle geschehen sein.«

»Ich dachte zuerst, es sei eine Art Kunstgalerie.« Glen beschrieb die Bilder, und Bill lauschte voller Interesse.

»Diese Bilder sind nicht von Abos gemalt worden, Glen. Ich habe auch von solchen Bildern gehört, von Gestalten, die Hemden oder Kleider tragen. Wer sie geschaffen hat, weiß man nicht. Abos zeichnen keine Kleider. Unsere Vorgeschichtsforscher meinen, daß lange vor den Steinzeitmenschen, deren Abkömmlinge die Abos sind, eine ganz andere Menschenrasse in Australien lebte, und daß diese Menschen die Bilder hinterlassen haben. Aber woher sie kamen und warum sie verschwunden sind, hat noch niemand erklären können.«

Im Weiterreiten erzählte Bill, daß auf die Entdecker, die das Innere des Landes erschlossen, die Viehzüchter folgten, die ersten Ansiedler, die nicht an den Grenzen der ursprünglichen Kolonien haltmachten. Diese Squatters, wie sie in Australien heißen, schlugen sich mit Äxten ihren Weg durch die Wälder und siedelten sich auf dem wilden Weideland an, wo sie ihre Hütten aus Lehm, geflochtenen Akazienzweigen und Baumrinde errichteten. Sie hatten mit der Dürre und den Überschwemmungen zu kämpfen, mit Waldbränden und den Ureinwohnern. »Viele wurden von Abos getötet«, fuhr Bill fort. »Manche verloren in der Einöde die Nerven und kehrten wieder in bewohnte Gegenden zurück. Aber aus denen, die blieben, holte der Busch das Beste heraus. Wir könnten mehr von diesen Rind- und Schafzüchtern brauchen. Sie sind heute das Rückgrat des Landes.«

Bei Sonnenuntergang hielten sie bei einem Bachbett an, um aus dem Sickerwasser Tee zu bereiten. Dazu gab es wieder Fleisch und Damper. Während der Mahlzeit dachte Glen über die Dinge nach, die ihm Bill erzählt hatte. »Australien hat eigentlich eine ganz ähnliche Geschichte wie Nordamerika, Bill. Zuerst die Entdecker und dann die Siedler«, meinte er.

»Stimmt. Immerhin besteht ein Unterschied. Die amerikanischen Pioniere, die nach Westen zogen, fanden fruchtbaren, wasserreichen Boden vor. Unsere Squatters kamen, wenn sie das Grasland hinter sich hatten, in die Große Sandwüste, wo es nicht einmal Trinkwasser gab.« Billabong Bill nickte vor sich hin. »Das fruchtbare Land liegt entlang der Küste und drunten im Südwesten. Trotzdem haben diese Siedler in weniger als hundert Jahren im Landesinnern Tausende von Farmen und Stationen geschaffen, die so groß und produktiv sind, daß sie im Hinblick auf Wolle, Fleisch und Weizen auf dem Weltmarkt preisbildend wirken. Australien liefert zum Beispiel ein Viertel der jährlichen Wollschur auf der Erde, während es in der Weizenausfuhr gleich hinter Kanada und Argentinien steht.«

Als der Mond aufging, saßen sie wieder auf und ritten durch das wogende Grasland in die Berge hinauf. Glen klammerte sich an Jennys Hals, als sie im Zickzack den steilen Pfad emporkletterte. Auf dem Gipfel angelangt, sah er überall haushohe Felsblöcke umherliegen. »Bill«, rief er, »das sieht genauso aus . . .«

»Ja, das ist die Stelle, wo du in die Irre geraten bist. Dort drüben brennt übrigens ein Signalfeuer. Das gilt dir, für den Fall, daß du hierher zurückfinden würdest.«

Als sie sich dem Feuer näherten, entdeckte Glen eine einsame Gestalt, die sich erhob und auf sie zugerannt kam. »Dave!«

»Glen«, rief sein Vetter. »Und Billabong Bill. Wo haben Sie ihn gefunden, Bill?«

»Er hat mich gefunden«, erwiderte Bill trocken und ließ sich aus dem Sattel gleiten. »Wo ist die Patrouille?«

»Dad und Wallaby Joe sind auf der Suche nach Glen. Tom Norton ist mit seinem Tracker allein weitergeritten.« Er hielt inne. Sein Mund war auf einmal ganz schmal geworden.

Glen merkte, daß sein Vetter, so froh er auch sein mochte, ihn gesund wiederzusehen, ihm die Freundschaft gekündigt hatte. Glen dachte: ›Für ihn bin ich wohl auch ein Drückeberger, mit dem er nichts mehr zu tun haben will.‹

11

Während Billabong Bill sein Pferd abschirrte, hörte Glen seinen Vetter sagen: »Im Schafland am Fitzroy-Fluß soll es eine Menge Dingos geben. Wenn ich Dingojäger wäre, ginge ich dorthin.«

»Ach, es ist mir gar nicht so wichtig, wieviel Dingos ich erwische, wenn es mir nur zum Essen und für meinen Tabak langt. Ich bin Dingojäger, weil ich den Busch liebe, und nicht, weil ich Reichtümer sammeln will. Ich glaube, ich werde mich für ein paar Tage der Patrouille anschließen. Seit ich weiß, daß ihr über die Berge hinübergeht . . .«

Dave unterbrach ihn: »Woher wissen Sie, daß wir dorthin gehen? Hat Glen es Ihnen erzählt?«

Billabong Bill grinste. »Er hat mir nichts zu erzählen brauchen. Vor ein paar Tagen bin ich einem Haufen Abos begegnet und habe gehört, was sie über diese Buschklepper schwatzten, die sich mit Tiger zusammengetan haben. Wenn ich dann auf eine Patrouille stoße, die aus einem Sergeanten und einem Polizisten besteht, kann ich mir leicht zusammenreimen, wohin die Reise geht.«

Glen, der zu den angebundenen Reittieren hinüberblickte, rief: »Was – ist das nicht Midnight da drüben?«

»Ja«, erwiderte Dave kühl. »Wallaby Joe hat ihn heute nachmittag gefunden, wenige Kilometer von hier. Als Dad sah, daß das Zaumzeug in Ordnung war, wußte er, daß Midnight sich nicht einfach davongemacht hatte, während du schliefst. Dad fürchtete, daß er dich abgeworfen hätte und daß du womöglich verletzt sein könntest. Er hat sich sehr um dich gesorgt.«

Mit Recht erwartete Glen eine saftige Strafpredigt von seinem Onkel. Doch als der Sergeant später angeritten kam, sagte er nur: »Ich bin froh, daß du wieder da bist, Glen. Morgen wollten wir den Wald durchkämmen, wo Wallaby Joe deine Spur gefunden hat.« Erschöpft glitt er aus dem Sattel und wandte sich Billabong Bill zu. Er schüttelte dem Dingojäger die Hand und sagte: »Fein, Sie wieder einmal zu sehen. Und schönen Dank, daß Sie Glen geholfen haben.«

»Wenn Sie wollen, können Sie mich noch eine Weile genießen«, antwortete Bill vergnügt. »Wenn es Ihnen recht ist, möchte ich ein Stück mit Ihnen zusammen reiten. Ich liebe Buschklepper und wilde Abos genausowenig wie Sie. Und da Sie nicht viel Leute bei sich haben, kann ich vielleicht sogar von Nutzen sein.«

»Danke, Bill«, sagte der Sergeant. »Ich freue mich, Sie dabei zu haben.«

Als die andern ihre Vorbereitungen für die Nacht trafen, holte

Glen seine Wolldecke aus dem Swag. So heiß die Tage auch waren, kaum war die Sonne untergegangen, wurde es empfindlich kühl. Er dachte: ›Onkel Jim wartet wahrscheinlich nur, bis die andern eingeschlafen sind. Dann wird er mich beiseite nehmen, und dann kann ich etwas erleben. Übrigens bin ich froh, wenn es soweit ist, daß ich es dann hinter mir habe.«

Sein Onkel kümmerte sich jedoch nicht weiter um ihn. Schließlich wurde es Glen klar, daß er nicht mit einer Strafpredigt davonkommen würde. Sein Onkel hatte etwas anderes im Sinn.

Nach einigem Überlegen fiel ihm die Antwort ein. Der Sergeant hatte gründlich genug von seinem Neffen und war entschlossen, ihn am nächsten Morgen loszuwerden. Wahrscheinlich würde er Nortons Vorschlag befolgen und ihn von Wallaby Joe nach Maynard Plains eskortieren lassen.

Doch jetzt war Glen nicht mehr an einer Umkehr gelegen. Er wollte die Patrouille nicht im Stich lassen und als Drückeberger in ihrer Erinnerung bleiben. Überdies wünschte er sehnlichst, noch mehr von diesem merkwürdigen, fesselnden Land zu sehen. Irgendwie hatte ihm Billabong Bill die Augen geöffnet. Seine Gedanken wandten sich dem alten Trapper zu, der bestimmt keine besonders gute Schulbildung hatte, und doch soviel wußte. Zum ersten Male in seinem Leben fragte sich Glen, ob er selber wirklich ein so großer Hirsch sei, wie er immer angenommen hatte.

Obgleich er todmüde war, konnte er lange nicht einschlafen. Und später wurde er von bösen Träumen gequält. Erschrocken fuhr er plötzlich in die Höhe. Der Traum war so lebendig gewesen, daß er entsetzt nach seinen Ohren griff, um sich zu überzeugen, ob sie tatsächlich Jennys Ohren glichen. Dabei merkte er, daß es bald Zeit zum Aufstehen war. Der Himmel war von einem leichten Grau überzogen, das schon wie Tageslicht wirkte, jedoch noch keines war. Dave und sein Vater nannten diese Erscheinung falsche Dämmerung. Jetzt hörte er, daß sich in seiner Nähe etwas bewegte. Er setzte sich auf und erkannte, daß der Sergeant sich schon für den Abmarsch vorbereitete.

Eilig stand Glen auf. Er wollte mit seinem Onkel sprechen, ehe die andern erwachten. Er ging zu ihm hinüber und begann: »Ich war ein Esel.« Er schluckte. »Es tut mir entsetzlich leid, daß ich dir so viel Ungelegenheiten bereitet habe . . .«

Ausdruckslos erwiderte der Sergeant: »Wallaby Joe wird dich nach Maynard Plains bringen, Glen. Von dort kannst du mit den Treibern nach Derby reiten. Vielleicht ziehst du es auch vor, mit dem Auto zu fahren. In ein paar Tagen kommt das Postauto dort vorbei.«

»Ich will nicht zurück, Onkel, wirklich nicht. Ich möchte gerne bei der Musterung in Blue Gum Downs helfen. Ich weiß, daß es nicht leicht sein wird, aber ...«

»Aber was?«

»Ich meine ...« Glen suchte nach Worten. »Ach, ich möchte gern mehr über dieses Land erfahren. Und ich will nicht, daß du mich für einen Drückeberger hältst. Bitte, gib mir doch noch eine Chance.«

Mit einem schwachen Lächeln antwortete der Sergeant: »Also gut! Aber ich warne dich. Als erstes müssen wir jetzt die Zeit einholen, die wir mit der Suche nach dir versäumt haben. Es wird lange Ritte und kurze Ruhepausen geben. Wenn dir die Reise bisher schon schwergefallen ist, jetzt wird es doppelt so anstrengend werden. Und das ist noch nicht alles. In Blue Gum Downs wirst du hart arbeiten müssen. Ich hatte die Absicht, Scotty zu bitten, für den Anfang glimpflich mit dir umzugehen. Aber jetzt werde ich kein Wort davon erwähnen. Du wirst bei Sonnenaufgang aufstehen und bis zum Sonnenuntergang schuften müssen. Hernach wirst du so erledigt sein, daß du nur noch aus dem Sattel fällst. Aber es wird kein Bett geben, in das du fallen könntest. Während der Zeit, die du dort verbringst, wirst du meistens im Busch schlafen müssen. Hast du immer noch Lust, hinzugehen, Glen?«

»Ja, Onkel«, erwiderte der Junge.

Ehe der graue Himmel im Osten sich rot zu färben begann, war die Patrouille schon unterwegs. Sie ritten zwischen den wild zerklüfteten Felsen hindurch auf eine kahle Lehmebene hinaus, die aus den von den Bergen herabgespülten, von der Hitze geborstenen und vom Wasser zerriebenen Steinen entstanden war.

Glen schaute zu den Überresten der Berge hinüber, und Billabong Bill, der neben ihm ritt, erklärte: »Nur ihre Schultern sind noch übriggeblieben. Die Köpfe sind schon vor undenklichen Zeiten weggewaschen und weggeblasen worden. Dieser Prozeß geht natürlich immer weiter. Ich möchte gern wissen, wie dieser Erdteil ausgesehen hat, als er noch jung war. Aber solche Dinge kann man nicht rekonstruieren.«

Wallaby Joe, der weit vor ihnen ritt, kehrte jetzt zurück und meldete, daß er eine Herde gesehen habe, die man zur Küste trieb. Dies hatte wieder einen langen, mühseligen Umweg zur Folge. So wurde es Nachmittag, bis sie endlich den ersten Paß in den Napiers erreichten. Sie ritten an schroffen, purpurroten Felsen vorbei, und als es dunkel wurde, schlugen sie ihr Lager bei einem Wasserloch zwischen seltsam geformten Hügeln auf.

Am nächsten Morgen ritten sie durch eine mit hohem Gras bestandene Steppe, die Bill als Känguruhland bezeichnete. Känguruhs waren allerdings nicht zu sehen, überhaupt keine lebenden Wesen. Nur am Himmel zogen mit schrillen Schreien Gänse in großen, keilförmigen Formationen dahin, und Habichte schwebten auf reglosen Schwingen, während die Kakadus zankten und kreischten.

Mit einer weitausholenden Handbewegung erklärte Bill: »Glen, dies ist eine großartige Gegend – hier gibt es noch Ellbogenfreiheit. Dave, hier solltest du einmal deine Station errichten!«

Der junge Australier nickte mit glänzenden Augen. »Ja, das wäre der richtige Ort!«

»Und was hältst du davon, Glen?« fragte Bill.

»Was soll ich schon sagen? Ich verstehe ja nichts davon.« Glen starrte auf die riesige Fläche. »Das Land scheint gut zu sein, und Raum bietet es in Hülle und Fülle.« Im stillen fügte er hinzu: ›Aber verflixt einsam schaut es hier aus.‹

Kurz darauf wurde ihnen plötzlich der Weg verlegt. Vier schwere Bullen, jeder einzelne ein paar Doppelzentner wütender Empörung, hatten die Patrouille gesichtet und stampften mit gesenkten Köpfen auf sie zu.

Bill, der den erschrockenen Ausdruck auf Glens Gesicht bemerkte, sagte beruhigend: »Nur keine Angst. Das sind bloß ein paar alte Herren, die sich von ihrer Herde abgesondert haben. Wahrscheinlich sind sie schon vor Jahren bei einer Stampede verlorengegangen. So nennt man die Massenflucht der Rinderherden, die meist von den Abos mit ihren Speeren verursacht wird. Sobald Wallaby Joe einen bestimmten Schrei ausstößt, werden die Tiere sich zurückziehen, in der Meinung, daß jetzt wieder Speere geflogen kommen.«

Der Tracker schrie. Und genau wie Bill vorausgesagt hatte, verschwanden die Bullen eiligst im hohen Gras.

Während der Durchquerung der Napiers hatte Glen richtig Respekt vor den australischen Bergen bekommen. Dennoch war er nicht auf die Tücken des King Leopold-Gebirges gefaßt. Es gab Zeiten, wo unter seinem linken Steigbügel nichts als der Abgrund zu sehen war. Midnight mußte mühsam nach Halt für seine Hufe suchen und kam nur ganz langsam im Zickzack voran. Auf jeden steilen Abstieg in ein Tal folgte, nachdem es durchquert war, eine neuerliche Klettertour.

Noch ehe die Sonne untergegangen war, gab der Sergeant bei einem Baobab, auf dem unzählige Papageien saßen, so daß er aussah wie von weißen und rosa Blüten übersät, das Zeichen zum Halten. Glen, der sich mit dankbarem Aufatmen aus dem Sattel gleiten ließ, sagte zu Bill: »Ich kann mir vorstellen, daß es keine leichte Sache war, den Weg hierher zu finden.«

»Richtig«, erwiderte dieser. »Als Alexander Forrest im Jahre 1879 diese Gegend erforschte, als erster Weißer, der bis hierher gelangt war, wollte er um jeden Preis das Gebirge mit seinen Leuten überqueren. Aber schließlich mußte er es aufgeben. Es hat Jahre gedauert, bis man einen Durchlaß durch die King Leopolds fand.«

Glen sah, daß der Sergeant den Sattelgurt seines Pferdes lokkerte. Erstaunt meinte er: »Bill, bis zum Sonnenuntergang dauert es doch noch ungefähr eine Stunde, und trotzdem sieht es so aus, als ob wir schon unser Lager aufschlagen würden.«

»Das tun wir auch. Der Sergeant will das Tal da unten nicht bei Tageslicht durchqueren. Wir könnten sonst gesehen werden.«

»Von wem?« fragte Glen. »In der Wildnis hier gibt es doch bestimmt kein einziges menschliches Wesen.«

»Da täuschst du dich aber schwer«, antwortete Bill. »In den Bergen dort drüben leben Munjons – wilde Ureinwohner. Du kannst sie nicht sehen – aber sie sehen dich. Sie hocken hinter den Felsen und halten Ausschau nach Herden, die vorbeigetrieben werden, um sie zu überfallen und sich frisches Fleisch zu verschaffen, wenn es die Treiber gerade nicht sehen. Sobald sie uns entdecken, gibt es augenblicklich ein Rauchgeschwätz.«

»Wissen Sie, wo ihr Dorf liegt?« fragte Glen.

»Dorf«, wiederholte Bill höhnisch. »Hast du denn noch immer nicht begriffen, daß wilde Abos keine Dörfer haben? Sie sind Nomaden. Für eine gewisse Zeit lassen sie sich irgendwo nieder und bauen sich als Obdach schräge Windschirme aus Zweigen und Rindenstücken. Dann machen sie sich wieder auf die Wanderschaft. Jeder Stamm hat sein eigenes Gebiet, und in dem zieht er umher. Die Schwarzen leben von Wild und Vögeln, von Wurzeln, Eidechsen und Honigtopfameisen und was es sonst noch dergleichen gibt.«

Mit gerunzelter Stirn schaute Glen in das Tal hinunter und bemerkte: »In der Dunkelheit dort hinunterzukommen, scheint mir sehr schwierig zu sein.«

»Nur keine Angst, der Sergeant kennt sich aus«, versicherte ihm der Dingojäger. »Wenn er ein bißchen Glück hat, bringt er seine Patrouille nach Blue Gum Downs, ohne daß der Buschtelegraf ihn verrät.«

»Ist Blue Gum Downs noch weit von hier?« fragte Glen.

»Eine Weile dauert es schon noch, bis wir dort sind«, murmelte Bill. »Erst müssen wir die Precipice-Berge und das Philipps-Gebirge und noch ein paar andere hinter uns haben; dann kommen wir in die Carolinen, wo Scotty Marshs Station liegt.«

12

Im Schutz der Dunkelheit durchquerten sie das Tal und schlugen für den Rest der Nacht ihr Lager am Fuß eines weiteren Gebirgszuges auf. Beim ersten Anzeichen der Morgendämmerung waren sie wieder im Sattel und wanden sich zwischen unheimlich verkrümmten Säulen und Felsnadeln hindurch, die in der aufgehenden Sonne purpurrot zu glühen begannen. Vor ihnen lag eine steile, massive Bergwand. Als Glen sie erblickte, fragte er sich, wie die Patrouille da hindurchkommen wollte. Nach einer Stunde ungefähr sollte er es merken. Wallaby Joe, der an der Spitze ritt, war plötzlich verschwunden.

»Bill«, rief der Junge aus. »Was ist mit ihm geschehen?« Dann, als er eine tiefe, senkrechte Felskluft erblickte, keuchte er ehrfürchtig. Keine fünf Meter voneinander entfernt stiegen die Wände steil in den Himmel empor, dessen Blau gegen das flammende Gelbbraun und Rot dieses natürlichen Korridors tiefdunkel wirkte.

»Du wirst noch mehr solcher Passagen kennenlernen«, sagte Bill. »Man findet sie hier und dort. Das Regenwasser hat sie ausgewaschen. Tausend und abertausend Jahre lang hat sich das Wasser seinen Weg durch die Felsen gefressen.«

Die Kluft führte in ein weites, grasbewachsenes Tal. Doch schon erhob sich die nächste Bergkette vor ihren Augen. Unter den weit ausladenden Gummibäumen am Ufer eines noch nicht ganz ausgetrockneten Baches ließ der Sergeant halten. Hier wurde das Lager aufgeschlagen. »Es gibt wieder nur kaltes Nachtessen«, bestimmte er. »Ein Feuer würde Aufmerksamkeit erregen.«

Als sie ihr kaltes Fleisch mit trockenem Buschbrot verzehrten, nickte Bill dem jungen Amerikaner zu: »Du hast dich schon auf einen heißen Tee gefreut, nicht wahr?«

Glen mußte es zugeben. Aber er lachte und sagte: »Man kann nicht alles haben. Es tut schon gut, einmal eine Weile aus dem Sattel zu sein.« Er schaute zu seinem Vetter hinüber. »Es ist herrlich, wieder einmal von den eigenen Beinen Gebrauch zu machen. Findest du nicht auch, Dave?«

Dave nickte. Das war alles.

Glen dachte: ›Dave und Onkel Jim werden mir die dumme Ausreißerei nie verzeihen. Es ist ganz egal, ob ich ihnen beweise, daß ich kein Drückeberger bin oder nicht. Sie mögen mich einfach nicht mehr.‹ Er runzelte die Stirn. Und dabei war es ihm jetzt so wichtig, daß man ihn gern mochte.

Bills Stimme weckte Glen aus seinen Gedanken. »Ich will mir ein bißchen die Füße vertreten. Habt ihr Buben Lust, mitzukommen?«

»Klar«, sagte Glen, froh, seinen peinlichen Gedanken zu entfliehen.

Mit Billabong Bill in der Mitte schritten die drei auf die vor ihnen liegende Bergkette zu. »Wir wollen einmal hinaufklettern und uns die Dinge von oben beschauen«, schlug der Trapper vor. Mit einem Nicken setzte sich Dave an die Spitze.

Als Bill und Glen hinaufgekeucht kamen, hatte der junge Australier bereits eine Felsbank erklommen. »Dort unten grasen Känguruhs«, sagte er.

Nachdem Glen ebenfalls hinaufgeklettert war, erblickte er die

Tiere. Es mußten ungefähr ein Dutzend sein. Einige von ihnen waren kaum größer als Kaninchen, und alle grasten unbekümmert – alle, bis auf einen großen, rötlichen Burschen, der aufrecht stand, seinen langen Schwanz als Stütze benutzend. Er zuckte unablässig mit den Ohren und drehte den Kopf immer wieder nach allen Seiten, als ob er auf der Hut vor irgendwelchen unsichtbaren Feinden sei.

»Ein Mordskerl«, flüsterte Glen. »Mindestens ein Meter achtzig.«

»Das ist der Herr und Gebieter des Rudels«, sagte Dave, »der alte Mann Ruh.«

»Richtig«, warf Bill ein. »Aber eines Tages wird ihm einer der Jungmänner die Führerschaft streitig machen.« Und sich zu Glen wendend, erklärte er: »Die Grauen sind die Weibchen, und jedes von ihnen hat sein Junges bei sich.«

Die hoch über ihnen flatternden schwarzen Krähen begannen plötzlich zu krächzen, als ein paar kleine, braune Weihen über das Gras hinwegschwebten.

»Sind diese Weihen dort hinter den kleinen Känguruhs her?« fragte Glen.

»Nein«, erwiderte Bill. »Die Weihen sind nicht groß genug, um den Jungen etwas anhaben zu können. Sie erwischen höchstens gelegentlich ein ganz kleines Känguruh. Zur Hauptsache ernähren sie sich von den Insekten, welche die Känguruhs beim Grasen aufscheuchen.« Er warf einen Blick nach oben. »Hallo, dort haben wir aber ein Teufelspaar, das kurzen Prozeß mit einem Känguruhbaby machen kann.«

Zwei große, keilschwänzige Habichte waren am Himmel erschienen. Sie begannen, immer engere Kreise über den Känguruhs zu ziehen. Als sie plötzlich niederstießen, stellte Glen fest, daß der alte Mann Ruh sie noch nicht bemerkt hatte. Doch eines der Weibchen schien zu spüren, daß die Habichte es auf sein Junges abgesehen hatten. Es richtete sich auf und sprang senkrecht in die Höhe, wobei es die beiden Hinterbeine mit einem lauten, warnenden Geräusch zusammenschlug.

Kaum hatte der alte Mann Ruh diesen Ton vernommen, klopfte er mit seinem Schwanz schallend auf den Boden. Mit bebenden Ohren richteten sich alle anderen Känguruhs auf. Dann rasten sie in Sprüngen von sechs Metern und mehr auf den dichten, schützenden Busch in der Nähe des Bachbetts zu. Der alte Mann Ruh setzte als letzter hinter ihnen drein.

Die Habichte, die großen Schwingen ausgebreitet, verwandelten sich in schwirrende, bronzefarbene Punkte, als sie sich auf das Junge stürzten, das als letztes hinter der Schar herhoppelte. Das Känguruhbaby erkannte die Gefahr und ließ sich erschöpft zu Boden sinken.

Glen rief: »Sie haben das arme Junge im Stich gelassen?«

»Das tun sie«, sagte Bill ruhig. »Die Habichte werden es töten. Es wird ihm nicht mehr gelingen, den Busch zu erreichen.«

»Hätte ich nur meine Flinte bei mir, Bill. Dann würde ich nicht zulassen, daß sie das arme, wehrlose Tier umbringen.«

Dave unterbrach ihn scharf: »Du dürftest gar nicht schießen. Das würde die Aufmerksamkeit auf die Patrouille lenken.«

»Oh.« Glen biß sich auf die Lippen.

Das Junge hoppelte unter eine kleine Hecke, worauf die beiden Habichte sich bemühten, es wieder darunter hervorzuscheuchen. Sie schwebten ungefähr einen Meter hoch über dem Boden und schlugen und peitschten die Zweige mit ihren starken Flügeln. Es dauerte nicht lange, und das Junge war wieder im Freien. Sogleich stiegen die Habichte in die Höhe, um zum Todesstoß anzusetzen. Das Junge war noch meterweit von dem rettenden Busch entfernt, als einer der Habichte auf es herunterstieß. Das kleine Känguruh fiel hintenüber, kam jedoch noch einmal auf die Füße und torkelte hilflos hin und her. Der Habicht stieß wieder zu. Das Junge stürzte zu Boden und blieb regungslos liegen.

»Es ist vorbei«, sagte Bill. »Der Habicht hat es an einer lebenswichtigen Stelle getroffen – an der Wirbelsäule wahrscheinlich.«

Glen knirschte mit den Zähnen, als jetzt auch der andere Habicht niederschoß. Einen Augenblick später zerstückelten die beiden Vögel das kleine Geschöpf. Tief schlugen sie ihre Klauen in das Fleisch und rissen mit ihren messerscharfen Schnäbeln die Haut in Fetzen. Von Entsetzen geschüttelt, schaute Glen zur Seite.

»Kein schöner Anblick«, sagte Bill. »Aber wenn du ein Habicht wärst, tätest du dasselbe.«

»Es ist grauenhaft«, stieß Glen hervor. »Das kleine Ding hat doch nichts Böses getan.«

»Die Vögel hatten Hunger«, erwiderte Bill. »Das ist nun einmal so in der freien Natur – hier im Busch und überall auf der Welt. Die Großen fressen die Kleinen.«

»Aber Känguruhs fressen doch keine anderen Tiere. Sie fressen nur Gras.«

»Aber viel zu viel davon«, warf Dave ein, ohne Glen anzuschauen. »Ich möchte wissen, was du sagen würdest, wenn du ein Viehzüchter wärst, dem die Känguruhs und Wallabys das ganze Futter auffressen, mit dem er für seine Herden gerechnet hat. Trotz aller natürlichen Feinde gibt es noch immer viel zu viel von den Viechern.«

»Dave hat recht«, sagte Bill. »In der Nähe von Alice Springs, im toten Herzen von Australien, waren die Känguruhs vor noch gar nicht so langer Zeit eine richtige Landplage. Ich habe dort damals gelegentlich siebzig bis achtzig Stück in einer Nacht erlegt.« Er hielt inne. »Du hast wohl Mitleid mit den Tieren?«

»Ja«, gab Glen zu. »Sie sehen so hilflos aus. Die Natur hätte ihnen wenigstens eine Waffe geben sollen, um sich gegen die Habichte und Dingos zu wehren.«

»Mach dir keine Sorgen«, unterbrach ihn Bill. »Die Habichte und die Dingos erwischen höchstens ein paar Junge. Große Känguruhs sind recht gefährliche Gegner. Wenn ich noch an die Zeit von Alice Springs denke! Eines Tages war ich im Busch draußen und beobachtete sie an einem Wasserloch, wo sie Futter suchten; ich wartete darauf, zum Schuß zu kommen. Plötzlich sah ich, wie zwei Dingos ein altes Känguruh von der Herde abschnitten. Zuerst trieben sie es in einen Winkel des Wasserlochs, mit dem Rücken gegen die Felsenwand. Danach sprang einer der Dingos ihm an die Kehle. Im gleichen Augenblick richtete sich das Känguruh auf, den Rükken gegen den Felsen gelehnt. Es packte den Dingo mit seinen Armen, wie man einen Fußball packt. Dann bearbeitete es ihn mit seinen Hinterbeinen, die mit tödlichen Klauen bewehrt sind. Diese Klauen haben drei Krallen: zwei kleine, mit denen das Känguruh sich die Zecken und anderes Ungeziefer aus dem Fell kratzt, und eine lange, scharfe zum Kämpfen. Ehe der Dingo wußte, wie ihm geschah, hatte das Känguruh ihn mit diesen Krallen von oben bis unten aufgeschlitzt, so wie du einen Briefumschlag aufschlitzen würdest. Das war das Ende des Dingos Nummer eins. Nach getaner Arbeit watete der alte Mann Ruh in das Wasserloch hinaus.«

Glen fragte: »Warum blieb er nicht, wo er war und machte es mit dem andern Dingo genau gleich?«

»Weil der alte Mann Ruh zu klug dafür war. Er hatte wohl schon früher mit Dingos Bekanntschaft gemacht. Er wußte, daß der zweite Wildhund gesehen hatte, was mit seinem Kameraden geschehen war. Deshalb stellte sich das alte Ruh so, als ob es Todesangst hätte und sich unter Wasser verbergen wolle. Es dachte sich, der Dingo würde zu ihm hinüberschwimmen. Und es hatte sich nicht verrechnet.«

»Und was geschah dann?« fragte Glen interessiert.

»Nun, der Dingo schwamm hinaus, und der alte Mann Ruh schloß seine Arme um ihn, drückte ihn unter Wasser und hielt ihn dort fest. Bald genug war keinerlei Gurgeln und Spritzen mehr zu hören. Als alles vorbei war, watete der alte Bursche aus dem Wasserloch heraus und schüttelte sich. In dem Augenblick hätte ich ihn abschießen können. Aber ich brachte es nicht über mich – nicht, nachdem er mit diesen zwei schlauen, hundsgemeinen Dingos derart fertiggeworden war. Außerdem ist ein altes Känguruhfell nicht viel wert. Meistens ist es voller Kampfnarben.«

»Ich habe gehört, daß man Känguruhs zähmen und sie boxen lehren kann. Stimmt das?« fragte Glen.

»Ja, das stimmt.« Billabong Bill nickte nachdenklich. »Ein Freund von mir, Jack Giles von der Macumba Station, hat einmal ein Junges gefunden, das seiner Mutter aus der Bauchtasche gefallen sein mußte. Es war kaum größer als eine Faust. Jack zog es auf und lehrte es, die Boxerhandschuhe zu gebrauchen. Das Schlimme war nur, daß das Känguruh, als es größer wurde, beim Boxen auch die Hinterbeine benutzte. Einmal hätte es Jack fast umgebracht...« Er unterbrach sich und starrte in das Tal hinunter. »Holla, da kommt ein Reiter auf uns zu.«

Glen folgte Bills Blick. Im ersten Augenblick vermochte er nichts zu sehen. Dann erkannte er in weiter Entfernung einen winzigen, beweglichen Punkt. Es war ein Reiter, der ohne Rücksicht auf die Felsen und das hügelige Gelände auf den Paß zugaloppierte.

»Er scheint es eilig zu haben«, meinte Dave.

»Los, zurück zum Lager«, erwiderte Billabong Bill. »Wahrscheinlich bringt er eine schlechte Nachricht für den Sergeanten.«

Sergeant Manley reckte die Schultern, als Bill ihm von dem Reiter berichtete. »Wenn es Bandicoot ist, dann ist etwas nicht in Ordnung, Bill. Sonst hätte ihn Norton nicht zurückgeschickt. Tom kann ja nicht wissen, daß wir bereits so weit gekommen sind. Ich könnte ja noch immer am Lennard nach Glen suchen. Andererseits kann der Reiter auch jemand sein, von dem ich nicht gern gesehen werden möchte.« Er winkte Dave. »Mach dich bereit, Wallaby Joe bei den Pferden zu helfen, falls wir uns eine Zeitlang verbergen müssen. Sollte es jemand anders als Bandicoot sein, werde ich pfeifen.« Mit diesen Worten eilte er auf den Paß zu und begann, die Felsen emporzuklimmen.

Es zeigte sich jedoch, daß der Reiter Tom Nortons Tracker war. Als er von seinem schäumenden Pferd sprang, überstürzten sich seine Worte.

»Tiger Bande sein nach Blue Gum Downs gegangen. Zwei schwarze Viehhirten totmachen – Lubras mitnehmen – weißen Meister aufspießen.« Während des Sprechens zog er ein Blatt Papier aus der Tasche, das er Sergeant Manley reichte. »Ich hier Geschriebenes bringen.«

Bill schaute Glen fragend an: »Hast du verstanden, was Bandicoot sagte?«

»Auf jeden Fall so viel, daß Tiger in Blue Gum Downs gewesen ist«

»Tiger und seine Leute«, sagte Bill grimmig, »haben zwei schwarze Knechte getötet, ein paar Eingeborenenfrauen weggeschleppt und Scotty Marsh verwundet.«

Der Sergeant schaute auf. »Norton bestätigt, was Bandicoot gerade sagte. Tiger, Saltbush Jack und Reddy Evans überfielen Marshs Station in der Nacht, bevor Norton dort anlangte. Die Knechte, die sich zur Wehr setzten, wurden getötet, und die Munjons, die Tiger bei sich hatte, nahmen die Lubras der Toten mit. Sie stahlen alles, was nicht niet- und nagelfest war, auch Scottys Gewehre, seine Pistolen und die Munition. Außerdem haben sie das Radiogerät zerstört.«

»Ist Scotty schwer verwundet?« unterbrach ihn Bill.

»So schwer, daß Norton ihn gerade nach Congaberry bringt.

Das ist Paddys Salts Station am Drysdale-Fluß. Paddy Salt ist Scottys nächster Nachbar.«

»Ich weiß.« Bill runzelte die Stirn. »Paddys Station ist nur ungefähr 65 Kilometer entfernt. Aber in Congaberry gibt es nichts als Erdnüsse und Schafe.«

»Und ein Pedalradio«, erinnerte ihn der Sergeant. »Paddy kann sich mit der Zentrale für die fliegenden Ärzte in Verbindung setzen. Sie werden ein Flugzeug schicken und Scotty ins Krankenhaus nach Darwin bringen.« Er schwieg, und eine tiefe Furche erschien auf seiner Stirn.

»Sie machen sich Sorgen wegen der Buben, nicht?« sagte Bill. »Jetzt, wo Scotty nicht mehr dort und alles verwüstet ist, können Sie sie nicht in Blue Gum Downs lassen. Tigers Überfall kann sehr leicht ansteckend auf andere Abos wirken.«

»Das ist ja gerade, was ich befürchte, Bill. Es wäre natürlich möglich, Dave und Glen mit einem der beiden Tracker zurückzuschicken, aber ...«

»Aber Sie können keinen von ihnen entbehren«, ergänzte Bill. »Lassen Sie mich doch die Buben entweder nach Splinter Downs oder nach Glenroy begleiten.«

Der Sergeant überdachte den Vorschlag einen Augenblick. »Vielen Dank, Bill«, sagte er dann. »Aber keiner von uns weiß, wen Tiger und seine Spießgesellen das nächstemal heimsuchen werden. So lange wir sie noch nicht gefaßt haben, ist keine Station im ganzen Distrikt vor ihnen sicher.« Er seufzte. »Ich muß die Buben weiter bei der Patrouille behalten.«

Glen zitterte vor Aufregung. Er würde bei der Verbrecherjagd mitmachen dürfen. Jetzt stand ihm endlich ein richtiges Abenteuer bevor. Vielleicht würde sich eine Möglichkeit ergeben, daß er sich seinem Onkel und der Patrouille nützlich erweisen konnte. Eine solche Gelegenheit würde er sich nicht entgehen lassen. Dann war er kein Drückeberger mehr.

Als es dunkelte, setzte die Patrouille ihren Weg fort. Später hielten sie eine kurze Rast, um eine Weile zu schlafen. Doch beim Anbruch der falschen Dämmerung befanden sie sich schon am Fuß der Precipice-Berge. Die roten Felsen wuchsen aus der Ebene empor wie eine ungeheure Wand, die ein Riese aufgerichtet hat, um sich vor jedem Eindringling zu schützen.

Auf den gewundenen Pfaden kamen sie nur langsam voran, doch Sergeant Manley erklärte, daß es bald besser werden würde. Wahrscheinlich wäre das auch der Fall gewesen, wenn sie nicht plötzlich in der Ferne eine Kamelkarawane gesehen hätten, die, wenn sie ihre Richtung beibehielt, ganz nahe bei der Patrouille vorüberziehen mußte. Glen konnte von weitem erkennen, wie majestätisch sich die Kamele zwischen den Salzbüschen fortbewegten und mit langsamen, gemessenen Schritten über den steinigen Boden zogen.

»Das bedeutet einen neuen Umweg und wieder nur eine kurze Rast«, sagte Bill leise zu Dave. Und dann, als er merkte, daß Dave besorgt die müden Augen und den entschlossenen Ausdruck auf den abgespannten Zügen seines Vetters betrachtete, murmelte der alte Dingojäger: »Der Busch holt das Beste aus einem Menschen heraus. Und es steckt allerhand Gutes in dem jungen Hamilton.«

»Sie können recht haben«, flüsterte Dave.

Stundenlang ritt die Patrouille durch drei Meter hohes Elefantengras, setzte über breite, steinige Flußbetten, die zu einer Reihe von Wasserlöchern zusammengeschrumpft waren, und überquerte hin und wieder flache Strecken von Sandstein und Basalt.

Außer Billabong Bill schien kein Mensch Lust zum Reden zu haben. Sergeant Manley schaute immer wieder auf seine Karte, wenn die Tracker von Zeit zu Zeit zum Berichterstatten zurückgeritten kamen. Die beiden Buben waren infolge der Hitze und des Schlafmangels der Erschöpfung nah.

Wann immer es der Weg erlaubte, ritt der zähe, kleine Dingojäger neben Glen und erzählte ihm von den Bäumen, den Vögeln und den anderen Tieren. Der Junge dachte: ›Er versucht, mich von den Strapazen abzulenken, und es gelingt ihm sogar.‹

In den Philipps-Bergen schaute Glen zu einer Felsenplatte empor, auf die Bill ihn aufmerksam gemacht hatte. »Oh, ein Känguruhbaby«, sagte er.

»Nein, das ist ein Felsenwallaby«, erklärte Bill, »eine Art Vetter des Känguruhs, genau wie die Känguruhratte. Eine Känguruhratte ist sogar noch kleiner als der Zwerg da oben.«

»Ist das nicht komisch?« fragte Glen. »Daheim ist das Opossum das einzige Beuteltier, das ich kenne. Aber hier in Australien werden alle jungen Tiere in Bauchtaschen großgezogen.«

»Nicht alle. Der Dingo ist kein Beuteltier, ebensowenig das Stachelschwein und das Schnabeltier. Und ein paar von unseren Ratten sind nicht anders wie überall auf der Welt. Aber die meisten unserer Tiere sind tatsächlich Beutler, die ihre Jungen in Bauchtaschen aufziehen. Man sagt, die Beuteltiere seien die ersten Versuche der Natur, Säugetiere zu schaffen. Wahrscheinlich ist das auch anderwärts geschehen. Das amerikanische Opossum deutet darauf hin. Aber in den andern Kontinenten sind sie ausgestorben, als das Tierleben sich weiter entwickelte. Und hier in Australien, das sich schon vor vielen Millionen Jahren von den anderen Kontinenten trennte, mit denen es früher verbunden war, blieben sie erhalten.«

»Ich glaube, ich habe jetzt schon allerhand von der einheimischen Tierwelt gesehen«, meinte Glen. »Aber wie steht's mit dem Wombat, von dem ich gehört habe. Der fehlt mir immer noch.«

Bill schnaubte. »Was bist du doch für ein ungebildeter Bursche. Ich bin noch nie in Amerika gewesen; immerhin weiß ich, daß ich in Alaska keinen Alligator finden würde und keine Eisbären in Florida. Hier in den Kimberleys wirst du bestimmt keinen Wombat zu Gesicht bekommen, genausowenig wie in Kalifornien Kakadus. Wenn du unbedingt einen Wombat haben willst, mußt du nach Süden gehen.«

»Ich kann mir nicht vorstellen, daß irgend jemand einen Wombat haben möchte. So viel ich weiß, sehen sie aus wie kleine, fette Schweine und benehmen sich wie überlebensgroße Maulwürfe.«

»Stimmt ungefähr. Aber ich habe einmal von einem Burschen gehört, der in der Nähe von Targoola in Südaustralien lebte und einen Lieblingswombat hatte, den er Willi nannte. Der Wombat besitzt einen großen Rüssel, mit dem er im Boden gräbt, und der Bursche dressierte seinen Willi, senkrecht in den Boden hineinzugraben. Er dachte sich, Willi könnte mit der Zeit recht nützlich werden, wenn es Löcher für Pflöcke und Pfähle zu graben galt.«

Glen dachte eine Sekunde nach. »War es nicht schwierig für den Wombat, aus einem senkrechten Loch wieder herauszukommen?« fragte er dann.

»Natürlich war das schwierig. Aber der Bursche band Willi einen Strick um den Leib. Und wenn das Loch tief genug war, zog er ihn wieder heraus. Alles ging soweit gut, bis der Bursche anfing, Willi Bohrlöcher graben zu lassen.«

»Bohrlöcher?«

»Jawohl. Soviel ich gehört habe, ist in der Gegend von Targoola das Wasser rar, und der Bursche verdiente ganz schön damit, daß er Willi als Drillbohrer auslieh und sich pro Meter bezahlen ließ. Er hätte ein Vermögen machen können, wenn nicht . . .« Bill schüttelte bedauernd den Kopf.

»Was geschah?«

»Nun, eines Tages war Willi ein schönes Stück unter der Erde und stieß beim Graben auf einen unterirdischen Wasserlauf. Das geschieht oft, wenn man nach Wasser bohrt. So entstehen die artesischen Brunnen, die viele Stationen mit Wasser versorgen. In diesem Fall schoß das Wasser so schnell hervor, daß der Wombat ertrank, ehe man ihn herausziehen konnte.«

Glen schaute den alten Dingojäger mißtrauisch an. »Können Sie mir auch sagen, was mit der Erde geschah, die der Wombat ausgrub, wenn er senkrecht hinunterging?«

Bill zwinkerte. »Du hast ganz recht. Das hätte ich mich eigentlich selbst schon fragen sollen. Es kann sein, daß mir da jemand einen Bären aufgebunden hat.« Er lachte. »Aber es gibt wirklich ein paar komische Tiere in Australien. Nimm zum Beispiel das Schnabeltier. Als die Zoologen das zum erstenmal sahen, kratzten sie sich alle hinter den Ohren.«

»Es hat einen Schnabel wie eine Ente, nicht wahr?«

»Richtig. Aber es hat nicht nur einen Schnabel, mit dem es an den Bachufern Würmer und Larven ausgräbt, es hat auch Schwimmhäute zwischen den Zehen und kann vortrefflich schwimmen, tauchen und gründeln. Das Schnabeltier hat die Natur sozusagen zusammengeschustert. Teils ist es Fisch, teils Vogel, teils Säugetier und dann wieder Reptil. Es gehört zu den Kloakentieren, die noch älter sind als die Beuteltiere und damit die ältesten Vertreter der Säugetiere, die man kennt. Obwohl die Schnabeltiere Säuger sind, legen die Weibchen Eier wie die Vögel und die Schildkröten. Sie legen sie in ein Nest, das sie mit ihren Haaren polstern. Dort brüten sie die Eier, bis die Jungen auskriechen. Von da an werden sie gesäugt; sie trinken die Milch aber nicht aus Zitzen, sondern schlecken sie aus einer Rinne am Bauch der Mutter, die sich zu diesem Zweck auf den Rücken legt.«

Glen grinste: »Sie verstehen es wirklich, einen auf den Leim zu führen, Bill.«

»*Das* ist kein Witz, Glen. Ich habe selber Schnabeltiernester gesehen«, sagte der Dingojäger bestimmt.

Am nächsten Morgen ritten sie durch eine locker bewaldete Gegend, wo Bill dem jungen Amerikaner den Berggummibaum mit seiner kalkweißen Rinde zeigte und den Coolibah, der so hartes Holz hat, daß selbst die Termiten nicht damit fertigwerden; aus diesem Grund wird das Holz sehr teuer bezahlt. »Die verdammten Termiten«, rief Bill aus. »Was die alles anstellen können. Als die ersten Telegrafenlinien gelegt wurden, fraßen die Termiten die Stangen auf, kaum daß sie in der Erde staken.«

Kurze Zeit darauf kamen die Carolinen-Berge in Sicht. Als Glen die dunklen Gipfel über den Vorbergen auftauchen sah, überlegte er, wie weit entfernt Blue Gum Downs wohl noch sein mochte, und was die Patrouille dort noch nutzen könne. Es war ihm unverständlich, wie Sergeant Manley in diesem riesigen Land, wo sich ganze Armeen in den endlosen Bergen verstecken konnten, ein paar Verbrecher aufspüren wollte.

Als sie bei einem tiefen, grünen Teich anhielten, deutete Bill auf einen der Bäume. »Das ist ein Giftrindenbaum, Glen. Die Eingeborenen werfen die zerkleinerte Rinde ins Wasser, worauf die Fische tot an die Oberfläche kommen. Die Abos kennen jeden Trick, um ohne Ackerbau ihr Leben zu fristen.«

»Bill!« Sergeant Manley schaute von der Karte auf, die er auf dem Boden ausgebreitet hatte. »Ich möchte gern Ihre Meinung hören. Wohin könnte das Gesindel sich nach dem Überfall verzogen haben?«

Der Dingojäger kauerte sich auf die Fersen nieder. Mit dem knochigen Finger zeigte er eine Linie auf der Karte. »Zuerst dort hinauf, damit Tiger und seine Leute oben in den Bergen ein Corroboree feiern können. Das müssen die beiden Weißen zulassen, um Tiger bei guter Laune zu erhalten. Und wenn es nach Tigers Kopf geht, bleiben sie auch in den Bergen. Aber die beiden Weißen werden es ja kaum erwarten können, Australien zu verlassen. Die wollen natürlich zur Küste.« Sein Finger bewegte sich nach Nordwesten. »Meiner Meinung nach werden sie diesen Weg hier einschlagen. Selbstverständlich könnten sie auch direkt nach Süden – den Fitzroy überschreiten und am Rande der Großen Sandwüste entlangreiten. Dann kämen sie irgendwo in der Nähe von Broome ans Meer, wo sie damit rechnen könnten, auf diese oder jene Weise in den Besitz eines Bootes zu gelangen. Da aber auf dieser Route das Wasser schon rar zu werden beginnt, vermute ich, daß sie sich eher nach Nordwesten wenden werden.«

»Ich glaube, Sie haben recht«, murmelte der Sergeant. »Es ist eine unwirtliche Gegend. Allerdings haben sie Tiger als Führer. Und wenn sie sich bereits auf den Weg gemacht haben . . .«

»Das glaube ich nicht«, unterbrach ihn Bill. »Sie rechnen bestimmt nicht mit einer Spezialpatrouille, und bis jetzt ist noch kein Rauchgeschwätz gewesen, das sie hätte warnen können. Ich nehme an, die Weißen werden Tiger seinen Willen lassen. Sie wollen es sicher mit dem Abo nicht verderben.«

Der Sergeant faltete die Karte zusammen. »Früher oder später werden sie ja doch erfahren, daß wir unterwegs sind. Und wenn es dann soweit ist, hängt alles davon ab, ob wir uns auf der richtigen Spur befinden und ob wir Glück haben. Wenn wir uns beeilen, können wir gegen Mittag in Blue Gum Downs sein.«

14

Gegen Mittag folgte die Patrouille den Windungen eines Flusses, die durch eine tiefe Schlucht führten. Als sie dann hinter Wallaby Joe die steile Böschung hinaufritten, erblickte Glen die Station. Unter der senkrechten Sonne sah man die Blechdächer glitzern, die während der Regenzeit das für den Haushalt benötigte Wasser auffingen. Doch das auffallendste Merkmal von Blue Gum Downs war ein Staubecken aus rotgelbem Lehm, das das kostbare Wasser für die Herden enthielt.

Bill sagte: »Es wird nicht mehr lange dauern, Glen, bis das alles hier nur noch eine riesige braune Fläche ist. Dann wirst du kaum noch etwas Grünes sehen außer den Boobiallabäumen, die Scotty zum Schutz für seine Tiere und als Windbrecher gepflanzt hat.« Sergeant Manley hielt an. Er sprach mit Wallaby Joe und Bandicoot, und die beiden Tracker stiegen von den Pferden. Im

Schutze des hohen Grases und der Boobiallas schlichen sie auf das Anwesen zu. Der Sergeant erklärte: »Es könnte sein, daß wir trotz aller Vorsicht gesehen worden sind. In diesem Fall ist das Gesindel möglicherweise hierher zurückgekehrt, in der Absicht, uns aus dem Hinterhalt zu überfallen. Es ist daher nicht ausgeschlossen, daß die Kerle sich in einem der Wirtschaftsgebäude verborgen halten.«

Doch nach einer Weile meldeten die Tracker, daß sie außer einem alten Abo und einem verängstigten Viehknecht niemanden gefunden hätten. Unten am Bach hatten sie drei Lubras entdeckt, die sich in ihren Hütten versteckt hatten. Von Polizist Norton keine Spur.

»Er hätte genügend Zeit gehabt, von Congaberry wieder zurück zu sein«, sagte der Sergeant, besorgt die Stirn runzelnd.

Als sie sich den weit verstreuten Gebäuden näherten, konnten sie überall Zeichen des Überfalls feststellen. Die Ställe waren leer. Kein Huhn, keine Ente, kein Schwein war zu sehen. Selbst der Gemüsegarten war ausgeraubt.

Scotty Marshs Haus glich einer Ruine. Die Möbel waren zerschlagen worden, Töpfe und Pfannen lagen auf dem Boden, und wo man hintrat, war zerbrochenes Glas. Billabong Bill betrachtete das leere Gewehrgestell, die Regale, in denen die Konserven gestanden hatten, und den aufgebrochenen Kassenschrank. Er sagte: »Man kann genau sehen, was die Abos gemacht haben, und wo die beiden Weißen am Werke waren.«

Der Sergeant nickte. Seine Augen wanderten zu einem Trümmerhaufen in der einen Ecke. »So gerissen Tiger auch ist, die Idee, das Pedalradio mit der Axt zusammenzuhauen, stammt bestimmt nicht von ihm.« Er wandte sich an die Tracker und gab ihnen den Befehl, alles, was auf der Station an Hilfskräften aufzutreiben war, herbeizuschaffen.

Als erster erschien Bandicoot wieder, mit den Lubras im Schlepptau. Zwei von ihnen waren alt und gebückt. Die dritte war eine junge Frau mit einem Säugling im Arm.

Es war zwecklos, sie zu befragen. Mit furchtsamen Augen zerrten sie aufgeregt an ihren formlosen Baumwollkleidern. Sie hatten noch immer eine Todesangst.

Wallaby Joe brachte zwei Männer herein. Sie trugen kaum mehr Kleider als der Säugling, der überhaupt keine hatte, nämlich nur

Lendentücher. Einer der beiden Abos war ein Junge von ungefähr 16 Jahren, dessen Schultern und Brust voll dicker Narben waren. Die Anwesenheit der Patrouille schien ihm Mut einzuflößen.

Anders jedoch der runzlige, alte Graubart, der mit ihm kam. Der faltete die Arme über die Striemen auf seiner Brust und starrte die Neuankömmlinge mit erschrockenen, schwarzen Augen an. Er gab keine Antwort auf Sergeant Manleys Fragen.

»Kennst du den Mann?« erkundigte sich der Sergeant bei Wallaby Joe.

Der Tracker zuckte die Achseln. »Sein Name Nipper sein.«

Der Sergeant fragte den jungen Abo: »Wie heißt du?«

»Weißer-Mann-Name für mich sein Kakadu.«

»Du Rauchgeschwätz machen können, Kakadu?« fragte der Sergeant.

Kakadu grinste, wobei sich zeigte, daß ihm einer seiner Vorderzähne fehlte. »Mich gut sein für Rauchgeschwätz«, sprudelte er hervor und redete unaufgefordert weiter.

Billabong Bill erklärte Glen: »Kakadu sagt, er habe mit Rauchzeichen die Nachricht verbreitet, daß Polizist Norton mit seinem Tracker hier gewesen sei.« Er schaute den Sergeanten an.

Dieser meinte: »Vor einem einzelnen Polizisten und seinem Trakker haben die Gangster keine Angst. Das weiß Norton auch. Ich nehme an, er hat aus diesem Grund Kakadu erzählt, daß er nach Congaberry reitet. Die Buschklepper werden glauben, daß er sich von dort aus mit Derby in Verbindung setzen will. Und sie rechnen damit, daß es noch ziemlich lange dauert, bis die Polizeipatrouille hier in der Nähe sein kann.« Er wandte sich wieder an den jungen Abo und fragte: »Hast du heute schon Rauchgeschwätz gemacht? Du oder Nipper?«

Als der Schwarze den Kopf schüttelte, machte ihm der Sergeant mit deutlichen Worten klar, daß es heute von Blue Gum Downs keine Rauchsignale geben dürfe. Im Falle sie sich nicht an dieses Verbot hielten, würden sie in Ketten ins Gefängnis nach Derby geschafft. »Hast du verstanden, Kakadu?«

»Ich sehr gut verstanden«, sagte der Junge ernst. »Ich nicht machen Rauchgeschwätz.« Er schaute nach den Lubras. »Lubras nicht machen Rauchgeschwätz.«

»Und das gleiche gilt auch für dich, Nipper«, sagte Manley zu dem finster blickenden Alten. Dann wandte er sich wieder an Kakadu und fragte ihn, ob er während des Überfalls auf der Station gewesen sei.

Kakadu nickte.

»Wieviel Schwarze, wieviel Weiße, Kakadu?«

»Mich nicht sehen lang. Viel zu dunkel. Mich schrecklich Angst, wenn Tigerbande kommen. Mich sein Busch verstecken.«

Billabong Bill sagte: »Sergeant, gesehen hat er nichts; trotzdem weiß er, daß es Tiger gewesen ist. Natürlich kann er es auch aus den Rauchsignalen erfahren haben.«

»Das wäre möglich«, sagte der Sergeant. »Andererseits vermute ich, daß Kakadu viel zu große Angst hat, um zu reden. Angst vor Tiger und seinem Speer. Und aus Nipper ist schon gar nichts herauszubekommen. Das sieht man.«

»Der ist ein blödsinniger, alter Trottel«, sagte Bill. »Ich glaube, Sie werden sich auf Ihre Tracker verlassen müssen, wenn Sie erfahren wollen, was vorgegangen ist.«

Die Tracker hatten sich bereits an die Arbeit gemacht. Jeder bemühte sich, den andern zu überbieten. Sie schweiften auf der Station und in der ganzen Umgebung umher. Manchmal ließen sie sich auf Hände und Knie nieder, um das Gewirr der Menschen- und Tierfährten zu studieren.

Während Glen ihnen mit Dave zusammen von der Veranda aus zuschaute, fragte er: »Was erwarten sie eigentlich zu finden?«

»So ziemlich alles, was sich seit dem letzten Regen hier ereignet hat«, erwiderte Dave. »Sie werden herausfinden, von welcher Seite die Kerle gekommen sind und in welcher Richtung sie sich wieder entfernt haben. Sie werden uns sagen, wieviel es waren und wie sie hießen.«

»Wie sie hießen?« Glen zog die Brauen hoch.

»Jawohl«, sagte Dave. »Einige dieser Fußabdrücke haben sie schon früher gesehen. Und sie vergessen nichts. Die Abdrücke der Weißen sind ihnen natürlich neu; aber sie werden sie sich genau einprägen, für spätere Gelegenheiten. Wenn sie mit ihrer Arbeit fertig sind, werden sie den Überfall von Anfang bis Ende rekonstruieren können.«

»Das ist kaum zu glauben, Dave.«

Bill, der das Gespräch mitangehört hatte, sagte: »Es gibt eine

Menge kaum glaublicher Dinge, die unsere Abos können. Allerdings sind nicht so viele Bücher über sie geschrieben worden wie über die amerikanischen Ureinwohner.«

»Die Indianer, wollen Sie wohl sagen.«

»Meinetwegen kannst du sie Indianer nennen«, fuhr Bill gereizt fort. »Aber wenn Kolumbus statt in Amerika in Australien gelandet wäre, würden wahrscheinlich unsere Eingeborenen heute Indianer heißen. Und mir scheint, mit mehr Recht. Es gibt Gelehrte, die behaupten, daß die ersten Australier vor Tausenden von Jahren übers Meer herüber aus Indien kamen und daß sie damals die Dingos mitbrachten. Die Professoren versichern, die Dingos seien genau die gleiche Rasse wie die Pariahunde, die es in Indien gibt.«

Dave grinste. »Bill, ich hätte niemals gedacht, daß Sie an diese Theorie glauben.«

»Das tue ich auch nicht«, erwiderte Bill. »Aber ich habe einmal ein paar Wissenschaftlern zugehört, die sich über einen verschwundenen Erdteil unterhielten, den sie Australkontinent nannten und der sich durch das Südpolarmeer erstreckte, also von Australien nach Westen bis Südafrika und nach Osten bis Südamerika. Dort hätten eine Menge Menschen gelebt, bis eine gewaltige Katastrophe eintrat – wahrscheinlich ein Erdbeben. Auf jeden Fall waren sie der Ansicht, daß dieser Kontinent schon vor Zehntausenden von Jahren versunken sei und daß die australischen Abos die Nachkommen jener Menschen wären, die sich damals retten konnten. Ich habe keine Ahnung, ob etwas Wahres daran ist. Aber eines wissen wir bestimmt: daß unsere Abos nicht die geringste Ähnlichkeit mit irgendwelchen anderen Eingeborenen in der Südsee haben. Sie sehen anders aus und haben ganz andere Sitten.«

»Man hat sie Steinzeitmenschen genannt«, mischte sich Dave ein. »Viele sind nicht mehr von ihnen übrig. Fünfzigtausend noch ungefähr. Aber früher hat es etwa fünfhundert Stämme gegeben – und jeder Stamm hatte andere religiöse und soziale Eigenheiten.«

»Und was ist mit ihnen geschehen?« fragte Glen. »Haben die Weißen sie ausgerottet?«

»In gewissem Sinn: ja«, erwiderte Dave. »Aber weniger mit dem Gewehr – obgleich es genügend Kämpfe gab – als dadurch, daß die Siedler sie der besten Jagdgründe beraubten, um ihre Rinder und Schafe darauf zu weiden.«

»Und ob es Kämpfe gab!« warf Billabong Bill ein. »Tausende einsamer Schafhirten und Treiber verloren ihr Leben im Busch.«

»Aber die Speere und Bumerangs der Eingeborenen waren den Feuerwaffen nicht lange gewachsen«, fuhr Dave fort. »Schließlich gaben die Abos nach. Viele begannen mit den Pionieren zusammenzuarbeiten, anstatt sie zu bekämpfen. Manche sind erfolgreiche Viehzüchter geworden, manche geschickte Händler, und andere wieder haben sich zum Militär gemeldet. Ein paar, wie Wallaby Joe und Bandicoot, dienen bei der Polizei.«

»Aber als Rasse sterben die Ureinwohner aus«, sagte Bill. »Nachdem die Siedler kamen, mußten sich die Schwarzen neue Jagdgründe suchen, und wie die alten Bäume vertragen sie das Umpflanzen schlecht. Ihr Stammrevier war von größter Bedeutung für sie – jede Höhle, jedes Wasserloch spielte eine Rolle in ihrer Religion und ihren Sitten und Gebräuchen.«

»In Amerika«, sagte Glen, »hat der Staat bestimmte Landstriche für die Indianer reserviert.«

»So etwas ähnliches haben wir hier auch«, meinte Dave. »Die Regierung hat einen großen Teil des nördlichen Territoriums für die Munjons freigehalten.«

»Dave meint das Arnhem-Land«, erklärte Bill. »Es handelt sich da um ein recht ausgedehntes Gebiet, ungefähr doppelt so groß wie die Schweiz. Und für Weiße ist der Zutritt verboten – von ein paar Missionaren und Polizisten abgesehen. Ausnahmsweise darf einmal ein Krokodil- oder Büffeljäger hin. Aber die meisten Weißen halten sich freiwillig von dort fern. Es ist eine rauhe Gegend. Vor gar nicht langer Zeit haben die dortigen Munjons die Mannschaft eines japanischen Perlfischerboots massakriert. Die Polizeipatrouille, die sich mit der Sache befaßte, wurde gleichfalls angegriffen, und Polizist McColl fiel unter ihren Speeren.«

»Was ist denn mit den Munjons, die sich mit Tiger vereinigt haben?« fragte Glen. »Sind die aus ihrem Reservat davongelaufen?«

Bill schüttelte den Kopf. »Ich habe nicht behauptet, daß es außer in Arnhem-Land keine wilden Stämme mehr gibt. Es existieren noch immer einige, viele allerdings nicht. Sie leben am Rande der Großen Sandwüste und im unerschlossenen Landesinneren sowie hier in den wilden Kimberleys.«

Glen schaute nachdenklich drein. »Kakadu und Nipper müssen schon früher einmal mit diesen Wilden Händel gehabt haben. Sie sind ja beide voller Narben.«

Dave lachte. »Fast alle Abos haben solche Narben. Wenn Wallaby Joe und Bandicoot ihre Hemden ausziehen, wirst du sie auch bei ihnen sehen können. Diese Wunden werden ihnen während der Bora, der Mannbarkeitsfeier, beigebracht. Es handelt sich da um geheime und geheiligte Riten.« Er wandte sich an Bill. »Erzählen Sie ihm doch davon.«

»Wie ich meinen blöden Kopf dabei riskierte?« Bill grinste. »Du mußt wissen, ich bin ziemlich neugierig, Glen. Und ich wollte diese Feier einmal mit eigenen Augen sehen. Das ist mir auch tatsächlich gelungen. Ich fabrizierte mir einen Hochsitz in einem Baum und tarnte mich mit Zweigen.«

Als Bill mit seiner Schilderung weiterfuhr, konnte Glen die Szene im tiefen Busch fast selber miterleben. Er sah die Jünglinge vor sich, die jetzt zeigen sollten, daß sie sich als Männer und Krieger bewähren würden. Im Gänsemarsch – mit Blut beschmiert – schritten sie hinter den Stammesältesten drein. Später gab es Tänze und Gesang, bis der alte Medizinmann seinen Stierbrüller – eine Holzröhre an einem Lederriemen – schwang.

»Im Kreis geschwungen, erzeugt der Stierbrüller einen unheimlichen, klagenden Ton«, erklärte Bill. »Dies war das Signal für einen der älteren Krieger, aus der Reihe der Tanzenden herauszutreten. Mit einem Steinhammer und einem Keil schlug er einem der Jünglinge einen Vorderzahn aus. War dies geschehen, so wurden Rücken, Brust und Arme des Jungen mit tiefen Schnitten, den Stammesabzeichen, versehen. Die offenen Wunden wurden mit Asche eingerieben, damit bleibende Narben entstanden.«

Als Bill schwieg, pfiff Glen leise vor sich hin: »Eine rauhe Behandlung.«

Der Trapper zog bedächtig an seiner Pfeife. »Und das ist noch lange nicht alles. Vor der Mannbarkeitsweihe müssen die Jünglinge monatelang fasten. Sie dürfen nur ganz bestimmte Wurzeln essen und von den Tieren nur genau vorgeschriebene Teile. Außerdem ist es ihnen verboten, zu reden; sie dürfen sich nur in der Fingersprache – der Zeichensprache des Buschs – verständigen.«

Glen runzelte die Stirn. »Warum sind sie so grausam mit den Buben? Die Sache scheint mir ein bißchen stark.«

»Die jungen Abos lernen allerhand aus der Bora. Sie lernen, was es bedeutet, ein Mann zu sein. Sie lernen zu leiden, ohne einen Laut von sich zu geben. Und ... »Er unterbrach sich, weil Sergeant Manley auf die Veranda kam, einen Schlüssel in der Hand.

»Gerade habe ich Nipper in den Sattelschuppen gesperrt«, erklärte Daves Vater. »Wallaby Joe hat festgestellt, daß er zum Brolgatotem gehört – zum gleichen Stamm wie Tiger.« Sein Blick wandte sich dem Innern des Hauses zu. »Ein schauerliches Chaos da drinnen!«

Dave erhob sich von der Bank. »Ich will versuchen, ein wenig Ordnung zu schaffen, während wir hier warten müssen.« Er ging hinein, worauf Glen ihm folgte.

Eine halbe Stunde vor Sonnenuntergang hatten sie das Schlimmste aufgeräumt. Sergeant Manley, der von draußen hereinkam, nickte anerkennend. Als er sah, daß sich Glen über das Pedalradio beugte, meinte er: »Ich fürchte, damit ist nichts mehr anzufangen.«

Glen nickte. Das Zahnradgetriebe, das den Generator mit den Fahrradpedalen verband, war mit der Axt zertrümmert worden. »Es sieht hoffnungslos aus«, begann er, wurde aber sogleich durch aufgeregtes Rufen unterbrochen. Als sie hinauseilten, sahen sie Bill auf eine Gruppe Boobiallabäume zurennen. »Eine von den Lubras hat das Schloß des Sattelschuppens aufgesprengt«, schrie er. »Nipper ist entkommen.«

»Und macht Rauchgeschwätz«, rief Dave.

Als Glen den dünnen Rauchstreifen zwischen den Bäumen aufsteigen sah, meinte er: »Es sieht aus, als ob jemand das Feuer ausgetreten hätte.«

»Aber zu spät.« Dave wies nach oben. Hoch über ihren Köpfen hingen nette, kleine Rauchwölkchen in der Luft und wiegten sich im blauen Himmel.

Dann kam Wallaby Joe hinter den Bäumen hervor und zerrte den tobenden Nipper hinter sich her. Als sich der Abo mit einem wütenden Stoß befreien wollte, packte Bill ihn mit eisernem Griff.

Alle Angriffslust erlosch jedoch in den schwarzen Augen, als Sergeant Manley seinem Tracker befahl, das Halseisen zu holen und Nipper an einen Baum zu schließen.

Bill sagte zu Glen: »Nipper denkt, daß sie ihn ins Gefängnis schaffen werden. Und davor hat er eine fürchterliche Angst. Er hat keine Ahnung, daß er morgen früh freigelassen wird.«

»Warum freigelassen?« fragte Glen.

»Was sollen wir sonst mit ihm anfangen?« Bill zuckte die Achseln. »Wir können keine Gefangenen mitschleppen.«

Sergeant Manley bohrte die Hände in die Taschen. »Das Unheil ist nun einmal geschehen. Die Stämme, die auf der Wanderschaft sind, und die Abos auf den anderen Stationen haben den Rauch schon gesehen und die Nachricht weitergegeben. Vor Anbruch der Dunkelheit weiß jeder Abo diesseits der Berge, daß eine Spezialpatrouille unterwegs ist.«

»Auch Tiger!« sagte Bill.

»Auch Tiger!« wiederholte der Sergeant grimmig.

15

Kurz vor Sonnenuntergang kam Polizist Norton auf die Station geritten. Seine ersten Worte beim Absteigen waren: »Ich sehe, du hast Glen gefunden, Jim.«

»Billabong Bill hat ihn zurückgebracht«, erwiderte der Sergeant.

Brummend und mit saurer Miene betrachtete Norton Glen. Als er mit dem Sergeanten ins Haus ging, konnte man ihn deutlich sagen hören: »Nach dem, was vorgefallen ist, glaube ich kaum, daß du ihn hierlassen kannst. Aber soll das bedeuten, daß du die Absicht hast, dich noch weiter mit diesem Ballast abzuschleppen?«

Glen vernahm die Antwort des Sergeanten nicht. Nortons brummige Stimme tönte jedoch laut genug, als er fortfuhr: »Meinetwegen. Vielleicht kannst du wirklich nichts anderes tun. Aber ich warne dich, Jim. Einen Waschlappen können wir bei der Patrouille nicht brauchen, und vor allen Dingen nicht so einen Besserwisser wie den jungen Hamilton. Er wird uns nur Ungelegenheiten bereiten.«

»Sei doch endlich vernünftig, Tom.« Sergeant Manleys Stimme war jetzt lauter geworden. »Ich habe den Eindruck, daß der Junge sich ausgezeichnet entwickelt.«

»Das kommt dir nur so vor, weil du sein Onkel bist«, polterte

Norton. »Dein sonst so klares Urteil wird durch deine verwandtschaftlichen Gefühle getrübt. Wenn du nicht sein Onkel wärst, würdest du erkennen, was er wirklich ist: ein verwöhnter junger Lümmel.«

Glen spürte, wie ihm das Blut ins Gesicht schoß. Hastig verließ er die Veranda und entfernte sich ein Stückchen vom Haus, während er sich überlegte, wieviel andere Leute wohl den gleichen Eindruck von Glen Hamilton haben mochten wie der Polizist. ›Vielleicht wäre es gar nicht so dumm gewesen, schon früher einmal ein bißchen zu horchen, was die Leute von mir sagen‹, dachte er.

»Glen!« Es war Daves Stimme. »Komm zum Essen!«

Sie setzten sich an den langen Tisch, und während der Mahlzeit begann Norton zu berichten. »Scotty ist ziemlich schwer verwundet. Hat eine Menge Blut verloren. Aber er wird mit dem Leben davonkommen. Ich habe von Paddys Station aus Wyndham mit dem Radio erreicht, und sie haben Scotty mit einem Flugzeug abgeholt. Seine letzten Worte vor dem Abflug waren, daß er spätestens in einer Woche zurück sein würde, um mit der Musterung zu beginnen.«

»Scotty ist ein zäher Brocken«, sagte Billabong Bill. »Mich würde es nicht überraschen, wenn er tatsächlich in einer Woche wieder da wäre.«

Norton schüttelte den Kopf. »Der Arzt sagte mir, daß er mindestens einen Monat im Bett bleiben muß. Aus diesem Grund habe ich mich durch das Radio mit Splinter Downs und Glenroy in Verbindung gesetzt. Sie haben mir versprochen, ihre Treiber und Viehhirten herüberzuschicken, sobald sie sie entbehren können, damit sie hier für Scotty die Musterung durchführen.«

»Ausgezeichnet«, sagte der Sergeant. »Und hast du in Congaberry etwas über die Verbrecher erfahren?«

»Nichts. Alles, was sie aus Drysdale River gehört haben, ist, daß Tiger sich mit zwei Weißen verbündet hätte. Die Schwarzen auf der Station erfuhren die Neuigkeit vor einigen Tagen – ungefähr um die gleiche Zeit wie wir auch. Inzwischen scheint es kein Rauchgeschwätz mehr gegeben zu haben. Es ist leicht möglich, daß die Bande schon halbwegs an der Küste ist.«

»Das glaube ich nicht, Tom«, sagte der Sergeant. »Wenn sie gewußt hätten, daß die Patrouille unterwegs ist, hätten sie die Gegend schon längst verlassen und sich nicht so lange in den Carolinen-Bergen aufgehalten. Es ist ziemlich sicher, daß sie keine Ahnung von uns hatten, bis dieser verteufelte Nipper heute sein Rauchgeschwätz losließ.«

Norton nickte nachdenklich. »Sie haben sich wirklich die ganze Zeit hier in der Gegend herumgetrieben. Und das kann nur einen Grund haben: die schweren Regenfälle im Norden. Sie wollen warten, bis das Land ausgetrocknet ist, damit sie sich zur Nordwestküste durchschlagen können. Wenn sie die Absicht hätten, nach Süden zu gehen, wären sie schon längst aufgebrochen. Am besten wäre es, wenn wir die Verfolgung sofort aufnehmen würden, Jim. Es besteht Aussicht, daß wir sie erwischen.«

»Würde es sich nur um Tiger und seine Munjons handeln«, sagte der Sergeant, »dann wüßte ich genau, was zu tun ist, und wir könnten sicher damit rechnen, ihn früher oder später zu erwischen.«

Nach allem, was ihm Bill über die Ureinwohner erzählt hatte, verstand Glen, was sein Onkel meinte. Abos dachten nicht mehr als ein paar Stunden – höchstens ein paar Tage – voraus. Außerdem hatte jeder Stamm sein eigenes Gebiet, dessen Grenzen er nur ungern überschritt.

»Die beiden Weißen in der Bande erschweren die Lage«, fuhr der Sergeant fort. »Dieser Reddy Evans ist kein dummer Kerl. Seine Überfälle sind jedesmal bis ins letzte vorbereitet gewesen.«

»Auch Saltbush Jack scheint, nach allem, was ich gehört habe, ein ziemlich gerissener Gauner zu sein«, warf Billabong Bill ein. »Hat er sich nicht damals in Südaustralien recht geschickt aus der Schlinge gezogen, als er von einer Kamelpatrouille aufgespürt worden war?«

Sergeant Manley nickte. »Ja, in der Nähe von Ooldea war das. Sie waren hinter ihm her, weil er Vieh gestohlen hatte, und er benutzte Gastro ...« Er hielt inne, weil er Glens fragenden Blick bemerkte, und erklärte: »Ich spreche von den Blättern des Gastrolobium-Baums. Sie sehen aus wie Gummibaumblätter, aber sie sind giftig. Jedes Tier, das davon frißt, stirbt in kürzester Zeit. Jack legte diese Blätter an den Rand eines Wasserlochs, wo er sicher war, daß die Kamele der Patrouille sie finden würden. Auf diese Weise bekamen die Dingos in dieser Nacht Kamelfleisch in Hülle und Fülle, und Saltbush Jack konnte entkommen.«

Der Sergeant wandte sich wieder Tom Norton zu: »Wir haben es mit zwei raffinierten Weißen und einem schlauen Abo zu tun, der selber eine Zeitlang Tracker gewesen ist. Wer weiß, was da alles passieren kann.«

»Und wahrscheinlich auch passieren wird«, brummte Norton.

Als sie am nächsten Morgen, noch ehe der letzte Stern verblaßte, die Station verließen, sagte Dave zu Glen: »Nachdem wir jetzt die Maultiere zurückgelassen haben, werden wir nicht mehr erster Klasse reisen, dafür aber um so schneller. Und das ist das Wichtigste. Vater will sie dingfest machen, noch ehe sie anfangen, ihre Fährte zu verwischen. Solange sie das nicht tun, können die Trakker ihnen ohne Mühe folgen.«

»Die beiden können wahrhaftig Spuren lesen, das muß ihnen der Neid lassen«, sagte Glen anerkennend. »Dort, wo ich nichts als einen Trümmerhaufen sah, konnten sie genau feststellen, was geschehen war und sogar, wieviel Mitglieder die Bande zählte.«

Es waren sechs Mann gewesen, die die Station überfallen hatten: zwei Weiße, Tiger und drei Munjons. Die Tracker hatten gemeldet, daß einer der Munjons, dessen Weißer-Mann-Name Quartpot lautete, von Scotty Marshs Kugel getroffen worden war. Die Gangster hatten vier Maulesel von der Station mit der Diebsbeute beladen und außerdem noch ein halbes Dutzend Pferde mitgenommen. Die Lubras mußten zu Fuß gehen, was sich auf das Tempo der ganzen Bande hemmend auswirkte.

»Ich möchte wissen, warum sie sich die Lubras aufgeladen haben?« fragte Glen. »Diese Frauen sind doch nur eine Belastung für sie.«

Dave erinnerte ihn: »Sie wußten ja noch nicht, daß die Spezialpatrouille unterwegs war. Es bestand daher gar kein Grund für sie, sich zu beeilen.«

»Ganz richtig«, bestätigte Bill, der jetzt neben ihnen ritt. »Saltbush Jack war bestimmt der Meinung, daß so schnell noch keine Verfolgung zu erwarten sei. Und wahrscheinlich hat er Reddy klargemacht, wie nötig es war, Tiger bei guter Laune zu halten. Jack weiß genau, wie wichtig sich so ein Abo vorkommt, wenn er wieder in den Busch zurückkehrt – viel zu wichtig, um auch nur die geringste Arbeit – wie Kochen oder Lastentragen – zu verrichten. Dazu sind die Lubras da.«

Von Blue Gum Downs verlief die Spur der Verbrecher in nördlicher Richtung durch das Grasland zu einer Schlucht zwischen den Vorbergen der nächsten Gebirgskette. In leichtem Galopp führten die Tracker die Patrouille an. Über den Widerrist ihrer Pferde gebeugt, suchten sie mit ihren scharfen Augen den Boden ab. Glen, der zu ihnen nach vorn geritten war, vermochte in dem Grasmeer nicht die geringsten Zeichen zu entdecken.

Er wartete wieder auf Dave und sagte: »Ich kann wahrhaftig nichts sehen.«

Der junge Australier lachte. »Du könntest es schon, wenn Wallaby Joe dir zeigen würde, nach welcher Seite das Gras niedergedrückt ist. Natürlich müßtest du absteigen und dich auf Hände und Knie niederlassen. Wir haben eben nicht so scharfe Augen.«

Bei ihrem Ritt durch die etwa dreißig Kilometer breite Grasebene störte die Patrouille überall Vogelschwärme auf. Glen hatte den Eindruck, sich in einem riesigen Vogelkäfig zu befinden, als Wolken von Finken, Krähen, Falken und Kakadus über ihren Köpfen schwirrten. Aus dem Gras stiegen Scharen von Tauben, Wachteln, Buschlerchen und Waldschwalben empor. In der Nähe eines Flußbettes, dessen Ufer mit Teesträuchern und Gummibäumen bewachsen waren, erblickte Glen Königsfischer und ihre größeren Vettern, die blauen Kookaburras. Rotbrüstige Babbler schwebten über ihren riesigen, kugelförmigen Reisignestern.

Die Sonne schien jetzt glühend heiß aus dem metallischen Himmel herunter, und die Patrouille bewegte sich nur noch im Schritt fort. Bill lenkte Glens Aufmerksamkeit auf einen winzigen Vogel, dessen Farbe einer halberblühten Narzisse glich. Von der Schnabelspitze bis zum Schwanzende mochte er höchstens acht Zentimeter messen. »Das ist der gelbe Weebill, Glen, der kleinste Vogel Australiens. Und dort drüben – schau dort hinüber – siehst du den größten.«

Der Vogel – gut ein Meter achtzig groß – schüttelte sein dichtes Gefieder und rannte mit langen Schritten davon.

»Fliegen kann er nicht«, sagte Bill, »aber dafür rennen. Er bringt es auf fünfzig Kilometer in der Stunde.«

»Ein Strauß.« Glen hielt plötzlich inne: das australische Wappen war ihm eingefallen. Auf ihm waren als Schildhalter ein Känguruh und dieser Vogel zu sehen. »Ein Emu!« rief er triumphierend.

»Richtig«, bestätigte Bill. »Nach dem afrikanischen Strauß ist der Emu der größte, heute noch lebende Vogel. Und der größte Idiot obendrein.«

»Wieso?«

»Wenn je ein Geschöpf unter dem Pantoffel steht, dann ist es unser Emu. Was glaubst du, was geschieht, wenn es Zeit wird, eine Familie zu gründen und kleine Emus aufzuziehen? Madame gräbt ein Loch in den Boden und legt die Eier hinein – große, grüne. Aber wenn du dir einbildest, daß sie sie auch ausbrüten wird, hast du dich gewaltig getäuscht. Nur keine Angst, für was ist denn der Herr Papa da? Dieser blödsinnige Narr sitzt ungefähr acht Wochen lang auf den Eiern, ohne die geringste Nahrung aufzunehmen, während Madame sich in der Welt herumtreibt und ihr Leben genießt. Aber das ist noch nicht alles: er ist auch derjenige, der die Jungen betreut – kleine, niedliche Burschen mit schwarzen und weißen Streifen. Verrückte Biester, diese Emus.«

Es verging noch eine Stunde, bis Sergeant Manley bei einer Spalte in den Bergen das Zeichen zum Anhalten gab. Hier, in der Nähe eines fast völlig ausgetrockneten Bachbetts, das von Pandanuspalmen beschattet war, machten sie Rast, um zu Mittag zu essen.

Als Glen ein wenig auf und ab ging, um sich die Beine zu vertreten, bemerkte er, wie sich Bandicoots Gesicht beim Anblick einer drei Meter langen Pythonschlange, die sich auf einem Felsblock auf der anderen Seite des Baches sonnte, verklärte. Leise hörte er ihn sagen: »Mich erwischen diesen Kerl. Sein mächtig guter Freß-Freß.«

Katzenartig schlich er zu dem Felsblock hinüber, packte plötzlich zu und hielt die Schlange am Schwanz. Mit weitausholendem Schwung zerschmetterte er ihren Kopf am Felsen.

Sich an Bill wendend, fragte Glen: »Will er sie wirklich essen?«

»Und ob er das will. Für einen Abo bedeutet eine Schlange dasselbe wie ein Hühnchen für dich und mich.«

Allerdings konnte Bandicoot seine Schlange nicht sofort verzehren. Der Sergeant gestattete kein Feuer, worauf der Tracker, der sein Fleisch anscheinend gebraten liebte, die Schlange zum späteren Gebrauch hinter seinen Sattel schnallte.

Sie rasteten nur kurz. Dann saßen sie wieder auf und folgten der, wie es Glen schien, unsichtbaren Spur, die zu einem dunklen Einschnitt in den Bergen führte.

Beim Überqueren einer felsigen Strecke sagte Glen zu Dave: »Wie ist es nur menschenmöglich, hier eine Fährte zu finden?«

»Wallaby Joe und Bandicoot können es. Sie sind imstande, zu sehen, wo ein winziges Steinchen seine Lage verändert hat. Solange es der Bande nicht einfällt, ihre Spuren zu verwischen, werden unsere Tracker ihnen folgen können, als ob Wegweiser am Straßenrand stünden.«

Als sie sich dem Anfang des Passes näherten, rief Bandicoot, daß hier die Stelle sei, wo die Bande zum ersten Mal gelagert habe. Er deutete auf einen Tümpel – das letzte Wasser, das in einem Flußbett übriggeblieben war. Glen stieg aus dem Sattel und ging mit den andern zu den Überresten des Lagerfeuers. Knochen, schwarz von Ameisen und Fliegen, lagen rings umher.

Sergeant Manley sagte: »Es macht den Eindruck, als hätten sie mit einem von Scottys Rindern ein großes Fest gefeiert.«

»Und ein Corroboree«, fügte Tom Norton bei, mit dem Kopf auf eine große niedergetrampelte Fläche weisend.

Während die Pferde aus dem Tümpel tranken, machten sich die Tracker daran, die hinterlassenen Spuren auszuwerten. Mit einem Stecken stocherten sie überall herum, wozu sie bedeutungsvoll glucksten. Sorgfältig wurde jeder Zentimeter des Lagerplatzes untersucht – was ziemlich lange dauerte.

»Man darf einen Tracker nicht drängen«, erklärte Billabong Bill.

Endlich waren sie überzeugt, ihre Pflicht getan zu haben, und trotteten zu dem Sergeanten hinüber. Beide brannten darauf, ihr Wissen loszuwerden. Der Sergeant nickte zuerst Bandicoot zu.

»Tigerbande machen kleinen Corroboree«, begann der Tracker. Dann erzählte er, daß der Munjon, der bei den Weißen Quartpot hieß, unfähig gewesen sei, allein aus dem Sattel zu steigen. Seine Wunde war ernst. Er hatte Blut gespuckt. Und eine von den Lubras hatte begonnen zu hinken. Sie hatte sich, kurz ehe sie die Lagerstelle erreichten, eine Verletzung zugezogen und war außerstande gewesen, den anderen Frauen bei der Arbeit zu helfen. Die Bande war zwei Tage und zwei Nächte in dem Lager geblieben, und hatte sich an Rindfleisch, Enten und Hühnern – alles auf der Station gestohlen – gütlich getan.

»Anscheinend heben sie die Konserven noch auf, für den Fall, daß sie anstrengende Märsche zu machen haben«, meinte der Sergeant und wandte sich dann zu Wallaby Joe: »Wie heißt?«

Es fiel Glen nicht leicht, dem wasserfallartigen Geplapper zu folgen, doch den Sinn konnte er verstehen. Wallaby Joe beschrieb die beiden Weißen bis in die kleinsten Einzelheiten. Seiner Schilderung nach war Saltbush Jack ein großer, breitschultriger Mann, der über zwei Zentner wog. Er mochte ungefähr vierzig Jahre alt sein und war blond und linkshändig. Er trug Cowboystiefel, Segeltuchhosen und einen Filzhut.

»Hör mal«, rief Glen aus, »wie kann er das alles wissen?«

»Wallaby Joe ist der reinste Sherlock Holmes, wenn es sich um Schlußfolgerungen handelt«, sagte Dave grinsend. »Er weiß, daß Reddy Evans seinen Übernamen wegen seiner roten Haare führt. Folglich müssen die blonden Haare, die er gefunden hat, von Saltbush Jack stammen.«

»Das kann ich noch einigermaßen verstehen«, sagte Glen zögernd. »Doch woher will er sagen können, was für Kleider der Mann getragen hat? Und wie will er sein Alter feststellen und daß er Linkshänder ist?«

Sergeant Manley, der die verblüfften Fragen gehört hatte, lächelte. »Ein paar Fäden können die Kleidung erklären, ein wenig Grau in den Haaren läßt Schlüsse auf Saltbush Jacks Alter zu. Und was die Linkshändigkeit betrifft . . .« Er fragte den Tracker.

»Saltbush Jack da sitzen lange an Feuer«, antwortete Wallaby Joe. »Essen Fleisch, werfen Knochen weg – so.« Er machte eine Handbewegung.

»Hast du verstanden, Glen?« fragte der Sergeant. »Wenn Saltbush Jack rechtshändig wäre, hätte er die Knochen nach rechts geworfen. Nachdem er Linkshänder ist, warf er sie dort hinüber.«

Nun beschrieb Wallaby Joe den Amerikaner. Reddy Evans war ein kleiner Mann mit roten Haaren, etwas jünger als Salbush Jack. Er war ein ruheloser Mensch. Er war sehr müde gewesen, als sie den Lagerplatz erreichten, denn er hatte sich sogleich von den anderen getrennt und zum Schlafen niedergelegt. Aber er hatte sich dennoch nicht lange still verhalten können. Während der zwei Tage, wo die Bande hier gelagert hatte, war er beständig hin und her gelaufen, hatte Blätter abgerissen und die Rinde von den Bäumen gefetzt.

Gemeinsam schilderten die beiden Tracker praktisch jede Bewegung, die die Verbrecher während ihres Aufenthaltes gemacht hatten. Sie beschrieben jedes Pferd und seinen Reiter, jede Lubra und die Maultiere. Bandicoot deutete auf die Stelle, wo man die Gewehre aufgestapelt hatte und hob die Hand in die Höhe. Seine gespreizten Finger zeigten an, daß es fünf gewesen waren.

»Vier haben sie in Blue Gum Downs erbeutet«, sagte der Polizist. »Es scheint, als ob die beiden Weißen, als sie den Angriff unternahmen, zusammen nur eins besessen hätten.«

Manley nickte. »Aus dem Rapport geht hervor, daß Reddy einen schweren Colt benützt. Mit einer Kugel aus diesem Colt wurde der Eisenbahnmann in Alice Springs getötet.«

Als die Tracker ihren Bericht beendet hatten, meinte Glen: »Gegen die beiden kommen einem die Detektive in den Kriminalromanen wie blutige Anfänger vor.« Er hielt inne. »Das heißt, wenn wirklich alles stimmt, was sie sagen. Wer weiß, was sie da zusammenphantasieren.«

Billabong Bill grinste. »Unsere Tracker an der Arbeit zu sehen, hat schon manchen Neuling in Staunen versetzt. Aber ich kann dir versichern, daß jedes Gericht in Australien ihre Aussagen anerkennt. Ist es nicht so, Sergeant?«

»Bill hat vollkommen recht«, sagte Manley. »Und jetzt wollen wir aufbrechen.«

16

Spät am Nachmittag sichteten sie den Rauch. Die Patrouille hatte gerade einen Paß in den südlichen Carolinen überwunden und unter einem Sandsteinfelsen haltgemacht, der wie eine mittelalterliche Festung über ihren Köpfen aufragte. Vor ihnen erstreckte sich ein weites Land mit zackigen Berggipfeln, die aus gähnenden Abgründen aufzusteigen schienen. In weiter Entfernung konnte Glen das silberne Band eines Flusses erkennen, der sich zwischen stachligen Büschen und Sträuchern durchschlängelte und dort, wo er durch das schon braun werdende Grasland floß, hell aufglänzte.

Dem Jungen stockte der Atem, als er auf die unendliche Weite des australischen Nimmer-Nimmer blickte. Mehr als je zuvor schien es ihm, als sei dieses Land eher für Riesen als für Menschen geschaffen. Während seine Augen über das ungeheure Tal schweiften, entdeckte er auf einmal eine Rauchsäule. Sie stieg aus einem Gehölz auf, das weit dort unten an den Fluß grenzte.

»Rauchgeschwätz?« fragte Sergeant Manley seinen Tracker.

Der schüttelte den Kopf. »Rauch zu Lagerfeuer gehören.«

»Die Verbrecher!« rief Glen.

Polizist Norton warf ihm einen verächtlichen Blick zu.

Billabong Bill sagte: »Sehr unwahrscheinlich, Glen. Jetzt, nachdem Tiger durch Nippers Rauchgeschwätz gewarnt ist, wird er sein Lager niemals in einem offenen Tal aufschlagen, wo ihn jeder sehen kann. Er wird sich einen hochgelegenen Platz aussuchen, von wo er selber den Blick nach allen Seiten hat.«

»Vielleicht ein Dingojäger oder ein Erzsucher«, meinte der Sergeant.

»Das möchte ich bezweifeln«, entgegnete Bill. »Ich kenne doch die meisten von ihnen, und ich weiß von keinem, daß er in diese Gegend wollte. Ich glaube viel eher, daß das da unten ein Stamm auf Wanderung ist.«

»Wenn das stimmt«, meinte Norton, »haben sie vielleicht Tiger und den Rest der Bande gesehen. Möglicherweise können wir von ihnen etwas Neues erfahren. Was hältst du davon, Jim?«

Sergeant Manley rieb sich nachdenklich das Kinn.

Mit leiser Ungeduld fuhr der Polizist fort: »Jetzt, nachdem Nipper uns verraten hat, ist es sinnlos, unsere Anwesenheit noch länger geheimhalten zu wollen. Es ist viel wichtiger, daß wir vielleicht einen Fingerzeig bekommen können, welchen Weg Tiger mit der Bande eingeschlagen hat.«

»Ich weiß schon«, murmelte Jim Manley. »Aber ich bin doch nicht dafür, daß Tiger so genau erfährt, wo wir uns befinden. Und wenn das da unten ein Abolager ist, wird er es in kürzester Zeit wissen.« Er schloß die Augen und schien sich seinen Entschluß zu überlegen. Endlich meinte er: »Und doch glaube ich, der Preis wäre nicht zu hoch, wenn wir eine nützliche Auskunft erhalten könnten. Sollte das da unten tatsächlich ein Stamm auf Wanderschaft sein, werden wir ihm heute nacht einen Besuch abstatten.«

Und wieder setzte sich die Patrouille in Bewegung. Vorsichtig, einer hinter dem andern reitend, suchten sie ihren Weg den steilen Abhang hinunter, immer bestrebt, sich so weit wie möglich in Dekkung zu halten. Auf dem Talboden angelangt, erwies es sich, daß Tiger seine Bande geradewegs auf die Stelle zugeführt hatte, von der man jetzt den Rauch aufsteigen sah.

In einem kleinen Wäldchen gebot Sergeant Manley Halt und schickte die beiden Tracker zu Fuß voraus, die Gegend abzusuchen. Nachdem alle abgestiegen waren, ging er auf einen gestürzten Baumstamm zu, ließ sich darauf nieder und breitete seine Karte auf den Knien aus.

Norton setzte sich neben ihn und sagte: »Falls wir erfahren sollten, auf welchem Weg sie zur Küste gelangen wollen, bin ich dafür, bei einer Station mit Pedalradio anzuhalten.«

Der Sergeant nickte. »Allerdings glaube ich kaum, daß wir jetzt schon etwas Zweckdienliches hören werden.« Er seufzte. »Von nun an wird es schwierig, Tom. Tiger ist mit allen Wassern gewaschen, wenn es sich darum handelt, Fährten zu verwischen. So gut unsere Tracker auch sind, es wird uns eine Menge Zeit kosten, der Bande auf der Spur zu bleiben. Und ein paar Stunden Vorsprung können schon genügen, daß sie uns entkommen.« Er blickte wieder auf die Karte. »Es bleibt uns gar nichts anderes übrig: wir müssen sie überlisten.«

»Eine großartige Idee«, erwiderte Norton säuerlich. »Aber kannst du mir vielleicht sagen, wie?«

Jim Manley begann: »Versetz dich einmal an Reddy Evans' Stelle . . .«

»Glaubst du, daß er der Anführer ist?«

»Ich bin überzeugt davon. Die Überfälle haben das klar gezeigt. Du kannst sicher sein, Reddy hat diese Flucht bis in die kleinste Kleinigkeit vorausgeplant.«

Billabong Bill beugte sich nun auch über die Karte; auf Collier Bay weisend, meinte er: »Möglicherweise hat Jack seinem Freund Reddy von Walcott Inlet erzählt und dem Kutter, der jeden Monat Post und Proviant hinbringt. Es ist ein lausig einsamer Flecken. Die beiden Schufte, mit ein paar bewaffneten Abos zusammen, könnten die Siedlung mit Leichtigkeit erobern.«

»Allerdings«, stimmte der Sergeant ihm bei. »Das mag mit ein

Grund sein, weshalb ihnen Tigers Freunde willkommen waren. Es bleibt uns gar nichts anderes übrig, als weiterzureiten und uns so gut wie möglich über alles zu informieren. Wir werden bei den verschiedenen Stationen anhalten, damit die beiden Tracker Gelegenheit haben, mit den schwarzen Viehhirten zu sprechen und zu hören, was der Buschtelegraf sagt.«

Nortons Miene heiterte sich auf. Sein Blick glitt zu Dave und Glen hinüber, die die Pferde versorgten. »Wenn wir bei einer Station vorbeikommen, die sicher genug ist, daß wir die beiden Buben dort lassen können . . .«

»Im Augenblick gibt es keine solche Station«, fiel Bill ihm ins Wort. »Die Bande kann überall auftauchen. Die Buben sind am sichersten bei uns.«

»Bill hat recht«, sagte der Sergeant. »Im übrigen machen sie sich ja auch nützlich und haben uns schon manche Lagerarbeit abgenommen.« Er wies auf Glen. »Und er hat sich wirklich gut entwikkelt. Wenn du ehrlich bist . . .«

»Na, wenn ich ehrlich bin, kann ich nur sagen, daß ich noch allerhand Platz für eine Besserung finde.«

Billabong Bill grunzte. »Ich glaube, das können Sie von jedem sagen, Sie und mich nicht ausgeschlossen.« Er hielt inne. Leise wie Schatten waren die beiden Tracker zur Berichterstattung zurückgekehrt.

Wallaby Joe begann als erster. »Lagerfeuer gehören Stamm auf Wanderschaft. Groß, viel Leute. Wallaby Totem.« Er fügte hinzu, daß verschiedene Lubras jeglichen Alters, eine Anzahl Kinder und ein Medizinmann darunter seien.

»Haben sie dich gesehen?« fragte der Sergeant.

Wallaby Joe schüttelte den Kopf. »Mich gewesen im Busch. Ich sehen. Mich nix sehen.«

»Irgendein Zeichen von der Tigerbande?«

»Tigerbande schon lange verlassen diese Lager.« Er hob die Hand mit drei gespreizten Fingern, um anzuzeigen, daß die Verbrecher schon vor drei Tagen weitergewandert waren. Er erklärte, daß die Bande beim Weiterziehen vier Stammesangehörige und drei Lubras mitgenommen hätte.

Daraufhin kam Bandicoot an die Reihe. Er berichtete, daß Quartpot, der bei dem Kampf auf der Station verwundet wurde, sich noch immer im Lager befinde. Auch die Lubra mit der Fußverletzung war zurückgeblieben.

Sergeant Manley runzelte die Stirn. »Unsere Aussichten haben sich verschlechtert, seit Tiger diese neuen Abos angeworben hat. Immerhin hat der Bericht auch sein Gutes. Möglicherweise können wir von Quartpot und der Lubra etwas Nützliches erfahren.« Er wandte sich wieder zu Wallaby Joe und fragte: »Besitzen die vier neuen Schwarzen Pferde?«

»Nein. Gehen zu Fuß wie Lubras.«

Polizist Norton murmelte: »Ich möchte wissen, welche Station als nächste drankommt. Diese vier Abos brauchen doch ebenfalls Pferde.«

Als der Sergeant Bandicoot fragte, ob er glaube, daß der Stamm an baldigen Aufbruch denke, erwiderte der Tracker: »Nein. Machen Jagd auf Känguruhs und Goannas. Machen ein Corroboree.«

»Gut«, sagte der Sergeant. »Während das Fest in vollem Gang ist, können wir sie überraschen. Ich möchte nicht, daß uns Quartpot entwischt, und diese fußkranke Lubra weiß vielleicht auch allerhand.« Er schaute Bandicoot an. »Du könntest ihr ein bißchen den Hof machen, Bandicoot.«

Der Tracker grinste vergnügt; allerdings nicht, weil er an die Lubra dachte, sondern weil er sich bereits darauf freute, die Python, die noch immer an seinem Sattel hing, am Lagerfeuer zu braten.

17

Beim Anbruch der Dunkelheit machte sich die Patrouille auf den Weg zum Lager. Sie mußten einen weiten Bogen beschreiben, um Gegenwind zu haben, damit die Lagerhunde – halbwilde Bastarde mit Dingoblut – ihre Annäherung nicht witterten.

Nach Sergeant Manleys Erfahrung hatten die nomadisierenden Abos immer kleinere Sünden auf dem Gewissen; deshalb hoffte er, daß die Schuldigen aus Angst alles gestehen würden, was sie von Tiger und seinen weißen Spießgesellen wußten. Die größte Hoffnung jedoch setzte der Sergeant auf Quartpot, von dem er wirklich Wichtiges zu erfahren gedachte.

Bei einer tiefen Schlucht ließ er die Patrouille anhalten. Obgleich man in der schwarzsamtenen Dunkelheit nichts zu sehen vermochte, erkannte er, daß sie sich in der Nähe des Lagers befanden. Der Geruch von brennendem Gummibaumholz wehte zu ihnen herüber.

Nachdem man die Pferde angebunden hatte, erklärte der Sergeant seinen Angriffsplan. Er und Billabong Bill würden sich dem Lager von der einen Seite her nähern. Norton mit den beiden Trakkern würde von Osten kommen.

»Nicht weit von hier werden wir uns trennen«, sagte er zu den Buben. »Und ihr werdet euch schön im Hintergrund halten. Falls den Schwarzen nämlich einfallen sollte, Widerstand zu leisten, besteht die Möglichkeit, daß Bumerangs und Speere fliegen.«

Es gehörte zu Sergeant Manleys Feldzugsplan, zu warten, bis der Chorgesang in vollem Schwange war. In der Zwischenzeit erzählte Bill im Flüsterton Glen alles, was er über die Corroborees wußte.

»Man sieht diese merkwürdige Zeremonie jetzt nur noch selten, nachdem die Zahl der Ureinwohner so zurückgegangen ist. Höchstens noch hier im Nordwesten und in Arnhem-Land, vielleicht auch in der Wüste von Oodnadatta. Es gibt nicht sehr viele Weiße, die je ein Corroboree zu Gesicht bekommen haben. Du wirst etwas erzählen können, Glen, wenn du nach Hause kommst.«

»Was ist denn eigentlich ein Corroboree?« fragte Glen. »Ist es eine Art Tanz?«

»Ja und nein«, erwiderte Bill. »Die Abos machen ein Corroboree, wenn die Jünglinge zu Männern geweiht werden; sie machen es, wenn sie ihre Anführer wählen und wenn sie ihre Toten bestatten. Aber manchmal machen sie es auch ohne Grund, einfach zum Vergnügen, so wie wir eine Theatervorstellung geben. Und um eine Vorstellung handelt es sich auch, manchmal sogar um eine ganz ausgezeichnete, denn die Maskenmacher der Abos verstehen es großartig, die Schauspieler mit Farben, Federn und Tierhäuten herauszuputzen. Vorgeführt wird irgendeine Geschichte, die ein Stammesmitglied sich ausgedacht hat. Der Mann, der das tut, ist natürlich der wichtigste von allen. Du würdest ihn wahrscheinlich den Dramatiker nennen.«

Glen unterdrückte ein Lachen. »Sie wollen mir wohl wieder einmal einen Bären aufbinden wie mit Willi, dem Wombat?«

Jim Manley mischte sich ein. »Nein, Glen, Bill macht keine Witze. Tiger zum Beispiel war früher für seine Corroborees in den ganzen Kimberleys berühmt. Das ist einer der Gründe, weshalb er bei den Stämmen so angesehen ist, und warum es so schwerfällt, etwas über ihn zu erfahren.«

Der Sergeant berichtete weiter, daß Tiger damals mit seinen Corroborees richtig auf Tournee gegangen sei wie eine Wanderbühne und daß man die Truppe überall mit Begeisterung aufgenommen habe, selbst bei den Feinden des Stammes. Sie war Hunderte von Kilometern im Nordwesten herumgezogen und hatte die Abos im Busch mit ihren Vorführungen unterhalten. Später waren viele von Tigers »Stücken« von weniger talentierten Corroboree-Machern nachgeahmt worden. »Jammerschade«, schloß der Sergeant, »daß Tiger jetzt sein Talent für Verbrechen mißbraucht.«

»Dann handelt es sich also um richtige Theaterstücke?« fragte Glen.

»Nicht um Theaterstücke in unserem Sinn«, erklärte der Sergeant. »Es sind Dramen, bei denen es keine Dialoge gibt, sondern nur Gesten und Gesang. Die Eingeborenen sind jedoch ganz hervorragende Pantomimen. Sie können alles imitieren und mit ihren Gesten verständlich machen.«

»Wenn sie mehr Leute wie Tiger hätten«, warf Billabong Bill ein, »würden manche Corroborees mehr als eine Aufführung erleben. Aber heutzutage handeln die meisten nur von etwas, das der Stamm tagsüber gesehen oder erlebt hat, wie zum Beispiel die Verfolgung einer Goanna oder das Erlegen eines Stieres. Manchmal ist es auch der Hochzeitstanz der Brolgas oder ...« Er hielt inne. »Hören Sie, Sergeant, sie fangen an.«

Sie griffen zu ihren Gewehren und folgten den beiden Trackern, deren nachtgewohnte Augen einen Pfad gefunden hatten, auf dem es keine knackenden Zweige und losen Steine gab, denn jetzt galt es, das leiseste Geräusch zu vermeiden. Falls die Lagerhunde sie hörten, konnten sie mit ihrem Gebell den Stamm vorzeitig warnen.

Als sie die Schlucht verließen, konnte Glen die Töne des Corroboree ganz deutlich hören. Er vernahm ein sanftes, geisterhaftes Stöhnen, von einem schrillen Klicken begleitet, auf das ein rhythmischer, trommelähnlicher Schlag folgte.

»Dieses Stöhnen«, wisperte Dave, »wird von dem Didgereedu

hervorgebracht, einer Art Busch-Oboe, die aus ausgehöhltem Rauchholz angefertigt ist. Das Klicken stammt von Gilgilstöcken aus Eisenholz.«

»Es kann einem kalt über den Rücken laufen«, flüsterte Glen.

Nur langsam näherte sich die Patrouille den ahnungslos Feiernden. Jeder Tritt mußte geprüft werden, damit nicht das kleinste Geräusch ihre Gegenwart verriet. Schritt für Schritt tasteten sie sich unter den tief herniederhängenden Zweigen weiter. Manchmal war es sogar nötig, auf Händen und Knien durch das Gestrüpp von Buschwerk und Kletterpflanzen zu kriechen.

Glen schien es, als seien bereits Stunden vergangen und nicht Minuten. Er fragte sich gerade, wie weit sie noch würden gehen müssen, als er plötzlich einen schwachen Feuerschein zwischen den Bäumen wahrnahm.

Sergeant Manley wisperte: »So, ihr Buben, jetzt bleibt ihr zurück. Norton und die Tracker kommen von der anderen Seite. Diese Corroborees verlaufen in Zyklen – man könnte auch sagen in Akten. Dieser Teil ist fast zu Ende, und sofort bei Beginn des nächsten werden Norton und ich in Erscheinung treten. Also, denkt daran, haltet euch zurück. Nähert euch dem Lager höchstens noch um hundert Meter.« Lautlos verschwanden er und Bill im Schatten.

Vorsichtig krochen die Buben noch ein paar Meter vorwärts, bis sie einen Platz fanden, von dem aus sie das alte Ritual genau beobachten konnten. Mit Fett und Farbe beschmierte Gestalten schimmerten im Schein des Lagerfeuers. Ab und zu ließ eine aufzuckende Flamme die Zuschauer erkennen: Greise, Lubras und Kinder, die um das Feuer herumhockten.

Der Gesang begann wieder: die hohen, schwebenden Stimmen der Lubras, gefolgt von den tiefen, hallenden Bässen der Männer. Manche schlugen sich mit Palmzweigen auf die Schenkel, andere klickten mit den Gilgilstöcken. Alle wiegten sich in langsamem Rhythmus hin und her.

In der Nähe der Zuhörer stand der Didgereedu-Spieler, den Körper mit Lehm und Asche beschmiert und mit Federn besteckt. Als seine unheimliche, klagende Musik sich verstärkte, stampften und wirbelten unter den tollsten Verrenkungen bunt bemalte Tänzer mit phantastischem Federkopfputz in den Kreis hinein.

Das unheimliche Stöhnen der Busch-Oboe wurde noch lauter, die Gilgilstöcke ratterten in grillenartigem Chor, und der Gesang steigerte sich. Die Geschichte des Corroboree nahm ihren Fortgang.

Glen verstand fast sofort, wovon das Buschdrama handelte. Es hing mit einer Känguruhjagd zusammen. Nachdem die Tänzer sich gruppiert hatten, sprang einer der Schauspieler in den Kreis. Er stellte ein Känguruh dar, dessen Fell er trug. Aber es war nicht nur das Fell allein, das die erstaunlich realistische Wirkung hervorrief. Es war das Gehabe des Eingeborenen. Mit der typisch hockenden Stellung und dem sich unablässig hin- und herwendenden Kopf sah er fast haargenau aus wie der alte Mann Ruh selber. Eine Weile blieb er Herr der Szene. Dann, als ob er herannahendes Unheil spüre, klopfte er mit dem langen Schwanz und begann hin- und herzuspringen, worauf einige andere Schauspieler, die die Lagerhunde darstellten, hinter ihm hersetzten und ihn in die Fersen bissen.

Der Gesang wurde lauter und verwandelte sich in einen ohrenbetäubenden Lärm, als nun der Held in den Kreis sprang. Ausgestattet mit Bumerang, Wurfholz und Speer, war er offensichtlich der gefeierte Jäger des Stammes. Mit dramatischem Schwung gab er vor, seinen Bumerang zu schleudern. Der Känguruh-Mann schwankte und sank zu Boden. Er erhob sich jedoch wieder und humpelte herum, als ob er an einem Bein schwer verletzt sei. Der Held wiegte seinen Speer in der Hand. Bei der Darstellung des Schleuderns schwoll der Gesang zu einem Donnergetöse an. Der Känguruh-Mann fiel vornüber, zitterte und lag dann still.

Die Musik und die Stimmen verstummten. Es herrschte Stille, bis das Klagen des Didgereedu den zweiten Akt des Buschdramas ankündigte. Glen fragte sich, was jetzt wohl kommen mochte. Er sollte es jedoch nie erfahren. Gerade als das Singen begann und der Jäger sich über den am Boden liegenden Känguruh-Mann beugte, griff die Patrouille ein.

Völlig überrascht standen die meisten der Schwarzen stockstill, viel zu erschrocken, um nach ihren Waffen zu greifen. Nur der Jäger-Held, noch ganz in seiner Rolle befangen, hob den Speer. Doch als er die Gewehre erblickte, ließ er ihn sogleich wieder sinken.

»Wir sind die Polizeipatrouille«, verkündete Sergeant Manley laut, die Augen fest auf den runzligen, alten Eingeborenen geheftet, der eine Adlerklaue in der Nase und um den Hals eine Kette aus Menschenknochen trug.

»Das ist der Medizinmann«, erklärte Dave seinem Vetter, als sie sich näher zum Lager schlichen. »In dem Lederbeutel, den er so fest an die Brust drückt, hat er seine Zaubermittel – Krokodilaugen, Heilkräuter und sonst allerhand, und vor allen Dingen sein Deutebein.«

»Du Weiße-Mann-Sprache können?« fragte Manley den Medizinmann.

»Ich sehr gut können«, lautete die gemurmelte Antwort.

»Wohin sind Tiger und die zwei Weißen gegangen, nachdem sie dieses Lager verlassen haben?«

Die einzige Antwort, die der Sergeant erhielt, bestand in einem giftigen Blick.

»Ich glaube nicht, daß er reden wird«, meinte Norton. »Entweder hat er eine Mordsangst vor Tiger, oder er hält ihm die Treue.«

»Vielleicht, daß wir ihn doch noch dazu bringen«, erwiderte der Sergeant und wies mit dem Kopf auf seinen Tracker. »Wallaby Joe gehört zum gleichen Totem. Er soll sich einmal mit ihm unterhalten. Möglicherweise kann er etwas erfahren.«

Doch Wallaby Joe war gar nicht begeistert von der Idee, den Medizinmann auszufragen. Anstatt sich wichtig zu machen und aufzuspielen, näherte er sich dem Greis nur zögernd. Als er zu sprechen anfing, zitterte seine Stimme, und er benahm sich derart devot, daß es fast komisch wirkte.

Dave sagte zu Glen: »Wahrscheinlich hat Wallaby Joe Angst vor dem Deutebein.«

»Was ist das?« fragte Glen.

»Ein Menschenknochen, an dessen einem Ende ein Büschel Haare befestigt ist«, erklärte Dave. »Der Medizinmann hat seinen Zauber darüber gesprochen, und nun glauben die Schwarzen, daß es die Macht hat, zu töten. Wenn ein Medizinmann aus irgendeinem Grund beschließt, einen Stammesgenossen aus der Welt zu schaffen, zieht er diesen Knochen hervor, deutet im geheimen damit auf das Opfer, und das ist das Ende. Der arme Abo siecht dann langsam, doch unrettbar, dahin.«

»Willst du damit behaupten, daß er stirbt, nur weil der Alte mit dem Knochen auf ihn gedeutet hat?«

Dave nickte. »Merkt der Abo, was der Medizinmann tut, so ist er überzeugt, daß er erledigt ist. Möglicherweise ist das der Grund, weshalb er stirbt.«

Nach ein paar mühsam gestammelten Worten wollte Wallaby Joe sich wieder von dem verrunzelten Alten zurückziehen. Sergeant Manley herrschte ihn an: »Vorwärts, rede mit ihm!«

Der Tracker fuhr sich mit der Zunge über die trockenen Lippen. »Er starker Mann sein in diesem Totem.«

»Du auch starker Mann.«

»Deutebein schon viel starke Schwarze umbringen.«

»Dich nicht. Du starker Polizeitracker sein.«

Wallaby Joe reckte die Schultern. Mochten seine Steinzeitinstinkte auch noch so stark sein – der Stolz auf seinen Beruf zwang ihn, dem Befehl zu folgen.

Doch seine Anstrengungen waren vergebens. Als Antwort auf seine Fragen geruhte der Medizinmann noch nicht einmal zu grunzen.

Sergeant Manley sagte: »Wir werden nichts von ihm erfahren. Und wenn irgend jemand aus dem Stamm etwas wissen sollte, wird der Medizinmann schon dafür sorgen, daß der auch den Mund hält. Aber vielleicht haben wir mit Quartpot ein wenig mehr Glück. Wahrscheinlich paßt es ihm gar nicht, daß sie ihn hier zurückgelassen haben.«

Als der Sergeant sah, daß die beiden Jungen sich dem Lagerfeuer genähert hatten, winkte er sie zu sich. »Ich glaube nicht, daß es zu irgendwelchen Schwierigkeiten kommt«, sagte er zu ihnen. »Diese Abos scheinen mir ein friedliches Volk. Nirgends ein Zeichen von Feuerwaffen. Immerhin, Bill und Bandicoot nehmen eine gründliche Durchsuchung vor. Und gleichzeitig werden sie Ausschau nach Quartpot und der lahmen Lubra halten.«

Waffen wurden keine gefunden. Dagegen entdeckten sie die Lubra sehr rasch. Bereitwillig führte sie die Polizisten zu dem verwundeten Abo, der unter einem Busch verborgen lag.

»Du Quartpot gesund machen«, sagte sie ängstlich. »Er sehr krank. Du ihm Weiße-Mann-Medizin geben?«

»Wir werden tun, was wir können«, versicherte ihr Sergeant

Manley. »Bandicoot wird meine Medikamententasche holen.« Er kniete neben dem Verwundeten nieder. Im Schein seiner Taschenlampe gewahrte Glen, daß Quartpots Lippen voller Blut waren.

Norton fühlte dem Eingeborenen den Puls. »Da ist nichts mehr zu machen, Jim. Er wird kaum noch den Morgen erleben.«

Sowohl Bandicoot als Wallaby Jo bemühten sich, den Abo in seiner eigenen Sprache auszufragen. Doch außer einem kaum vernehmbaren Stöhnen erhielten sie keine Antwort.

Später holten sie die Pferde aus der Schlucht und bereiteten das Nachtlager vor. Als Dave Glen beim Abladen half, meinte er: »Die Lubra scheint uns alles gesagt zu haben, was sie weiß, und viel ist es nicht gewesen. Quartpot kann nicht sprechen, und die anderen wollen nicht. Die ganze Sache hat uns wenig genützt.«

»O doch, etwas schon.« Glen wies nach dem brodelnden Kochtopf. »Endlich bekommen wir wieder einmal eine warme Mahlzeit – die erste seit Tagen.« Er grinste.

Bandicoot grinste ebenfalls. Seine Felsenpython schmorte im Lagerfeuer.

18

Zwei Tage ritt die Patrouille unter der brütenden Sonne über den völlig ausgetrockneten Boden. Vom Lager des Wallaby-Totem-Stammes hatten die Verbrecher eine Fährte hinterlassen, die, obgleich sie durch die wildeste Gegend ging und direkt auf die Berge zuhielt, doch noch immer nach Norden führte.

Der Sergeant nahm an, daß die Patrouille durch ihr schnelles Tempo den Vorsprung der Bande um ein gutes Stück eingeholt habe, zumal diese sich dem Schritt der Lubras und der anderen unberittenen Mitglieder anpassen mußte. Bis jetzt hatten die Gangster noch keinen Versuch unternommen, ihre Spuren zu verwischen. Allerdings mußten – den Berechnungen des Sergeanten nach – die Polizisten sich jetzt dem Punkte nähern, wo Tiger Nippers Warnung erhalten hatte.

Glen, der dicht hinter seinem Onkel und Norton ritt, hörte den Sergeanten sagen, daß sie wahrscheinlich nächstens die Spur auf Stunden, ja vielleicht auf Tage hinaus verlieren würden.

»Richtig«, stimmte der Polizist bei. »Und wir haben noch immer keine Ahnung, an welchen Teil der Küste sie wollen. Wenn wir . . .«

Glen hörte ihnen nicht länger zu. Er hatte plötzlich etwas gesehen, was ihn zuerst an eine Fata Morgana glauben ließ. Wie durch ein Wunder war das ausgetrocknete, zerklüftete Land verschwunden. Einen Augenblick lang meinte er wirklich, eine Luftspiegelung zu sehen.

Sie hatten den Rand eines schmalen, wasserreichen Tales erreicht, wo es saftige Grasflächen voll bunter Blumen gab. Als sie hintereinander zu diesem anscheinend so gesegneten Fleck Erde hinunterritten, entdeckte Glen eine Quelle, die aus einer Felsspalte entsprang. Das kristallklare Wasser bildete einen kleinen Bach, der sich zwischen Papierrindenbäumen und Pandanuspalmen hindurchschlängelte. Im Verlauf weniger Kilometer waren daraus mehrere kleine Becken entstanden.

Beim Herannahen der Patrouille flogen von dort riesige Scharen von Enten, Gänsen und Brolgas empor. Kleinere Vögel – rotrükkige, winzige Zaunkönige, braune Fliegenschnäpper, Buschgrasmücken und Lerchen – zwitscherten im Chor. Felsenwallabys, Eidechsen und Schlangen schossen von den warmen, steinigen Ufern auf, um eiligst in den Felsspalten zu verschwinden. Auf den Wiesen stoben die Känguruhs und Buschtruthähne deckungsuchend davon.

»Ein Buschmann-Paradies«, rief Billabong Bill. »Wenn ich mich euch nicht angeschlossen hätte, bliebe ich bis zur nächsten Regenzeit hier. Da läßt sich's leben. Es wimmelt ja nur so von Wild. Vielleicht hat Tiger seine Leute hierhergeführt. Sie müssen ja inzwischen knapp an Lebensmitteln geworden sein.«

Bill hatte recht. Als die Tracker das Lager der Verbrecher entdeckten, fanden sie dort die Überreste von Wallabys, Wassergoannas, Emus und Buschtruthähnen, daneben einige leere Konservendosen.

Bandicoot sagte: »Einer von den Weißen nicht lieben Buschnahrung. Essen Rind aus Büchsen.«

»Sie haben das ganze Rindfleisch verbraucht, das sie von Blue Gum Downs mitgenommen haben«, stellte der Sergeant fest. »Reddy Evans, der weder Schlangen noch Goannas Geschmack abgewinnen kann, hält sich an die gestohlenen Konserven.« Er runzelte die Stirn. »Ich glaube, Reddy wird nichts einzuwenden haben, wenn die Schwarzen das nächstemal Pferde stehlen wollen. Jeder Überfall auf eine Station bedeutet neue Vorräte für ihn.«

Polizist Norton nickte. »Es wäre möglich, daß sie nach Congaberry gezogen sind.«

Der Sergeant antwortete nicht sofort. Er überlegte, welche der Stationen die Verbrecher am meisten locken mochte. Ihm schien, daß Paddy Salts Erdnußfarm nicht allzu anziehend für sie sei – nicht nur, weil Paddy sehr wenig Pferde besaß, hauptsächlich, weil Congaberry ziemlich weit östlich lag. Um dorthin zu gelangen, würden sie von ihrer Richtung abweichen müssen. Endlich sagte er:

»Ich halte es für wahrscheinlicher, daß sie entweder Granite Downs oder Beetaloo Bluff heimsuchen wollen, Tom.« Er schaute auf seine Karte.

Über seine Schulter blickend, sagte der Polizist: »Du hast recht, Jim. Sie haben sich nach Westen gewendet. Beetaloo Bluff ist nicht mehr als hundertzwanzig Kilometer von hier.« Er zuckte die Achseln. »Wenn sie sich zu Bullocky Todds Station entschlossen haben, dann kann das Unglück schon geschehen sein.«

Nach kurzer Rast ritten sie weiter. Sie folgten der Spur am Rande des Graslands entlang und durch einen schmalen Engpaß zwischen den niederen Hügeln, die das kleine Tal begrenzten. Dann hielten die Tracker plötzlich an. Die Spur war zu Ende.

Wallaby Joe schüttelte den Kopf. »Tigerbande jetzt Zeichen verwischen.«

»Schön«, sagte der Sergeant seufzend. »Darauf waren wir ja gefaßt.«

Die Zeit verstrich, als die Tracker herumliefen, um nach einem Fingerzeig zu suchen, der sie auf die Fährte zurückführen konnte. Der Boden war felsig, und Tiger hatte seine Leute über die härtesten und glattesten Stellen geführt, wo es keine losen Steine gab, die hätten wegrollen können.

Es war Bandicoot, der ein Zeichen entdeckte. Er hatte einen Punkt ungefähr fünfhundert Meter westlich der Patrouille erreicht, als er zu signalisieren begann. Sie ritten zu ihm, und er zeigte ihnen ein paar braune Pferdehaare.

»Wahrscheinlich vom Sattelgurt abgescheuert«, erklärte Bill.

Bandicoot sagte stolz: »Pferd von Saltbush Jack verlieren Haare.«

»Gute Arbeit, Bandicoot.« Der Sergeant wandte sich an Norton. »Es sieht so aus, als ob sie es auf Beetaloo abgesehen hätten. Aber sicher ist es nicht. Sie können noch immer nach Norden, auf Granite Downs zu, gedreht haben.« Er rief Wallaby Joe zu sich. »Du kennen Beetaloo?«

»Mich gut kennen.«

»Auch die Schlucht, die dorthin führt?« Als der Tracker nickte, sprach der Sergeant weiter in seiner primitiven Sprache mit ihm.

Billabong Bill erklärte Glen: »Der Sergeant will die Bande überlisten. Er schickt den Tracker zu dem Paß, wo Tiger wahrscheinlich mit dem Spurenverwischen aufgehört hat, wenn er wirklich nach Beetaloo gegangen ist. Du mußt nämlich wissen, Spurenverwischen ist gar nicht so einfach und braucht sehr viel Zeit. Deshalb wird Tiger, sobald er glaubt, uns aufgehalten zu haben, versuchen, möglichst rasch weiterzukommen. Sollte Wallaby Joe daher bei der Schlucht irgendwelche Zeichen finden, können wir ungesäumt nach Beetaloo reiten. In der Zwischenzeit wird Bandicoot mit Spurensuchen fortfahren. Vielleicht entdeckt er, daß sie direkt nach Granite Downs gezogen sind.«

Wallaby Joe ritt in der Richtung der fernen Hügel davon. Die Patrouille rastete, während vor ihnen Bandicoot noch immer seine Kreise zog.

Glen, der in den verflossenen Tagen die Tracker genau beobachtet hatte, verstand es nun schon selber, auf gewisse Zeichen zu achten. Doch jetzt, als er Bandicoot an der Arbeit sah, schüttelte er den Kopf. »Aus mir wird niemals ein Tracker, Dave. Stell dir vor, hier mitten im Nichts Pferdehaare zu finden. Die sprichwörtliche Nadel im Heuhaufen ist ein Kinderspiel dagegen.«

»Um ein richtiger Tracker zu werden, muß man ein Abo sein«, sagte Dave. »Selbst ein alter Buschmann wie Bill kann es nicht mit den Eingeborenen aufnehmen. Manche Leute behaupten, daß die Schwarzen einen sechsten Sinn besitzen. Und ich glaube fast, sie haben recht.«

Glen begann selber an diesen sechsten Sinn zu glauben, als Bandicoot ein neues Zeichen fand. Der kleine Tracker winkte ihnen, zu einem nackten, flachen Felsen zu kommen. Er deutete hinunter und sagte schlicht: »Bande dorthin gehen.«

Glen konnte nichts sehen. Neugierig stieg er vom Pferd, um die Sache genauer zu betrachten. Angestrengt schaute er auf die Stelle, auf die Bandicoot wies.

Billabong Bill lachte. »Wenn du Bandicoots Augen hättest, könntest du es deutlich sehen.«

»Können Sie denn etwas entdecken?« fragte Glen.

»Ich nicht. Und außer Wallaby Joe auch niemand anders in der Patrouille, nehme ich an.« Er erklärte, daß Bandicoot Fußabdrücke erblickte. Wenn die Sonne im richtigen Winkel stand, konnte ein Tracker die feinen Staubspuren erkennen, die ein menschlicher Fuß auf dem Felsen hinterlassen hatte.

Die Patrouille bewegte sich im Schneckentempo weiter, unterbrochen von Aufenthalten, wenn Bandicoot wieder eines der weit auseinanderliegenden Zeichen fand. Die Verbrecher hatten jeden nur möglichen Trick angewandt, um ihre Spuren zu verwischen. Doch Bandicoot kannte diese Tricks auch. Als sie nach dem Felsboden wieder auf weichere Erde kamen, stieß er auf Büsche, deren innere Zweige vorsichtig entfernt worden waren. Diese Zweige, so erklärte er, wurden von den Lubras, die die Nachhut bildeten, als Besen benutzt, um alle Spuren vom Boden wegzufegen.

Der westliche Himmel begann sich rot zu färben, als Bandicoot die Patrouille durch eine Schlucht zum Rand einer von der Sonne ausgedörrten Hochebene führte. Hier hatte die Bande – Bandicoots Behauptung zufolge – in der Nähe eines kleinen Wasserlochs gelagert.

Und er konnte es beweisen. Aus dem Boden, der aussah, als ob er seit Jahrhunderten nicht berührt worden sei, scharrte er frische Wallabyknochen und leere Konservendosen heraus. Die Verbrecher, so sagte er, hätten am Tage zuvor hier gelagert.

»Das bedeutet, daß sie nicht mehr als zwölf Stunden Vorsprung haben«, sagte der Sergeant. »Vielleicht sogar nicht einmal das, wenn man bedenkt, wie langsam sie vorwärtskommen.«

»Und deshalb«, fiel Norton ein, »können sie – sollten sie im Sinn haben, Beetaloo zu überfallen – jetzt noch gar nicht dort sein.«

»Aber ganz in der Nähe, Tom, falls sie sich geteilt haben.« Nachdenklich rieb der Sergeant sein Kinn. »Das Wahrscheinlichste ist, daß sie die unberittenen Schwarzen samt den Lubras an einen verabredeten Treffplatz schicken, während sie inzwischen den Angriff auf die Station unternehmen.«

Glen schlug vor: »Könnte Bandicoot nicht ein Rauchsignal geben, um die Station zu warnen?«

Norton stützte die Hand in die Hüfte. »Selbst wenn wir Beetaloo und Granite Downs warnen würden, könnten wir nichts mehr ändern. Die Besitzer der beiden Stationen und ihre Aufseher sind draußen bei der Musterung. Sie können keinesfalls rechtzeitig zurück sein. Und die paar Knechte, die noch dort sind, werden sich bestimmt nicht auf einen Kampf einlassen, wenn niemand da ist, der ihnen Befehle gibt.«

Glen schaute weg. Der Polizist hatte in einem Ton gesprochen, der anzudeuten schien, daß er eine bemerkenswerte Geduld mit einem geistig sehr zurückgebliebenen Kind aufbrachte.

Da die rasch einbrechende Dämmerung das weitere Suchen nach Spuren unmöglich machte, begannen sie, bei dem Wasserloch ihr Lager aufzuschlagen. Sie waren noch mitten in der Arbeit, als sie Bandicoot rufen hörten: »Mann kommen auf Pferd.« Er legte den Kopf zur Seite und grinste. »Wallaby Joe.«

Es verging noch geraume Zeit, bis Glen die Hufe des herangaloppierenden Pferdes zu hören vermochte. Plötzlich setzte das Geräusch aus.

»Was kann ihm passiert sein?« fragte Dave.

Es war Billabong Bill, der ihm antwortete. »Jetzt, wo es dunkel wird, kann Wallaby Joe unsere Spur nicht mehr so gut erkennen. Er muß nun Schritt reiten.«

Bandicoot war zur Schlucht zurückgegangen und rief seinem Kameraden zu. Ein paar Minuten später stieg Wallaby Joe beim Wasserloch vom Pferd und begann aufgeregt zu reden.

»Tigerbande da gegangen.« Mit einem Zweig zeichnete er eine Linie auf den Boden und fügte hinzu, daß die Verbrecher schnell auf Beetaloo zuritten, und daß sie, seit sie den Paß erreicht hatten, sich nicht länger mehr damit aufhielten, ihre Spuren zu verwischen.

Der Sergeant kauerte sich neben ihn auf den Boden und studierte die Zeichnung, die der Tracker gemacht hatte. »Was ist mit den Lubras und den Schwarzen, die zu Fuß gehen?«

»Diesen Weg hier gegangen.« Wallaby Joe machte eine zweite Skizze, um darzutun, wie er der Gesellschaft bis zu dem Punkt, wo sie sich geteilt hatte, gefolgt sei. Von dort an hatte keine der beiden Gruppen noch länger ihre Spuren verwischt.

»Meiner Meinung nach«, sagte Bill, »rechnen sie damit, daß wir mindestens einen ganzen Tag brauchen würden, bis wir ihre Fährten wieder gefunden hätten. Und wenn Sie nicht Wallaby Joe zu dem Paß geschickt hätten, Sergeant, wäre es auch so gewesen.«

Sergeant Manley starrte auf die Zeichnung und sagte: »Es scheint, als ob sie überzeugt seien, uns abgeschüttelt zu haben. Und deshalb werden wir folgendes tun.« Er erklärte, daß die Patrouille bis zu der Stelle reiten würde, wo die Bande sich getrennt hatte. Da die Nacht hell war, konnten die Tracker der breiten Spur folgen, die die zu Fuß wandernden Schwarzen hinterlassen hatten. »Bis der Morgen dämmert, haben wir sie eingeholt. Und um diese Zeit werden die Reiter sich wieder mit ihnen vereinigt haben. Mit ein bißchen Glück fällt uns das ganze Gesindel auf einmal in die Hände.«

»Das wäre ein Fang«, bestätigte Norton. »Ausgenommen ...«

»Ausgenommen was, Tom?«

»Die Reiter hätten sich entschlossen, direkt zur Küste vorzustoßen, ohne sich noch einmal mit den andern zu treffen.«

»Das wäre möglich«, stimmte der Sergeant ihm bei. »Und wenn es nach dem Kopf der beiden Weißen ginge, würden sie es auch tun. Aber sie haben Tiger noch immer dringend nötig, und wir wissen ja, wie diese wilden Abos nach einem Überfall sind.«

»Sie müssen feiern.« Der Polizist nickte. Und dann spielte eines seiner seltenen Lächeln um seinen Mund. »Wir werden sie ausgerechnet in dem Moment überraschen, wo sie sich vor den Lubras wichtig machen und mit ihrer Beute prahlen. Sie werden die Handschellen anhaben, ehe sie überhaupt wissen, wie ihnen geschieht.«

19

Als der Sergeant endlich beim Anbruch der falschen Dämmerung einen Halt einlegte, vermochte Glen kaum noch vom Pferd zu steigen. Er hatte schon lange, ermüdende Ritte erlebt, doch dieser übertraf alle. Er schwankte, als er Midnight an einem Strauch festband. Dann sank er unter einem knorrigen Mulgabaum zu Boden.

Siebzehn Stunden waren vergangen, seit er das letzte Mal geschlafen hatte. Seine Augen brannten, und doch war er viel zu aufgeregt, um schlafen zu können. Das Ende der Verfolgung stand dicht bevor. Sobald die Tracker von diesem letzten Erkundungsritt zurückgekehrt waren, würde der Sergeant den Überraschungsangriff auslösen.

Norton und der Sergeant erkletterten eine Felsnase und spähten nach einem fernen Feuerschein. War dies das Lager der Verbrecher?

Bandicoot, der als erster zurückkehrte, behauptete: »Ja.« Er hatte die Spuren der berittenen Bandenmitglieder gefunden, die ihren Überfall sichtlich erfolgreich ausgeführt hatten. Sie hatten sechs neue Pferde bei sich gehabt.

»Ich möchte wissen, was Wallaby Joe zurückhält«, sagte der Sergeant. »Wir sollten aufbrechen.«

Bandicoot schüttelte den Kopf. Er meinte, die kurze Zeit, die ihnen bis zum völligen Tageslicht blieb, genüge nicht, das Lager zu erreichen. Er war gerade dabei, das offene Wiesenland zu beschreiben, das sie überqueren mußten, als Wallaby Joe auftauchte. Seine Neuigkeiten waren fast noch aufregender.

Nicht nur hatte die Bande Posten aufgestellt, sie hatte auch Späher zurückgeschickt, die ihre eigenen Spuren zurückverfolgten. Die Verbrecher wußten, daß die Patrouille den Felsenhügel hier – nicht weiter als acht Kilometer von ihrem Lager entfernt – erreicht hatte.

»Wachen! Späher!« rief Norton aus. »Das ist keine Abomanier, Jim. Die denken nicht so weit. Nicht einmal ein ehemaliger Trakker wie Tiger.«

»Das stimmt«, sagte der Sergeant. »Das kann nur die Idee eines Weißen sein, und das macht mir Sorgen. Was ich nicht verstehe, ist folgendes: Wenn Jack und Reddy wissen, daß wir ihnen so dicht auf den Fersen sind, warum machen sie sich dann nicht aus dem Staub?«

»Ich habe auch ein unbehagliches Gefühl«, meinte Billabong Bill. »Wenn ich nur genau sagen könnte, was mich plagt. Alles, was ich weiß, ist, daß wir es mit einer Mischung von weißer und schwarzer

Verschlagenheit zu tun haben und daß kein Mensch sicher ist, was passieren kann.« Er ließ den Blick in die Richtung des Lagerfeuers schweifen. »Dort drüben sind sie und haben den größten Teil der Nacht gefeiert, anstatt weiterzureiten. Wenn ich nur eine Ahnung hätte, warum sie geblieben sind.«

Als es zu tagen begann, wurde ihnen die Antwort klar. Das Verbrecherlager war gut gewählt.

Mit den andern zusammen erblickte Glen einen Felsvorsprung, ungefähr acht Kilometer entfernt. Im Morgenwind wehte der Rauch des Lagerfeuers zu ihnen herüber. Höhnisch schien er die weite, gelbbraune Grasstrecke, die die beiden Gruppen trennte, noch zu betonen.

Tiger hatte seine Leute zu einem Paß geführt, der den Eindruck erweckte, daß sich von hier aus jeder Annäherungsversuch mit Leichtigkeit abschlagen ließ. Nach Norden und Süden, so weit das Auge reichte, war keine zweite Unterbrechung der Felsenbarriere zu entdecken. Es war Wallaby Joe, der sie darauf aufmerksam machte, daß der Engpaß gestürmt werden könne, wenn man sich ihm, am Fuß der Berge entlang, von Norden her näherte.

»Dieser Belahwald dort drüben könnte uns Deckung geben«, meinte der Sergeant.

»Aha«, murmelte Bill. »Deshalb haben sie also Wachen aufgestellt. Sie überlegten sich, daß wir sie – anstatt ihren Spuren zu folgen – vielleicht von Norden her überrumpeln könnten. Und wenn einer von uns diese Gegend hier ein bißchen besser gekannt hätte, hätten wir es natürlich auch getan. Aber jetzt . . .«

Wenn die Patrouille jetzt einen Angriff unternehmen wollte, mußte sie acht Kilometer offenes Terrain bei Tageslicht durchqueren.

»Saltbush Jack ist der einzige von dem ganzen Gesindel, der wirklich mit einem Gewehr umzugehen versteht«, sagte Norton. »Aber einer genügt ja vollständig. Jack braucht sich nur hinzusetzen und uns, einen nach dem andern, abzuknallen.«

»Möglicherweise haben sie sich entschlossen, die Sache durchzukämpfen«, meinte Bill. »Sie wissen, daß wir sie, solange es hell ist, nicht angreifen können. Vielleicht graben sie sich ein und bereiten sich auf ein Gefecht in der Dunkelheit vor. Sie besitzen jetzt eine Menge Schußwaffen. Und zahlenmäßig sind sie uns überlegen.«

Sergeant Manley wiegte nachdenklich den Kopf. »Bill«, begann er langsam, »erinnern Sie sich, was Bandicoot uns vor vier oder fünf Stunden erzählte?«

Der Dingojäger nickte: »Daß er Bullocky Todds Herde gesehen hat?«

»Was hat das mit uns zu tun?« Norton zog die Brauen hoch.

»Unsere Patrouille wird Bullocky beim Treiben seiner Herde helfen«, sagte der Sergeant. »Wir können von hier verschwinden, uns nach Norden zum Ausgang des Tals verziehen, und wenn wir zurückkommen ...«

»Eine großartige Idee!« rief Bill. »Wir kommen ganz in der Nähe der Berge herein, und die Gangster werden glauben, daß wir nur ein paar von Bullockys Treibern sind.«

»Genau das«, sagte der Sergeant ruhig. »Wir haben die Möglichkeit, uns in dem Wald dort unsichtbar zu machen.«

Sie ritten von ihrer Felskuppe herunter und zwischen den niederen Hügeln hindurch, die die Westseite des Tals begrenzten. Sergeant Manley erklärte ihnen, daß er die Absicht habe, in ungefähr zwanzig Kilometern Entfernung wieder auf die Grassteppe zurückzukehren. Es war anzunehmen, daß sich Bullocky Todd dann auch dort befinden werde.

Und er hatte richtig gerechnet. Kaum zwei Stunden später sah Glen die ersten Rinder an einem Wasserloch trinken.

Ein sommersprossiger Junge kam, als er die Patrouille sah, auf sie zugeritten.

»Hallo, Sammy«, rief der Sergeant, der ihn als einen von Todds Treibern erkannte. »Wo ist der Boss?«

Mit einer Handbewegung erwiderte der junge Treiber: »Er und Shorty Tweed sind ungefähr einen Kilometer weiter dort hinten.«

Die Patrouille ritt weiter – an mehr Vieh vorbei, als Glen jemals beisammen gesehen hatte. Es schien eine endlose Masse, die da wie ein träger, brauner Strom an ihnen vorüberzog. Glen sagte zu Dave: »Ich nehme an, daß das die größte Herde von ganz Australien ist.«

So müde Dave auch war, mußte er doch lachen. »Das ist keine sehr große Herde, Glen. Nur ungefähr zweitausend Stück. Beetaloo ist nur eine mittlere Station.«

Als die Patrouille angesprengt kam, erhob sich Bullocky Todd vom Lagerfeuer. Er schritt auf sie zu – ein breitschultriger Mann mit wettergegerbtem Gesicht und eisengrauen Haaren, die unter seinem Schlapphut hervorquollen. Dicht hinter ihm folgte sein Aufseher Shorty Tweed mit drei andern Männern, die sie laut begrüßten.

»Es tut gut, Sie zu sehen, Jim.« Der große Viehzüchter strahlte und schüttelte dem Sergeanten die Hand. Den andern freundlich zuwinkend, rief er laut: »Setzt euch, Herrschaften! Das Essen steht auf dem Feuer, und es gibt genug Braten à la Kimberley für alle.«

»Das brauchen Sie uns nicht zweimal zu sagen«, meinte der Sergeant. »Seit Tagen haben wir fast nur kalt gegessen.«

Während das Fleisch auf dem Feuer brutzelte, sagte Bullocky grollend: »Ich hoffe, Sie sind hinter den Kerlen her, die letzte Nacht meine Station überfielen.«

»Sie haben es also schon erfahren?« Der Sergeant nahm einen Schluck Tee.

»Jawohl. Vor einer Weile kam einer der Knechte und brachte uns die Nachricht. Die Bande hat alles mitgenommen, was nicht niet- und nagelfest war, einschließlich der jungen Pferde, die ich auf der Weide hatte. Und die Gebäude haben sie auch zerstört.« Wütend ballte er die Faust. »Wenn ich dieses lausige Gesindel nur erwischen könnte!« Mit blitzenden Augen fügte er hinzu: »Wissen Sie, daß die Bande nicht nur aus Schwarzen besteht? Der Junge erzählte mir, es seien auch ein paar Weiße darunter.«

»Saltbush Jack und Reddy Evans«, erwiderte der Sergeant. »Hatten Sie es noch nicht gehört, daß die beiden sich mit Tiger zusammengetan haben?«

»Doch, meine Schwarzen haben davon gesprochen«, der Viehzüchter runzelte die Stirn, »aber ich nahm nicht an, daß sie in der Nähe seien.«

»Wir haben sie den ganzen Weg von Blue Gum Downs her verfolgt. Gerade jetzt ...« Der Sergeant erklärte, wo die Verbrecher ihr Lager aufgeschlagen hatten, und berichtete von seinem Plan.

»Das sollte sich machen lassen, Jim«, meinte Bullocky Todd und nickte anerkennend.

Bei dem verheißungsvollen Geruch des bratenden Fleisches war Glen das Wasser im Mund zusammengelaufen. Als er dann seinen

Zinnteller mit einem Riesenstück Fleisch und einem Brocken Buschbrot in der Hand hielt, mußte ihn der Viehzüchter nicht zum Zugreifen mahnen.

Zwischen zwei Mundvoll sagte Billabong Bill: »Das ist eine prima Qualität Fleisch, Bullocky. Sie werden einen guten Preis dafür bekommen.«

»Wenn ich ein bißchen Glück habe, ja«, meinte der Züchter. »Die Tiere befinden sich wirklich in gutem Zustand. Aber ich muß sie nach Derby treiben. Und von dort werden sie auf den Viehtransportern nach Freemantle geschafft. Sie verlieren selbstverständlich unterwegs an Gewicht. Aber ich werde trotzdem ganz schön verdienen, sofern die Fleischpreise nicht gefallen sind, bis sie den Markt erreichen, und vorausgesetzt, daß diese verteufelten Abos mit ihren Speeren sie nicht in eine Stampede jagen.« Er zuckte die Achseln. »So ist es nun einmal. Ein bißchen Glück gehört zu allem.« Er wandte sich wieder dem Sergeanten zu: »Und wie steht es mit Ihrem Plan, Jim?«

»Wie gesagt, wir wollen uns Ihnen als Treiber anschließen«, erwiderte der Sergeant. »Ihre Herde hat sich verteilt, und das verschafft uns die Gelegenheit, in die Nähe des Waldes zu gelangen, ohne daß die Verbrecher merken, was wir im Sinn haben.« Er bemerkte, daß die Augen des Züchters auf den beiden Buben ruhten. »Dave und Glen lasse ich bei Ihnen. Ich hoffe, Sie sind einverstanden, daß die zwei bei Ihnen bleiben, bis wir das Gesindel dingfest gemacht haben.«

»Darauf können Sie sich verlassen.« Der Züchter grinste. »Ich kann gut noch ein paar Arbeiter gebrauchen. Und die beiden sehen recht vetrauenerweckend aus.«

Dave und Glen ritten auf der einen Flanke der Herde, die sich langsam durch das trockene, hüfthohe Gras nach Süden bewegte. Laut schallte das protestierende Brüllen der Tiere, wenn die Treiber sie in ihrem behaglichen Weiden unterbrachen oder sie von den Wasserlöchern vertrieben. Hin und wieder wirbelten ihre Hufe Staubwolken auf, die von vereinzelten Windstößen durch das Tal getrieben wurden.

Eine Weile noch konnten die Buben Bullocky Todds und seiner Treiber »He, Bulle, he!« vernehmen, die weit vor ihnen, zusammen mit der Patrouille, ritten. Als die Stimmen und das pistolenartige Knallen der langen Stockpeitschen schwächer wurden, sagte Dave: »Sie reiten schnell.« Er blickte zu dem fernen Bergpaß hinüber. »Ich kann den Lagerrauch der Bande nicht sehen. Du vielleicht?«

Glen hatte gerade zurückgeblickt und zwei schwarze Treiber beobachtet, die ein paar versprengte Rinder wieder einbrachten. Bei der Frage seines Vetters ließ er die Augen zu den steilen, ausgelaugten Bergen hinüberschweifen. »Möglicherweise sind sie abgezogen.«

»Das glaube ich kaum, Glen. Sie fühlen sich sicher dort. Wie Bill sagte, müssen sie heute nacht mit einem regelrechten Kampf rechnen. Sie wissen, daß die Patrouille es nicht wagen würde, das Tal bei Tag zu durchqueren. Und sie wissen auch, daß wir eine Rast brauchen, nachdem wir schon derart lange unterwegs sind.«

»Dann meinst du, daß sie tatsächlich glauben, wir befänden uns noch immer hinter dem kleinen Hügel auf der ihnen gegenüberliegenden Seite?«

Dave nickte. »Selbst wenn sie wissen, daß Bullockys Herde hier durchzieht, werden sie kaum auf den Gedanken kommen, welche Absicht Dad damit verbindet.« Er hielt inne, als er den Ausdruck auf dem Gesicht seines Vetters bemerkte. »Es tut dir leid, daß du nicht dabei sein kannst, wenn es losgeht, nicht wahr?«

»Jawohl. Ich bin enttäuscht«, gab Glen zu. »Aber es ist nicht nur deshalb, weil mir etwas Aufregendes entgeht. Ich hatte gehofft, daß ich euch eine Hilfe sein könnte. Ich hätte so gern wenigstens ein bißchen wiedergutgemacht, was ich durch mein Davonlaufen angestellt habe. Und jetzt bietet sich keine Gelegenheit dazu. Bald wird das Gesindel gefangen sein, und wir werden nach Derby zurückkehren.«

»Glen, ich glaube, ich rieche Rauch.«

»Rauch?« Glen schnupperte in der Luft und spürte den Geruch von brennendem Gras. Im nächsten Augenblick hörten sie ein rasendes Geschrei. Die Rinder begannen lauter zu brüllen. Als Glen sich in den Steigbügeln aufrichtete, konnte er grauen Rauch erblikken, der sich mit den gelben Staubwolken vermischte.

»Ein Buschfeuer!« rief Dave. »Komm schnell! Wir müssen die Herde zum Umkehren bringen, ehe es zu einer Stampede kommt.«

Im Galopp ritten die beiden an der Seite der Herde entlang. Die Schreie der Treiber und das Knallen der Peitschen erfüllten die

Luft, doch die Panik hatte schon begonnen. Verängstigtes Brüllen erscholl durch das Tal.

»Es sieht ganz nach einer Stampede aus«, rief Dave über die Schulter. »Reite zu den Bergen hinüber, Glen. Schnell. So schnell du kannst.«

Gerade als Glen sein Pferd wenden wollte, entdeckte er, daß sein Vetter nicht daran dachte, sich in Sicherheit zu bringen. Er verharrte bei der Herde, weil jetzt jeder einzelne nötig war, um die Rinder zur Umkehr zu bewegen, zurück zum Beginn des Tales und weg von den westlichen Hügeln. Fingen sie erst an, nach Westen zu stürmen, so gab es kein Halten mehr. Kilometer um Kilometer würden sie rennen, in Wasserlöcher stürzen und sich gegenseitig zu Tode trampeln.

»Ich bleibe bei dir«, rief Glen. »Ich ...« Er hielt inne. Dave konnte ihn nicht hören. Seine Stimme ging unter in dem Gebrüll und dem Donnern der Abertausende von Hufen. Midnight schien die Gefahr zu spüren. Das Pferd fest an die Zügel nehmend, hieb Glen mit seiner Stockpeitsche auf die Rinder ein.

Vom Wind angefacht, huschten die Flammen unheilvoll knisternd und rauchend über das trockene Gras. Schlangen und andere kleinere Tiere begannen vor der schnellen, feurigen Flut nach dem felsigen Hügelfuß zu flüchten. Die Rinder jedoch, deren Instinkt durch jahrhundertelange Domestizierung verdorben war, stürmten einfach drauflos. Nur durch die sausenden Peitschenhiebe konnten sie gerettet werden.

Glen kam es vor, als seien Stunden und nicht nur Sekunden vergangen, bis Dave mit einem triumphierenden Lächeln auf dem müden, verschmutzten Gesicht wieder an seiner Seite war. Keuchend sagte er: »Es sieht aus, als hätten wir sie wenden können. Diesen Teil der Herde einmal auf jeden Fall.« Sein Lächeln erlosch. »Ich weiß allerdings nicht, wie es weiter vorne gegangen ist.« Er versuchte, durch die Rauchwolke hindurchzuspähen, die wie ein Vorhang über dem Tal zwischen dem Bergpaß und den niederen Hügeln hing.

»Du verstehst es tatsächlich, mit der Peitsche umzugehen, Dave«, sagte Glen bewundernd. »Ohne deine Hilfe wären diese beiden Abos nicht mit der Herde fertig geworden.« Er schwieg. Sein Vetter war davongaloppiert.

Sich umwendend erblickte Glen in ungefähr dreißig Metern Entfernung eine Schar von etwa hundert Rindern. Unerklärlicherweise waren sie von dem Wasserloch, wohin die Eingeborenen sie getrieben hatten, wieder weggelaufen. Trotz der geschwungenen Peitschen der Treiber begannen sie auf die niederen Hügel zuzurennen.

Dave preschte den Treibern zu Hilfe, um die Tiere in der Nähe der Bergbarriere zu halten. Plötzlich wendete er sein Pferd. Zu plötzlich vielleicht. Das müde Tier strauchelte und sackte in die Knie.

Glen erkannte, daß sein Vetter zu fallen verstand. In der nächsten Sekunde war der junge Australier schon wieder auf den Füßen. Doch sein Pferd lag noch immer am Boden – und die verängstigten Rinder stürmten direkt auf sie zu.

Glen lief es eiskalt über den Rücken. Der schwarze Treiber wendete sein Pferd und versuchte, sich vor den halb irrsinnigen Tieren in Sicherheit zu bringen. Mit einem erstickten Schrei gab Glen Midnight die Sporen und raste geradewegs auf die Rinder zu. Unbeholfen, jedoch entschlossen die lange Stockpeitsche schwingend, vermochte er, die Anführer zur Umkehr zu bewegen, und langsam begann der Rest der Tiere davonzutrotten.

Atemlos hielt Glen inne und blickte sich um. Er sah, daß Dave gerade wieder sein Pferd bestiegen hatte und auf ihn zugeritten kam. »Ist dir auch nichts passiert, Dave?« fragte Glen, die Blässe unter Daves brauner Haut bemerkend.

»Alles in Ordnung. Danke schön«, erwiderte sein Vetter mit nicht gar zu fester Stimme. Wortlos begannen sie, am Fuß der Berge entlangzureiten, bis ihnen der Weg von einer großen Schar Rinder versperrt wurde. Aufblickend meinte Dave: »Vielleicht gelingt es uns, an ihnen vorbeizukommen, wenn wir hier dicht unter der Felsbrüstung reiten. Es gibt anscheinend keinen andern Weg, die Patrouille wieder zu erreichen.« Er starrte auf die weite, verkohlte Fläche, die das Tal jetzt in zwei Teile schnitt. An manchen Stellen qualmte es noch immer.

Glen sagte: »Dieses Buschfeuer hat die Sache für die Patrouille ziemlich erschwert. Verflixter Zufall.«

Dave fiel ihm ins Wort: »Ich glaube nicht, daß es ein Zufall war. Für die Verbrecher brach das Feuer wie gerufen aus. Und auch gerade an der richtigen Stelle für sie. Bestimmt haben sie selber es angezündet, Glen. Sie wußten, daß es vom Wind durch das Tal geblasen würde und daß die Feuerwand bei den Rindern eine Stampede auslösen mußte, genau in der Richtung, in der sie das Lager der Patrouille vermuteten.«

Glen wies mit dem Kopf nach der verbrannten Zone. »Sie müssen das Feuer dort vorne in der Nähe des kleinen Waldes angelegt haben.« Er runzelte die Stirn. »Hör mal, befinden wir uns nicht dicht bei dem Paß? Ich glaube, das ist nicht ganz der geeignete Ort für uns.« Er brachte Midnight zum Stehen.

Auch Dave zügelte sein Pferd. »Du hast recht. Wir müssen uns einen andern Weg suchen.«

Ein kleiner Steinregen prasselte von oben herab, und eine scharfe, durchdringende Stimme rief: »Keine Bewegung – oder ich schieße euch eine Kugel in den Bauch.«

Glen blickte zu der schattigen Kluft empor, die sich nicht sehr hoch über ihren Köpfen befand. Er sah zwei nur mit Lendentüchern aus Känguruhhaut bekleidete Abos. Anstelle ihrer primitiven Speere trugen sie jedoch Gewehre. Über ihre Schultern schaute ein magerer, rotbärtiger Mann in grauem Hemd und verblichenen Hosen, der einen breitkrempigen Strohhut trug. Seine blaßblauen Augen glitzerten, und seine dünnen Lippen verzogen sich zu einem hämischen Lächeln, als er mit nachlässiger Gebärde seine schwere Pistole auf die beiden Jungen richtete und rief: »Absteigen, und zwar schnell!«

Als sie aus dem Sattel waren, wandte er sich zu einem der Schwarzen: »Erdnuß Pferde nehmen, Lager führen.« Sein Lächeln verwandelte sich in ein schiefes Grinsen: »Es wird ein ganz schöner Schlauch für die Gäule werden, von hier aus auf den Paß hinaufzuklettern, aber ich nehme an, sie werden es schaffen.«

Er trat näher zu Glen. »Du bist wahrscheinlich der junge Hamilton, Manleys Neffe, Amerikaner wie ich auch, nicht wahr?« Er grinste Dave an. »Und du bist der Sohn des Sergeanten? Bestimmt wirst du wissen, wer ich bin – Reddy Evans. Dieser Busch mit seinem Rauchgeschwätz und seinen Nachrichtenstücken ist schon erstaunlich. Man kann hier in der Wildnis mehr Neuigkeiten erfahren als daheim in einer kleinen Stadt.« Mit seiner Pistole gab er Glen einen schwachen Stoß. »Los, vorwärts, ihr beiden! Ihr haltet euch hinter Erdnuß – Banane und ich werden die Nachhut bilden.«

20

Bis zum frühen Nachmittag hatten die Rinder sich beruhigt. Bullocky Todd, der seine Herde von einem Hügel auf der westlichen Talseite aus überblickte, seufzte erleichtert. »Da habe ich wieder einmal Glück gehabt, Jim. Ich hätte einen schönen Teil verlieren können.«

Der Sergeant nickte geistesabwesend, während er unablässig nach Norden spähte. In weiter Entfernung waren noch immer ein paar Treiber an der Arbeit.

»Bill sollte mit Glen und Dave jetzt jede Minute kommen.«

Norton wandte sich zu ihm und sagte: »Ich weiß, wie dir zumute ist, Jim. Du möchtest nicht weiterreiten, ehe du ihnen Lebewohl gesagt hast. Aber wir verlieren unsere Zeit.« Es lag ein grollender Ton in seiner Stimme, als er fortfuhr: »Sie sind alt genug, um zu wissen, daß sie schon längst hier sein sollten. Es ist zu dumm, daß du noch Bill hinter ihnen herschicken mußtest. Wir sollten schon längst unterwegs sein. Bandicoot behauptet, daß die Bande schon vor einiger Zeit die Kluft verlassen hat.«

Als der Tracker seinen Namen hörte, mischte er sich ins Gespräch. »Bande Feuer anzünden haben.« Er erklärte, daß er, während er auf dem Paß nach Spuren suchte, die Stelle gefunden habe, wo das trockene Gras in Brand gesetzt worden war.

Bullocky Todd grunzte. »Ich nehme an, das haben wir uns alle gedacht. Glauben Sie mir, einer von dieser Bande ist ein verflixt kluger Kerl. Er hat gehofft, daß es Tiger gelingen würde, alle Spuren zu verwischen. Als das aber fehlschlug, machte er sich Tigers Kenntnis dieser Gegend hier zunutze. Der Abo kennt die Pässe und die Luftströmungen genau. Und er wußte, daß ich mit meiner Herde hier durchkommen würde.«

Sich das Gesicht mit einem bunten Taschentuch wischend, sagte der Sergeant bitter: »Wir sind gründlich hereingelegt worden, und ...« Er unterbrach sich. »Dort ist Bill, aber die Buben sind nicht dabei.«

Als der Dingojäger näher kam, rief er: »Sie waren nicht bei den Treibern. Die haben Dave und Glen schon seit Stunden nicht mehr gesehen.«

Sergeant Manleys erster, entsetzter Gedanke war, sie seien

womöglich totgetrampelt worden. Er ordnete eine Suchaktion an, und die Patrouille, der sich Bullocky Todd und sein Aufseher anschlossen, ritt in der Richtung des Taleingangs los.

Wallaby Joe war es, der trotz der zerstampften Erde Midnights Spuren fand. Während er den andern zu einer Felsplatte hinauf voranritt, sagte er: »Ein weißer und zwei schwarze Männer hier gelagert haben.«

Norton fluchte leise. »Wir hätten Glen doch auf einer der Stationen lassen sollen. Er muß es mit der Angst bekommen haben und hier herauf geflüchtet sein, wo er sich in Sicherheit glaubte. Und natürlich mußte Dave ihm folgen.«

Als Bandicoot einwendete, daß Dave der Anführer gewesen sei, rief Bullocky Todd: »Jetzt weiß ich's. Die Kerle haben die ganze Geschichte nur inszeniert, um die beiden Buben abzufangen.«

»Das glaube ich nicht«, sagte Jim Manley rauh. »Ich vermute, sie haben nur einfach die Situation ausgenützt. Sie lagen auf der Lauer, und als sie merkten, daß die Buben ihnen direkt ins Garn liefen, fanden sie, daß man die Gelegenheit wahrnehmen müsse –«

»Und daß sie ein blendendes Geschäft damit machen könnten.« Todd runzelte die Stirn. »Wahrscheinlich weiß Reddy Evans, daß Glens Vater ein reicher Mann ist. Vielleicht denkt er an ein Lösegeld.«

»Das glaube ich kaum«, meinte Billabong Bill. »Reddy wird seine Zeit nicht mit Verhandlungen vertrödeln. Ich nehme an, daß er die Buben als Geiseln benutzen will. Sie liefern ihm die Möglichkeit, uns zu erpressen, sobald wir ihm wieder zu nahe kommen.«

Unter dem rechten Auge des Sergeanten hatte ein kleiner Muskel zu zucken begonnen. Er wußte, was für gefährliche Kerle diese weißen Buschklepper waren, die schon mehr als einen kaltblütigen Mord auf dem Gewissen hatten. Es war ihnen ohne weiteres zuzutrauen, daß sie sich mit dem Leben der Buben freikaufen wollten. – Jim Manley reckte sich. »Wir haben noch ein paar Stunden Tageslicht. Die müssen wir ausnützen.«

»Soll ich mitkommen, Jim?« fragte Bullocky Todd.

»Vielen Dank, Bullocky. Wir werden es schon allein schaffen. Sie müssen jetzt dafür sorgen, daß Ihre Herde nach Derby kommt.«

Bei dem verlassenen Gangsterlager hielt die Patrouille nur ganz kurz an, um dann den Aufstieg durch die enge, gewundene Schlucht in Angriff zu nehmen. Diesmal war nicht der Mangel an Spuren sondern der schwierige Weg daran schuld, daß sie nur langsam vorwärts kamen.

Billabong Bill sagte: »Hinter diesem Paß werden die Lubras wieder begonnen haben, die Spuren zu verwischen, und es wird wieder schwierig für unsere Tracker werden.«

»Sehr richtig«, stimmte Norton ärgerlich bei. »Aber jetzt, wo sie alle beritten sind, frage ich mich, wie lange sie die Lubras noch bei sich behalten wollen.«

»Ich nehme an, daß sie die Frauen sehr bald zurücklassen werden. Sobald die Kerle sicher sind, einen Vorsprung von vierundzwanzig Stunden zu haben, werden sie anfangen, drauflos zu reiten. Sie werden glauben, daß wir sie nicht mehr einholen können.«

»Womit sie womöglich recht haben könnten.« Norton holte tief Luft.

Als die Patrouille den Paß hinter sich hatte und auf eine weite Sandsteinebene kam, hielten die Tracker plötzlich ihre Pferde an. Die Fährte war restlos verschwunden.

»Bande alle Zeichen verwischt haben«, murmelte Wallaby Joe beim Absteigen. Es dauerte zwanzig Minuten, bis er endlich einen Faden fand. »Segeltuch um Pferdehufe machen.«

Der Faden genügte als Fingerzeig für die nächsten fünfhundert Meter. Dann hielten die Tracker von neuem an. Als sie in immer größer werdenden Kreisen zu suchen begannen, vertieften sich die Falten auf der Stirn des Sergeanten.

»Das ist bös«, murmelte Bill. Er drehte sich rasch um, aber Sergeant Manley hatte seinen bekümmerten Blick doch noch gesehen. Er wußte, was Bill dachte – das gleiche, was auch er sich die ganze Zeit überlegte:

›Die Patrouille mußte der Bande dicht auf den Fersen bleiben. Vielleicht ergab sich doch eine Gelegenheit, zu erraten, welchen Weg Tiger einschlagen würde. Und dann bestand eine gewisse Aussicht, ihnen, wenn man im Eiltempo ritt, irgendwo den Weg abzuschneiden. Derart überrascht, würden die Verbrecher weder Zeit noch Gelegenheit finden, den Buben etwas anzutun.‹

Es gab keine andere Wahl. Wenn die Gangster merkten, daß die Patrouille sie einholen würde, würde Reddy Evans sein Ultimatum stellen: »Entweder ihr laßt uns entkommen, oder wir bringen die Buben um.«

»Sie benutzen jeden nur möglichen Trick, um ihre Spuren zu verwischen«, sagte Bill. »Dadurch kommen sie nur sehr langsam vorwärts, wir allerdings noch zehnmal langsamer.«

»Und jetzt sogar überhaupt nicht mehr«, sagte Norton bitter. »Seit fast einer halben Stunde sitzen wir hier fest.«

Die Blicke des Sergeanten wanderten über die ungeheure, wilde Berglandschaft hin. Schließlich, die Augen auf eine hohe Felsspitze in der Ferne gerichtet, rief er die Tracker zurück.

Er beauftragte Wallaby Joe nach Norden und Bandicoot nach Süden zu reiten. Eine Stunde lang sollten sie nach Zeichen suchen. Fanden sie nichts, so sollten sie bei jenem riesigen Fels, auf den er zeigte, wieder mit den andern zusammentreffen. Wenn aber einer von ihnen etwas fand, sollte er sofort zurückkehren.

Als die Tracker weggeritten waren, erklärte der Sergeant: »Vielleicht habe ich recht. Meine Überlegung ist folgende: Tiger weiß, daß uns nicht mehr viel Zeit bis zum Sonnenuntergang bleibt und daß die Dunkelheit uns völlig lähmt. Und da das Spurenverwischen, wie er es betreibt, eine mühsame, langwierige Arbeit ist, nehme ich an, daß er es nach ein paar Kilometern aufgeben wird. Wir wollen jetzt also zu diesem Felsen dort aufbrechen und unterwegs ebenfalls die Augen offenhalten. Es besteht eine gewisse Möglichkeit, daß wir etwas finden.«

Ihre Pferde am Zügel führend, marschierten sie schweigend fast eine Stunde und hielten angestrengt Ausschau nach irgendeinem Zeichen. Endlich sagte Bill: »Ich will nicht behaupten, daß ich die Augen eines Abos hätte, aber ich habe lange genug im Busch gelebt, um zu wissen, daß ich irgend etwas gefunden hätte, wenn die Kerle diesen Weg geritten wären. Wenigstens ein Blatt von einem der Zweige, die die Lubras als Besen benutzen.«

In der Ferne begannen die Berge im Abendrot zu glühen, als Bandicoot aufgeregt rufend angeritten kam. »Ich Zeichen gefunden. Bande haben Lubras zurückgelassen und sein wie der Wind geritten.« Er sprang vom Pferd und ließ sich auf die Knie nieder, um auf dem Boden die Route nach Westen aufzuzeichnen.

Der Sergeant starrte auf die primitive Landkarte hinunter. »Dann werden sie durch das Synnott-Gebirge ziehen.«

»Und«, fügte Norton hinzu, »direkt auf die Walcott-Bucht zu.«

»Wenn sie keine Umwege machen«, meinte der Sergeant.

Als kurz darauf Wallaby Joe bei ihnen eintraf, sagte Manley: »Wir müssen bis zum Aufgang des Mondes warten. Und ich glaube, ein wenig Ruhe wird uns allen guttun.« Aber erst, als er auf seine Wolldecke sank, merkte er, daß er völlig ausgepumpt war.

Drei Stunden Schlaf genügten bei weitem nicht, doch beim ersten Strahl des aufgehenden Mondes, der anzeigte, daß es Zeit zum Abmarsch sei, öffnete Manley die Augen. Mit Bandicoot an der Spitze ritten sie durch die zerklüfteten Hügel hindurch, wo der Tracker sie auf blutige Fußspuren aufmerksam machte. Man hatte die Lubras, die viel zu müde waren und zerschundene Füße hatten, ihrem Schicksal überlassen. An ihren unregelmäßigen Spuren ließ sich der Grad ihrer Erschöpfung erkennen.

»Wenn sie so müde waren«, sagte der Sergeant, »sollte man doch annehmen, daß sie hier irgendwo gerastet hätten.«

Wallaby Joe schüttelte den Kopf. »Lubras Angst, daß Patrouille kommen. Gehen zurück zu Stamm. Ich leicht ihren Weg finden.«

»Nein. Wir sind hier nicht hinter ein paar armen Lubras her. Wir wollen weiter.«

Da es der Bande jetzt nur noch auf Schnelligkeit angekommen war, fiel es den Trackern nicht schwer, den Spuren auch im Mondlicht zu folgen. Als die Stunden verrannen, gelangte die Patrouille in die Nähe der zerklüfteten Synnott-Kette. Ein paar Stunden vor Anbruch der Dämmerung kamen sie zu einem Wasserloch, wo die Bande kurz vorher gelagert hatte. Die Kerle hatten sich so sicher gefühlt, daß sie sogar ein Feuer angezündet hatten, ohne hinterher die Asche zu vergraben.

Wallaby Joe zeigte dem Sergeanten die Stelle, wo Dave und Glen sich niedergelegt hatten. Er sagte, die Jungen hätten nichts gegessen. Sie seien zu müde gewesen und hätten geschlafen, während die andern aßen.

Als Jim Manley auf den Fleck starrte, zu dem Dave und Glen sich hingeschleppt hatten, sagte Billabong Bill: »Wir können weiterreiten, Sergeant, doch die Pferde brauchen Ruhe. Und wer weiß, ob wir einen besseren Platz finden als diesen.« Er wies auf das Wasserloch und das Gras, das daneben wuchs.

Sie schliefen, bis der schrille Chor der Vögel sie weckte. Dann, nach einem Frühstück aus kaltem Fleisch und trocknem Buschbrot, machten sie sich wieder auf den Weg. Während der Morgenstunden vermochten sie mit Leichtigkeit den Spuren durch die Berge zu folgen. Erst als sie ein kleines, parkähnliches Tal durchquerten, winkte Wallaby Joe, der an der Spitze ritt, plötzlich unsicher.

Nachdem die andern ihn eingeholt hatten, sagte er: »Diese Bande sein sehr gescheit.« Er starrte auf das Durcheinander von Hufspuren am Boden.

»Was ist los?« fragte der Sergeant.

Wallaby Joe hob den rechten Arm und zeigte nach Westen. »Ein Teil dorthin gehen.« Mit dem linken Arm wies er nach Süden. »Anderer Teil dorthin.«

Der Sergeant runzelte die Stirn. »Lest die Zeichen. Sagt uns, wer wohin ging.«

Beide Tracker krochen auf dem Boden umher und untersuchten die Fährten, die sich hier trennten. Als sie sich wieder erhoben, blickten sie einander an und schüttelten die Köpfe. Wallaby Joe erklärte:

»Spuren hier« – er wies nach Westen – »sind von Pferde von zwei weiße Buschklepper, Tiger, Banane, Erdnuß, Dave und Glen.«

»Ich verstehe«, erwiderte Manley, »dann stammen die Spuren, die nach Süden führen, von den Abos, die Tiger unterwegs mitnahm?«

»Kann sein.« Bandicoot kratzte sich den Kopf. »Kann sein, daß Bande Patrouille an der Nase führt.«

»Oh!« Der Sergeant wußte, was der Tracker meinte. Die Bande hatte sich hier geteilt. Sieben waren nach Westen, sieben nach Süden geritten. An den Hufspuren ließ sich klar erkennen, daß an dieser Stelle kein Pferdewechsel stattgefunden hatte. Doch auf den harten Bodenstrecken, die zuvor gelegentlich passiert worden waren, konnte ein solcher Wechsel, ohne Spuren zu hinterlassen, vor sich gegangen sein.

»Ein verflixt scharfer Kopf«, murmelte Billabong Bill.

»Es gibt nur eines, was wir tun können«, sagte Norton. »Wir müssen uns ebenfalls teilen. Bandicoot und ich werden . . .«

»Nein, Tom. Und nicht nur, weil wir in der Minderzahl sind. Wenn wir unser Tempo beibehalten wollen, brauchen wir die beiden Tracker.«

»Du hast recht«, sagte Norton seufzend. »Und das bedeutet ...«

»Das bedeutet, daß wir jeden der Tracker auf eine der Spuren setzen müssen und hoffen, daß sie nicht zu lange brauchen, um herauszubringen, welches die Fährte der Buschklepper und der Buben ist. In der Zwischenzeit ...«

»... sind wir aktionsunfähig«, vollendete Norton.

21

Als Tiger die Bande auf einer Sandsteinstrecke anhalten ließ, hatte Saltbush Jack leise mit seinem Genossen verhandelt. Reddy Evans nickte und befahl darauf allen, abzusteigen. Während Glen und Dave zu den Pferden traten, die sie von jetzt an reiten sollten, hatten sie sich erstaunte Blicke zugeworfen. Ihr Staunen verwandelte sich jedoch in Schrecken, als die Gruppe sich kurz darauf in zwei Abteilungen aufspaltete.

Bis zu diesem Augenblick hatten die Jungen darauf vertraut, daß die Patrouille die Verbrecher einholen würde. Glen war überzeugt, daß die unsichtbar gemachten Spuren die Tracker nicht für lange aufhalten konnten. Doch jetzt ... Wie sollten die Tracker wissen, welcher Spur sie folgen mußten?

Glen, der den Schwarzen nachblickte, die nach Westen ritten, sah, daß einer von ihnen auf Midnight saß. Er war wütend, das Pferd verschwinden zu sehen. Nicht nur, weil der junge Braune, den man ihm zugewiesen hatte, erst halb gezähmt war, sondern auch, weil er seinen großen Rappen liebgewonnen hatte.

Sein Blick flog zu Saltbush Jack hinüber. Der schwere, stiernakkige Buschklepper sagte: »Gute Arbeit, Tiger. Sag, Reddy, bist du dir eigentlich klar, was der junge Manley im Sinn hatte? Die ganze Zeit hat er an seinen Hemdknöpfen gedreht, und jetzt war er fast so weit, daß er sie abgehabt hätte. Natürlich wollte er sie fallen lassen. Los, Tiger, schneid ihm sämtliche Knöpfe ab.«

Reddy Evans sagte scharf: »Es ist gescheiter, wir untersuchen die Buben noch einmal, vielleicht führen sie noch etwas im Schilde.«

»Ich glaube kaum«, versicherte Saltbush Jack. »Du hast sie ja gründlich visitiert und ihnen alles abgenommen. Taschenmesser, Uhren, Brieftaschen – alles.«

Mit ausdruckslosem Gesicht wandte sich Tiger jetzt zu Glen. Ein paar Messerschnitte, und er hielt die Knöpfe in der Hand, um sie mit einigen gemurmelten Worten Saltbush Jack zu übergeben.

Der große Buschklepper nickte und wandte sich, seinen Bart kratzend, an die Buben. »Tiger und ich werden euch jetzt bei jedem Halt gründlich untersuchen. Und wenn wir finden, daß ihr ein Stück aus euren Kleidern herausgerissen habt, könnt ihr was erleben.«

Reddy Evans heftete seine blaßblauen Augen auf die beiden. Seine Stimme klang unheilverkündend, als er sagte: »Es wäre nicht gut für euch, wenn ihr irgendeinen Blödsinn machen würdet.« Bedeutungsvoll fingerte er an seiner Pistole, worauf er Tiger das Signal zum Aufbruch gab.

Zwischen Erdnuß und Banane reitend, führte Tiger die Bande einen steilen Abhang hinan. Glen und Dave folgten ihm und dicht hinter ihnen die beiden Weißen.

Glens junge Stute war ein Beißer. Sie hatte sofort versucht, nach Daves Pferd zu schnappen, kaum daß sie nebeneinandergingen. Allerdings hatte Glen – durch die zurückgelegten Ohren gewarnt – sie noch rechtzeitig zur Seite reißen können, ehe ein Unheil geschehen war. Jetzt jedoch, beim Weiterreiten, ließ er absichtlich die Zügel locker. Ein Gedanke war ihm durch den Kopf geschossen. Es war ihm eingefallen, wie man die Patrouille auf die richtige Spur setzen konnte.

Hatten die Tracker es nicht zustande gebracht, Pferdehaare mitten in der Wüste zu finden? Konnte man daher nicht annehmen, daß sie seine eigenen Haare ebenfalls finden würden, wenn er sie unterwegs ausriß und zu Boden fallen ließ?

Tiger und die Munjons blickten sich nicht um. Die beiden Weißen waren es, die ihn und Dave bewachten. Wenn er es also einrichten konnte, daß sein Vetter hinter ihm ritt . . .

Leise sagte er: »Vorsicht, Dave, die Stute versucht wieder zu beißen.«

»Aufgepaßt!« schrie Saltbush Jack, als Daves bedrängter Wallach nach allen Seiten auszuschlagen begann. »Was fällt dir eigentlich ein?« herrschte er Glen an.

»Sie wissen ganz genau, daß die Stute bissig ist«, erwiderte Glen.

»Dann reite voraus«, befahl Reddy Evans.

»Schön! Aber komm mir nicht zu nahe, Dave. Sie schlägt nämlich außerdem auch noch aus.«

»Vorwärts! Halt den Mund«, schnauzte Reddy ungeduldig.

Als Glen nach vorne ritt, fühlte er einen leisen Triumph. Es war gelungen! Wenn jetzt nur die Abos sich nicht einfallen ließen, zurückzuschauen.

Wie zufällig schob Glen nun seinen Hut nach hinten. Als er die Hand wieder sinken ließ, hielt er ein paar Haare zwischen den Fingern. Er wartete einige Sekunden, und als keine Verwarnung erfolgte, fuhr er mit der Hand übers Bein, als ob er sich den Schweiß abwischen wollte.

Doch als er die Haare schließlich hatte fallen lassen, fragte er sich, ob es wirklich eine so großartige Idee gewesen sei. Ein Tracker fand ein paar Pferdehaare, weil das Pferd eine ganze Menge verlor. Und außerdem wogen sie schwerer als Menschenhaare.

Und doch fiel ihm nichts Besseres ein. Ehe sie die Hochebene erreichten, wo Tiger ein halsbrecherisches Tempo anschlug, hatte Glen viermal seinen Hut aus der Stirn geschoben.

Die nächsten Stunden waren unerhört anstrengend. Tiger und Banane, die an der Spitze ritten, fanden mit sicherem Instinkt den besten Weg zwischen haushohen Felsblöcken hindurch und an drohenden Schluchten vorbei. Am späten Nachmittag befanden sie sich im Schatten eines neuen Höhenzugs.

Als Tiger an einem großen Wasserloch haltmachte, das mit purpurroten Wasserlilien bedeckt und von Schilf und Pandanuspalmen umgeben war, rief Reddy Evans: »Man könnte meinen, daß er hier lagern will. Und dabei dauert es noch eine Stunde und mehr, bis es dunkel wird.«

»Schau«, sagte Jack, während er zu dem Wasserloch stapfte, »wir müssen den Pferden eine Ruhepause gönnen. Wir richten sie sonst zugrunde.« Er warf sich auf den Boden, schlürfte in großen Zügen von dem Wasser und ließ es sich über den Kopf rinnen.

Erschöpft stiegen die Buben aus dem Sattel. Glen mußte sich zuerst einmal gegen den zitternden Leib seines Pferdes lehnen. »Ich glaube, ich hätte es keinen Kilometer länger ausgehalten«, murmelte er, als er Dave zu dem Wasserloch folgte.

Saltbush Jack schüttelte die Tropfen aus den Haaren und machte sich's auf dem Gras bequem. Als Reddy sich neben ihn legte, zeigte er auf die beiden Buben, die sich ein kleines Stück von ihnen entfernt hingestreckt hatten. »Sie sind todmüde, die beiden. Na, ich könnte auch eine Woche lang schlafen.«

»Hör auf zu jammern. Wir können unsern Schlaf nachholen, sobald wir erst einmal aus dem Land draußen sind.«

»Ich weiß, Reddy. Und wir werden uns ein schönes Leben machen mit allem, was dazu gehört. Trotzdem gehe ich nicht gern von Australien weg. Wenn du nicht wärst . . .«

»Wärst du heute noch ein armer Schlucker und hättest nicht einmal genügend Geld, um dir Tabak zu kaufen. Als ich dich in Targoola auflas, warst du pleite. Und jetzt . . .«

»Jetzt haben wir Pinkepinke in Menge«, gab Saltbush Jack zu. »Aber wie sind wir dazu gekommen? Durch Diebstahl, Mord und Raub. Ich bin zwar auch vorher kein Unschuldslamm gewesen. Ich habe ein paar Rinder und Schafe geklaut und unrechtmäßig mit Perlen gehandelt. Aber so ein großes Unrecht war es schließlich nicht, den Tauchern die Perlen abzukaufen, die sie für sich selber mit heraufbrachten, und von denen die Auftraggeber nichts ahnten.« Ein träumerischer Blick kam in seine Augen. »Ich möchte wissen, ob du dich überhaupt mit mir eingelassen hättest, wenn dir nicht zu Ohren gekommen wäre, daß ich mit einem Segelboot umgehen kann?«

»Wahrscheinlich nicht«, fauchte Reddy gereizt.

»Du hast es nur wegen Yatam getan, oder nicht? Nachdem ich dir erzählte, daß der Malaie für mich durchs Feuer geht, weil ich ihm einmal das Leben gerettet habe.« Er nickte vor sich hin. »Es war dir nur darum zu tun, nach einem erfolgreichen Beutezug einen sicheren Weg aus Australien hinaus zu finden. Und da kam dir der Gedanke, du könntest Yatams Segelboot benutzen. Ja, klug bist du, Reddy, das muß man dir lassen. Und ich werde nie vergessen, wie du mich dazu zwangst, die Sache mit Yatam ins reine zu bringen, noch bevor wir uns überhaupt nach Alice Springs aufmachten.«

Die Bewunderung, die aus Jacks Stimme klang, übte eine beruhigende Wirkung auf Reddy Evans aus. Lächelnd meinte er: »Mach dir keine Sorgen. Wir werden schon ungeschoren aus Australien hinauskommen. Wenn uns die Regenzeit nicht so lange aufgehalten hätte, könnten wir dieses widerliche Land längst hinter uns haben.«

»Wir hätten uns schon vorher auf den Weg machen können, Reddy. Ich hätte mit Yatam auch einen früheren Termin vereinbaren können.«

»Und *du* hättest das auch getan«, unterbrach ihn Reddy verächtlich. »Du, der du alles über den Buschtelegraf weißt. Aber es wäre dir nie eingefallen, einen Vorteil daraus zu ziehen. Ich jedoch habe damit gerechnet, daß die Polizei erfährt, daß wir uns in den Kimberleys aufhalten, und daß sie dadurch auf den Gedanken kommt, wir wollten das Meer an der nordwestlichen Küste erreichen. Und deshalb habe ich dafür gesorgt, daß Yatam erst zwischen dem 10. und dem 18. dieses Monats auf uns wartet. Sie werden sich diesen Gedanken nicht so leicht wieder aus dem Kopf schlagen. Selbst wenn sie unsere Spuren finden, werden sie niemals ahnen, wohin wir tatsächlich gehen.«

Saltbush Jack lachte in sich hinein. »Wenn sie sehen, daß wir nach Süden reiten, werden sie glauben, daß wir irgendwo zwischen Broome und Port Hedland an die Küste wollen, um uns dort ein Boot zu beschaffen.«

Reddy gähnte. »Jetzt befinden wir uns praktisch außer Gefahr. Am 11. werden wir gemütlich diese Fitzroy-Straße entlangreiten, von der du mir erzählt hast.«

»Aber wir müssen pünktlich sein, Reddy. Das Wasser muß niedrig stehen, damit Yatam an der Mole anlegen kann. Wenn das unmöglich ist, muß er draußen vor Cape Levique vor Anker gehen.« Er grinste. »Die Leute in Derby werden den Kopf schütteln, weil sie meinen, daß Yatam in dieser gefährlichen Zone nach Perlmuscheln sucht.«

Reddy erhob sich. »Ich werde mir jetzt ein bißchen die Füße vertreten.«

»Ich auch.« Doch Saltbush Jack stand nicht sofort auf. Sein Grinsen war erloschen, und ein Ausdruck von Unruhe lag in seinen Augen. »Reddy, es gibt da ein paar Dinge in deinem Plan, die mir nicht gefallen wollen. Erstens paßt es mir nicht, in Derby an dem Polizeiposten vorbeizureiten. Sie haben dort mein Bild.«

»Sei kein Narr. Mit diesem Bart wird dich niemand erkennen.«

»Schön.« Jack stand auf. »Aber angenommen, irgend jemand erkennt mich an der Figur? Vergiß nicht, daß ich früher einmal in Derby war.«

»Himmel – das ist doch schon Jahre her!« Reddy machte ein ungeduldiges Gesicht. »Manchmal kommst du mir wie ein Halbidiot vor.«

»Und dann noch etwas«, beharrte Jack. »Jeder einzelne von den hundertfünfzig Leuten, die es in Derby gibt, kennt den Buben des Sergeanten. Er braucht nur zu rufen oder sich auffallend zu benehmen, wenn ...«

Reddy lachte roh. »Die Sorge für unsere beiden Lebensversicherungen kannst du ruhig mir überlassen.«

Leise vor sich hinmurmelnd, verzog sich Saltbush Jack zu den Pferden, während sein Genosse munter zum anderen Ende des Teiches schritt.

Dave rückte näher zu Glen und flüsterte: »Hast du geschlafen?«

»Nein. Ich habe jedes Wort gehört, das sie sagten.«

Dave seufzte. »Hoffentlich finden die Tracker die Haare, die du hast fallen lassen.«

»Hast du's gesehen?«

»Ja, ich merkte, wie du den Hut zurückschobst, als wir oben auf dem Bergrücken waren.«

»Ich begann damit sogleich, nachdem wir nicht mehr nebeneinander ritten.«

Ein schwaches Lächeln spielte um Daves Mund. »Wenn das noch lange so weitergeht, hast du am Ende eine Glatze.« Mit einem nachdenklichen Ausdruck richtete er sich auf. »Es kann sein, daß die Tracker die Haare finden, aber ...«

»Aber was, Dave?« fragte Glen rasch.

Sein Vetter beugte sich zu ihm. »Ich kann mir nicht vorstellen, wie Dad oder sonst jemand auf den Gedanken kommen könnte, daß die Kerle nach Derby wollen. Dad wird glauben, sie haben die Richtung geändert, weil sie sich in die Enge getrieben fühlen – oder sich mit Tiger überworfen haben. Das wäre eine gewisse Erklärung für den weiten Kreis, den die Gangster beschreiben.«

»Aber wenn die Patrouille erst einmal unsere Spur gefunden hat ...«

»Sie werden vermuten, daß die Verbrecher zwischen Broome und Port Hedland ein kleines Boot auftreiben wollen. Dad wird über das Radio die Küste alarmieren.«

»Na, dann wird sie ja in Derby ein Empfangskomitee erwarten.«

Dave schüttelte den Kopf. »Kein Mensch wird annehmen, daß sie an einen Platz denken, wo es keinen Strand mit kleinen Booten gibt. Überleg dir doch, Dad hat keine Ahnung von dem Malaien, der eine Woche lang während der Ebbe seinen Kutter am Landungssteg festmacht.« Er stand auf und begann – verfolgt von Erdnuß' wachsamen Augen – ziellos auf und ab zu schlendern.

Kurz darauf fing er an, Blätter und Zweige aufzulesen. Glen wollte ihn gerade neugierig fragen, ob er ein Lagerfeuer anzuzünden gedenke, als er Reddy und Jack zurückkehren sah. Der große Buschklepper begann, über die Pferde zu jammern.

Reddy unterbrach ihn sogleich. »Bis zum Fitzroy müssen sie noch durchhalten. Dort kennt uns kein Mensch, und wir können auf jeder Station frische Gäule kaufen. Überfälle können wir uns keine mehr leisten. Dazu reicht die Zeit nicht mehr aus.«

»Das läßt du die dort besser nicht hören.« Saltbush Jack wies mit dem Kopf nach Tiger und Banane, die sich an fingerlangen Raupen und Honigtopfameisen gütlich taten. »Sie reden schon die ganze Zeit davon, mal wieder ein paar Rinder zu ergattern und sich neue Lubras zuzulegen. Das ist das einzige, was sie davon abhält, Schwierigkeiten zu machen. Sie schätzen es nicht, daß wir sie so nahe an die Zivilisation heranbringen.«

»Sehr viel näher werden sie nicht kommen, Jack. Sobald wir sicher sind, daß wir es ohne sie schaffen können . . .« Er unterbrach sich, als er die Zweige bemerkte, die Dave in der Nähe des Wasserlochs aufgehäuft hatte. »Was machst du denn da?«

Dave schaute auf. »Ich habe ein Lagerfeuer vorbereitet. Ich hätte Lust auf eine Tasse Tee.«

»Du wirst ohne Tee auskommen müssen. Wir reiten sofort weiter.«

Glen mußte immer von neuem den kleinen Reisighaufen betrachten. Noch nie vorher hatte Dave ein Feuer auf diese Weise angelegt. Es sah nicht nur unordentlich, es sah direkt blödsinnig aus. Plötzlich fiel ihm ein, daß das merkwürdige Arrangement eine Nachricht für die Patrouille bedeuten könne.

22

An der Stelle angelangt, wo die Spur sich teilte, war Sergeant Manleys erster Gedanke gewesen, die Tracker auf die Suche zu schicken. Er wußte, daß sie mit der Zeit ein Zeichen finden würden, an dem sich die Reiter erkennen ließen.

Doch jede Minute war wichtig. Und es konnten Stunden vergehen, ehe einer von ihnen einen Fingerzeig fand.

Wortlos stieg der Sergeant vom Pferd, um sich auf einem Felsblock niederzulassen. Mit gekreuzten Beinen, die Hände um das eine Knie geschlungen, schien er völlig in Gedanken versunken.

Endlich sagte Norton zu ihm: »Jim, es wird immer später. Mit jeder Sekunde, die wir länger hier verbringen, nimmt die Entfernung zwischen uns und der Bande zu. Die Tracker sollten mit der Suche beginnen.«

»Ich bin nicht so sicher, Tom. Wenn wir die beiden auf die Suche schicken, kann uns das einen ganzen Tag kosten. Und damit rechnen die Gangster wahrscheinlich.«

»Ja, aber woher wollen wir denn sonst wissen, bei welcher Gruppe die Buben sind? Das einzige, worauf wir uns verlassen können, ist, daß sie sich bei Reddy, Jack und Tiger befinden. Diese drei werden sich nicht trennen. Reddy ist kein Buschmann, und obwohl Saltbush Jack einer ist, kennt er sich doch in dieser Gegend nicht aus.«

Jim Manley warf einigen laut krächzenden Krähen, die ungeduldig darauf warteten, daß die Patrouille zu essen begann, um ein paar Krumen für sich zu ergattern, einen ärgerlichen Blick zu. »Tom, wir beide sind schon oft genug auf Patrouillenritten gewesen, um zu wissen, daß ein paar Minuten des Nachdenkens sich noch immer gelohnt haben. Ich bin nach wie vor der Meinung, daß wir, sofern wir uns nur gründlich mit diesen Spuren befassen, doch irgend etwas daraus erfahren können.«

Billabong Bill, den Sattelgurt seines Pferdes lockernd, nickte zustimmend. »Das glaube ich auch. In Gedanken habe ich mich an Saltbush Jacks Stelle versetzt. Wenn ich er wäre und mich in einer unbekannten Gegend befände, so würde ich auf dem schnellsten Weg hinauszukommen suchen.«

»Sie würden also nach Süden reiten?« fragte der Sergeant.

Der Dingojäger nickte. »Wenn ich nach Norden ginge, käme ich in ein verteufelt unwirtliches Land, wo ich für lange Zeit auf die Abos angewiesen wäre. Ich hätte keine Ahnung, wann es Tiger plötzlich einfallen könnte, in das Gebiet seines eigenen Stammes zurückzukehren. Saltbush Jack weiß, wie diese Schwarzen sind, die es immer wieder dorthin zieht, wo sie geboren wurden.«

»Das hat etwas für sich«, meinte Norton.

»Wenn sie jetzt aber nach Süden reiten, können sie in kürzester Zeit am Fitzroy sein. Sind sie erst einmal dort, brauchen sie Tiger nicht länger. Im Schafland ist es nicht mehr schwierig, wenn sie sich am Rand der Wüste halten. Sie können der Sonne bis zur Küste folgen. Und noch etwas.« Bill deutete auf die nach Süden führende Spur. »Leute wie wir hängen an ihren Pferden und geben sie nicht auf, wenn sie nicht unbedingt müssen. Aber so ein Lumpenkerl wird, wenn er sich verfolgt weiß, das letzte aus seinem Tier herausholen und sich darauf verlassen, daß er ja irgendwo wieder eins stehlen kann.«

Sergeant Manley stand auf und schnalzte mit den Fingern. »Das ist der springende Punkt. Nachdem Reddy und Jack bei der Trennung die Wahl hatten und es ihnen darum geht, so schnell wie möglich vorwärtszukommen, ist anzunehmen, daß sie die frischesten Tiere für sich beansprucht haben. Das sind diejenigen von Beetaloo.« Er rief den Trackern zu, die beiden Fährten nochmals zu untersuchen. Sie fanden sehr schnell heraus, daß die von Bullocky Todd gestohlenen Tiere den Weg nach Süden eingeschlagen hatten.

Sergeant Manley setzte den Fuß in den Steigbügel und war gerade dabei, sich in den Sattel zu schwingen, als Norton sagte: »Das kann ein schwerer Irrtum sein. Vielleicht haben sie damit gerechnet, daß wir zu dieser Schlußfolgerung kommen würden.«

Der Sergeant ließ den Fuß wieder sinken. »Du könntest recht haben, Tom. Wir sind während dieses Rittes schon öfter hinters Licht geführt worden.« Er betrachtete die westliche Spur, die nach ein paar Kilometern möglicherweise nach Norden umbiegen konnte. Zugegeben, es war eine wilde, unfruchtbare Gegend. Aber damit hatten die Verbrecher ja gerechnet. Weshalb hätten sie sonst in den Bergen gewartet, bis das nördliche Land ausgetrocknet war? Es war ein schwieriges und gefährliches Unterfangen, zur Timorsee zu gelangen, doch hatten die beiden Gauner erst einmal die Küste erreicht, so war das Spiel für sie gewonnen. Sie konnten das leicht zu kontrollierende Schafland vermeiden und auch die Nähe einer Stadt wie Broome, wo schließlich doch immer mit einer Patrouille zu rechnen war, die sie möglicherweise vom Meer abschneiden würde.

Norton trat an Manleys Seite. »Ich habe die ganze Zeit an alle die Überfälle gedacht, die Reddy und Jack verübten.«

»Du meinst, wie sorgfältig sie vorbereitet waren, Tom?«

»Ja. Und noch etwas anderes. Reddy hat sich bisher immer genau an seine Pläne gehalten. Er hat sich nie beirren lassen und nie seine Absichten geändert wie so viele andere Verbrecher. Ich habe den Eindruck, daß er bei seinem ersten Fluchtplan bleiben wird. Ich glaube, daß er auf dem Weg zur Collier Bay ist, womöglich noch weiter nördlich. Wenn ...«

In diesem Augenblick hörte man Wallaby Joe rufen. Jim Manley drehte sich um und sah den Tracker oben auf der steilen Südwand des Tals aufgeregt winken. Der Sergeant sprang auf sein Pferd und galoppierte hinauf. »Was ist?« fragte er.

Triumphierend sagte Wallaby Joe: »Haben lange Haare gefunden. Jungen Glen gehören.«

Mit einem tiefen Seufzer lehnte der Sergeant sich im Sattel zurück. Gleich Norton war er ebenfalls zum Schluß gekommen, daß Reddy und Jack den anderen Weg eingeschlagen hätten. Er wandte sich Norton zu, der ihm soeben nachgekommen war. »Was für ein Glück, Tom. Ich war gerade drauf und dran, in der anderen Richtung zu reiten. Wenn wir es getan hätten, hätten wir unseren Mißgriff vielleicht erst morgen entdeckt. Und dann hätten wir sie nicht mehr einholen können.«

»Glück?«, murmelte Norton. »Mir scheint ...«

Bandicoot, der inzwischen noch ein Stückchen weiter geschnuppert hatte, signalisierte von ungefähr zwanzig Metern weiter oben. Er rief, daß er ebenfalls ein paar Haare von Glen gefunden habe.

Eine grimmige Bewunderung zeigte sich auf Nortons Zügen. »Mir scheint, Glen besitzt mehr Verstand, als ich dachte.«

Nachdem die Patrouille das felsübersäte Hochland erreicht hatte, folgte sie in raschem Tempo der breiten Spur, bis die Dunkelheit sie zum Halten zwang. Sie rasteten, bis der Mond aufging, um dann sogleich weiterzureiten.

Gerade brach die Morgendämmerung an, als sie das Wasserloch erreichten, wo die Verbrecher gelagert hatten. Da die Spuren nicht verwischt waren, konnten die Tracker die Mitglieder der Partie feststellen und erklärten, daß sie nicht mehr als sechs Stunden Vorsprung vor der Patrouille hätten.

Sergeant Manley bemerkte, daß Wallaby Joe aufmerksam einen kleinen Reisighaufen studierte. Er wunderte sich, daß der Tracker sich so eingehend damit befaßte. Es schien nur ein Lagerfeuer zu sein, das man aus irgendeinem Grund nicht angezündet hatte.

»Was ist?« fragte er.

Wallaby Joe antwortete nicht sofort. Er wechselte auf die andere Seite hinüber, so, als wolle er die Zweige von einem geeigneteren Punkt aus betrachten. Endlich murmelte er: »Ich nicht wissen, was sagen.«

»Wieso?« fragte der Sergeant. »Einer der Bande hat anscheinend Tee kochen wollen, und Reddy hat es nicht erlaubt.«

Wallaby Joe grunzte: »Ich nicht so sicher sein.«

»Nun, was meinst du? Wer hat diese Zweige gesammelt?«

»Dave haben sie gesammelt.«

Manley zog die Brauen zusammen. »Dave? Bist du sicher?«

»Ich ganz sicher sein.« Wallaby Joe machte ein finsteres Gesicht. Er liebte es nicht, wenn seine Worte angezweifelt wurden. Er deutete auf Daves Zeichen, und Bandicoot nickte zustimmend. Aber was Wallaby Joe nicht verstehen konnte, war die Art, in der das Lagerfeuer angelegt war. »Dave ganz anders machen Feuer. Nicht wie dieses hier.«

»Er hat recht«, sagte Billabong Bill. »Wir wissen, wie Dave ein Feuer anlegt. Er schichtet es ordentlich auf. Nicht wie dieser schlampige Haufen – wo alles auseinanderfällt.«

Der Sergeant beugte sich über den kleinen Hügel und betrachtete ihn aufmerksam. Manche der Zweige waren wie ein Zelt aufgestellt, unter dem sich trockene Blätter befanden. Andere Stücke lagen alle auf einer Seite, als ob sie aufs Geratewohl hingeworfen worden wären. »Tom«, rief der Sergeant plötzlich, »sagt dir die Lage dieser Holzstücke nichts?«

»Es sieht so aus, als ob die dort drüben geknickt worden seien.«

»Natürlich sind sie geknickt«, rief Billabong Bill. »Für mich sieht es wie der Lauf des Fitzroy auf einer Landkarte aus.«

Während Bill noch sprach, hatte der Sergeant seine Karte hervorgeholt. Er breitete sie auf dem Boden aus und murmelte: »Wenn man es vergleicht, besteht sehr viel Ähnlichkeit.«

»Und die beiden Stecken dort drüben?« fragte der Polizist mit einer Mischung von Überraschung und Ungeduld, als er die beiden langen, dünnen Gerten betrachtete, die dicht nebeneinander lagen. »Was haben die zu bedeuten?«

»Sie scheinen nach Süden zu weisen«, murmelte Bill.

»Na«, sagte Norton mürrisch, »daß sie nach Süden reiten, wissen wir ja bereits. Und es ist ja klar, daß sie den Fitzroy kreuzen müssen, wenn sie an die Küste wollen. Wozu muß Dave uns das noch erzählen?«

»Das gilt es eben herauszufinden«, erwiderte Sergeant Manley trocken.

23

Zwei Tage lang waren die Verbrecher in scharfem Tempo geritten und hatten ihre Tiere unbarmherzig vorwärtsgetrieben. Am Ende des zweiten Tages hatten sie kurz vor der Dunkelheit an einem Felsvorsprung hoch oben im Oscar-Gebirge angehalten.

Glen stellte fest, daß man von dieser Stelle, zu der Tiger sie geführt hatte, das Land nach Süden und Westen kilometerweit überblicken konnte. Im rot überhauchten Westen dehnten sich das trokkene Grasland und die Pindanebene bis zu dem fernen Indischen Ozean. Tief unten im Flachland lag eine Viehstation, deren Gebäude wie Spielzeug aussahen. Im Süden, jenseits der schwarzen Granitspitzen, erstreckte sich ein grüner Baumgürtel, der den Lauf des Fitzroy Rivers bis zum King Sund kennzeichnete.

Reddy Evans schimpfte: »Von hier aus kann ich den Weg, den wir gekommen sind, nicht überblicken. Und ich bin keine Bergziege, daß ich noch höher da hinaufkraxeln kann. Sag Tiger . . .«

»Er ist gerade beim Essen«, unterbrach ihn Saltbush Jack.

Reddy schnaubte: »Er und die beiden andern schlagen sich die Bäuche voll mit dieser rohen Schlange. Nachher werden sie so überfressen sein, daß sie nicht mehr laufen können, geschweige denn klettern.«

»Reg dich nicht auf, Reddy. Das tun sie schon so seit ewiger Zeit. Bei den Abos gibt es so oft Hungertage, weil sie nur von dem leben, was sie auf ihren Wanderungen finden, so daß sie sich den Magen vollstopfen, wenn sie einmal ein größeres Tier erbeuten. Auf jeden Fall darfst du Tiger jetzt nicht stören. Er ist schon die ganzen letzten Tage gräßlich nervös. Mit deiner Angst vor der Patrouille hast du ihn richtig verrückt gemacht.«

Bald darauf erhob sich Tiger von seinem Mahl. Er winkte Erdnuß, und wortlos begannen sie auf die Felsnase hinaufzuklettern, die das Lager überragte. Dort ließen sie sich nieder.

»Schau doch«, sagte Jack, »er hat mehr Angst vor der Polizei als ich. Du siehst, er und die beiden anderen Abos werden heute nacht abwechselnd den Weg, den wir gekommen sind, überwachen. Ist erst einmal der Mond aufgegangen, können sie eine Mücke kilometerweit erkennen. Wenn die Patrouille sich also zeigen sollte, besteht noch immer die Möglichkeit, weiterzureiten. Aber sie wird sich nicht zeigen, Reddy. Wir können uns bestimmt bis zur Morgendämmerung Ruhe gönnen. Und dann werden wir uns zum Fluß aufmachen.«

»Und dazu brauchen wir keine Führer mehr.«

»Du willst die Abos also verabschieden, Reddy.«

»Warum nicht? Man sieht doch, daß es keine große Sache mehr ist, bis zum nächsten Hügelzug zu kommen. Dann müssen wir nur noch das Tal durchqueren und nach Süden an den Fluß.«

»Tiger wird wenig erbaut sein, wenn wir ihn jetzt im Stich lassen. Er glaubt, daß wir umkehren und wieder in die hohen Berge zurückgehen. Du weißt, was du ihm versprochen hast, als wir uns mit ihm vereinigten? Du sagtest, wir würden bei ihm bleiben, ihm bei seinen Überfällen helfen und gemeinsam mit ihm die Weißen aus dem Land vertreiben.«

Reddy grinste schief. »Damals brauchten wir ihn eben.«

»Ja, und wie steht's jetzt?« Saltbush Jack schaute zweifelnd zu dem grünen Gürtel, der den Flußlauf andeutete. »Wir müssen ungefähr acht Stunden rechnen, um dorthin zu kommen. Vielleicht kennt Tiger einen kürzeren Weg. Auf jeden Fall halte ich es nicht für richtig, ihn hier zu verabschieden. Ich denke ...«

»Hör mal«, unterbrach ihn Reddy scharf. »Überlaß das Denken ruhig mir. Und ich habe die letzten paar Tage genügend über diesen Buschtrick von dir nachgedacht – diese geteilte Fährte. Du bist so überzeugt, daß wir uns dadurch in Sicherheit befinden. Und ich bin ganz und gar nicht so durchdrungen davon. Nur Narren unterschätzen die Polizei. Wenn sich also dort hinten ein menschliches Wesen zeigen sollte, brechen wir auf.«

»Wenn sich dort jemand zeigen sollte«, erwiderte Saltbush Jack, »kann es nur ein Fallensteller oder ein Prospektor sein. Wir wissen ja, daß sich einige in der Gegend aufhalten.«

»Ganz egal! Sobald Tiger sieht, daß sich irgend etwas bewegt, brechen wir auf. Und zwar schleunigst.«

Dave beugte sich zu seinem Vetter und flüsterte: »Wenn sie heute nacht noch weiterreiten, werden sie entkommen.«

Glen nickte. Er wußte, selbst wenn die Patrouille dort, wo die Fährten sich trennten, nicht die geringste Zeit verloren haben sollte, waren die Verbrecher noch immer einige Stunden im Vorsprung. Er dachte an die geknickten Zweige und die beiden dünnen Gerten, die Dave am Wasserloch zurückgelassen hatte. Wahrscheinlich hatte der Sergeant die Botschaft richtig verstanden und wußte nun, daß Reddy und Jack die Absicht hatten, am 11. des Monats in Derby zu sein. Doch das würde alles nichts nützen, wenn Reddy sich jetzt entschloß, nur kurz hier zu lagern. Die Patrouille war noch zu weit entfernt. Und da die Verfolgung sich abseits von jeder Station zutrug, konnte Derby nicht durch das Radio alarmiert werden.

Auf die Station im Tal unten starrend, stieß Glen seinen Vetter an und flüsterte: »Dort ist eine Antenne!«

»Ich habe das gleiche gedacht«, erwiderte Dave leise. »Wenn alles gutgeht, ist Dad höchstens sieben oder acht Stunden von uns entfernt. Sobald er hier ist, kann er eine Nachricht durchgeben.« Er verstummte, da Tiger sich von der Felsnase herunterschwang.

Die Strahlen der untergehenden Sonne fielen auf den nackten Oberkörper des Abos, als er jetzt vor den Weißen stand. Bei seinem Anblick fühlte Glen etwas wie Bewunderung für den Munjonhäuptling, der den weißen Siedlern den Krieg erklärt hatte. Wohl war Tiger grausam, doch gleichzeitig war er aufrecht und tapfer. Das hatte Glen in den letzten Tagen gemerkt.

»Was ist?« fragte Saltbush Jack.

»Kommen Menschen.«

»Die Polizei?«

Tiger wußte es nicht. Weit im Norden hatten die letzten Sonnenstrahlen etwas aufglänzen lassen, das vielleicht Metall sein konnte. Außerdem hatte es einen merkwürdigen Staubwirbel gegeben. Vielleicht befand sich ein Jäger oder Prospektor dort draußen. Es konnte aber auch die Patrouille sei. Erdnuß hielt noch immer Wache. Mit einem schiefen Blick auf Reddy Evans fügte Tiger hinzu, daß, wenn es die Patrouille sei, und sie schnell reite, »sie hier sein, wenn Mond aufgegangen.«

»Es ist nicht die Patrouille«, sagte Saltbush Jack matt. »Die geteilte Fährte hält sie mindestens einen Tag lang auf.« Erbittert schaute er Reddy Evans an. »Tiger läßt sich von dir ins Bockshorn jagen, weil du dich wie ein altes Weib benimmst. Dieses ganze Getue, daß er den Weg beobachten soll.«

»Schon gut.« Reddy streckte sich und gähnte. »Tiger soll Erdnuß herunterrufen.«

Tiger tat es und schaute dann Reddy fragend an. Dieser grinste ihm zu und sagte, zu Jack gewandt: »Du kannst ihm versichern, daß ich genau weiß, daß es nicht die Patrouille ist.« Er tippte sich an die Stirn. »Daß ich es daher weiß.«

Als Reddy merkte, daß Tiger sich beruhigte, wurde sein Grinsen breiter. »Jack, er weiß, daß ich – obgleich ein Neuling im Busch – der einzige von euch allen bin, der Verstand hat.« Sich erhebend deutete er auf die Station hinunter, wo die Lichter aufzuflammen begannen.

»Wie heißt die Station?«

»Red Bull sein Name. Weißer Mann mit Herde nach Derby gegangen.«

Saltbush Jack sagte: »Tigers Meinung nach ist diese Red-Bull-Station gegenwärtig menschenleer bis auf ein paar Schwarze und einige Lubras.«

Reddy schien die Situation zu überdenken. Ein paar Sekunden später sagte er: »Tiger, wir brauchen Proviant und frische Pferde. Du weißt?«

Tigers Augen leuchteten. »Jetzt Überfall leicht. Holen viele Lubras zum Spuren verwischen.« Er fuhr fort und erklärte, daß sie nach dem Überfall wieder zurück in die hohen Berge wollten. Dort würde er seine Bande reorganisieren und weitere Überfälle auf die

Stationen im Landesinneren machen. Wenn sie ihr Hauptquartier ins wilde Nimmer-Nimmer verlegten, würde die Polizei nie im Leben einen von ihnen erwischen.

»Sicherlich«, meinte Reddy. »Jack, sag ihm, daß er eines Tages das Land wieder für sich allein haben wird.«

»Keine Weißen mehr.« Tiger nickte eifrig.

»So, und jetzt mach ihm folgendes klar«, wandte sich Reddy an seinen Genossen. »Er und seine Kameraden sollen dort hinunterreiten und die Station überfallen. Sie sollen alles kurz und klein schlagen. Vor allem das Pedalradio. So wie ich es in Blue Gum Downs gemacht habe. Und den Rest sollen sie in Brand stecken.«

»Ein Feuer – dort unten?« Saltbush Jack schien überrascht. »Das kann man ja meilenweit sehen.«

»Sag ihm«, fuhr Reddy fort, »das Feuer wird die Aufmerksamkeit der Patrouille erregen, falls sie in der Nähe sein sollte. Sie werden so schnell sie können dorthin reiten, weil sie glauben, uns alle dort zu erwischen. Dieser Sergeant wird niemals auf den Gedanken kommen, daß du und ich hier im Hinterhalt liegen, um sie zu überfallen.«

Saltbush Jack schluckte. Dann erklärte er Tiger Reddys Plan.

Wie Reddy Evans genau wußte, war Tigers Hirn nicht auf langes Vorausdenken eingestellt. Mit leuchtenden Augen erklärte der Häuptling seinen Genossen Erdnuß und Banane das Vorhaben. Er setzte ihnen auseinander, daß – während sie den Überfall auf die Station machten – die Weißen die Patrouille vernichten würden.

Als kurz darauf die drei Eingeborenen mit Speeren und Flinten bewaffnet den Abhang hinunterkletterten, begann Saltbush Jack unsicher an seinem Bart zu zupfen. Endlich sagte er: »Ich habe Tiger versichert, daß es ganz bestimmt nicht die Patrouille ist. Dann hast du gesagt, daß sie es vielleicht doch sein könnte und daß wir hierbleiben würden, um sie gebührend zu empfangen. Warum hast du das gesagt? Nur deswegen, weil du hier oben bleiben und dich ausruhen willst? Oder?«

Voller Geringschätzung antwortete Reddy: »Du bist genau so dumm wie diese Abos. Hast du denn nicht gemerkt, daß wir, sobald sie außer Sicht sind, von hier aufbrechen werden? Die Staubwolke, die Tiger sah, stammt selbstverständlich von der Patrouille. Darüber besteht kein Zweifel. Die Gäule von Beetaloo sind nichts wert gewesen. Wir haben nicht genügend Distanz zwischen uns und die Patrouille legen können. Du weißt deinen Kopf genausowenig zu gebrauchen wie Tiger. Sonst hättest du gemerkt, daß die Zeichen, die wir in den beiden letzten Tagen sahen, beweisen, daß die zwei Jäger und der Prospektor nach Westen ziehen.«

»Das stimmt.« Ein Ton von Panik kam in Jacks Stimme. »Dann ist es also wirklich die Patrouille. Und bei Mondaufgang sind sie da. Und was werden wir tun?«

»Hör auf, dich wie ein verängstigtes Karnickel zu benehmen«, sagte Reddy verächtlich. »Ich habe mir alles genau überlegt. Die Tracker werden gesehen haben, wie unsere Pferde gestolpert sind. Deshalb werden sie, sobald sie die brennende Station erblicken, überzeugt sein, daß wir einen Überfall machen, um uns frische Pferde zu beschaffen. Bis sie das Feuer gelöscht und die Abos gefesselt haben, sind wir schon längst über alle Berge.«

Jack atmete erleichtert auf und sagte: »Ich glaube, daß die Pferde, wenn wir ihnen nicht zuviel zumuten, durchhalten werden. Beim Anbruch der Morgendämmerung sollten wir den Fitzroy erreicht haben. Dort können wir uns dann frische besorgen.«

Reddy spähte in die Dunkelheit hinunter, in der Tiger mit seinen Munjons verschwunden war. »Vorwärts, wir wollen aufbrechen, Jack!«

24

In der Dämmerung passierte die Patrouille die erste Kette der Oscar-Berge. Sie galoppierten durch eine tiefe Schlucht, wo sechs Meter über ihnen noch das Strandgut alter Fluten in den Bäumen hing. Sie ritten auf dem vom Wasser ausgefressenen Pfad durch einen Tunnel von Gummibäumen mit senkrechtstehenden Blättern und dornigen Akazien – Formen, die die Natur erschuf, um der Bruthitze der Sonne zu widerstehen. Plötzlich gab Wallaby Joe ein Zeichen, langsamer zu reiten. Die Warnung kam zu spät. Schon hatten die Pferdehufe die weiche, puderähnliche Erde aufgewirbelt und die Reiter in eine Staubwolke gehüllt.

Sein Pferd zügelnd seufzte der Sergeant: »Wenn sie diesen Staub vom Paß aus sehen, werden sie sofort aufbrechen. In diesem Fall werden sie nicht warten, bis der Mond aufgegangen ist.«

»Das ist möglich«, meinte Bill. »Aber vielleicht denken sie nicht, daß es die Patrouille sein könnte. Als sie mit Dave und Glen weggritten, hatten sie einen Vorsprung von drei bis vier Stunden. Und ihre verwischte Spur sollte uns ihrer Meinung nach länger aufhalten, als sie es in Wirklichkeit tat. Dazu kommt noch die geteilte Fährte, von der sie sich auch mindestens einen Tag Zeitgewinn versprachen. Wahrscheinlich nehmen sie an, daß sie uns noch sehr weit voraus sind.«

Der Sergeant schüttelte den Kopf. »Reddy wird auf Nummer Sicher gehen.« Nun würde er seinen Plan nicht ausführen können. Es war ausgeschlossen, jetzt auf den Gipfel zu reiten und hinter dem Gipfel beim Abstieg kreisförmig auszuschwärmen, um irgendwo im Engpaß die Verbrecher abzufangen.

Als sie aus der Schlucht herauskamen, betrachtete der Sergeant die Spuren der Gangster – Hufspuren, die noch so frisch waren, daß der spät am Nachmittag aufgekommene Wind sie nicht verweht hatte. »Sie können höchstens zwei Stunden Vorsprung haben, Tom.«

»Wir sind ihnen tatsächlich auf den Fersen«, sagte Norton, während er stirnrunzelnd die Berge betrachtete, auf die sie zuritten. Diese Berge schauten aus, als ob ein Riese sich mit einem Messer ungeheure Brocken abgeschnitten hätte. Norton fuhr fort: »Auf dem Paß dort können wir Unannehmlichkeiten bekommen, Jim.«

»Wir wollen die Tracker vorausschicken, um die Lage zu erkunden. Doch ich glaube nicht, daß sie die Absicht haben, uns in einen Hinterhalt zu locken. Ich bin viel eher der Meinung, daß sie versuchen werden, uns so rasch wie möglich zu entkommen.«

»Das wäre ihnen auch längst gelungen«, sagte Bill, »wenn sie ihre Pferde besser behandelt hätten. Es war nicht klug von ihnen, daß sie es Tiger überlassen haben, das Tempo anzugeben. Diese Abos werden es nie begreifen, daß man nicht immer im gestreckten Galopp reiten darf, wenn man lange Strecken zu bewältigen hat, sondern daß man abwechseln muß.«

»Trotzdem können sie uns, selbst mit abgetriebenen Pferden, noch entkommen«, sagte der Sergeant grimmig. »Wir müssen die ganze Strecke bis zum Fitzroy im Schritt zurücklegen. Wenn sie also innerhalb der nächsten Stunde aufbrechen, werden wir sie nie mehr überholen können. Und wenn sie erst einmal den Fluß erreicht haben, ist eine Stunde Vorsprung vollständig genug. Das gibt ihnen Zeit, frische Pferde zu finden, den Fitzroy zu durchqueren und ins Schafland hineinzugaloppieren.«

»Der Küste entgegen«, vollendete Norton.

»Richtig«, stimmte ihm Manley bei. »Tom, du mußt hinunter zur Red Bull Station reiten und mit dem Pedalradio die Polizei alarmieren. Die ganze Küste von Broome bis Port Hedland muß bewacht werden.«

»Beinahe achthundert Kilometer«, sagte Bill. »Das ist eine verflixt lange Strecke für die paar Polizisten, die es dort gibt. Und dieser Reddy ist der reinste Floh. Kein Mensch weiß, wohin er springt.«

»Kein Mensch«, murmelte der Sergeant und wurde den Gedanken an den merkwürdigen Reisighaufen nicht los, den Dave in der Nähe des Wasserlochs aufgeschichtet hatte. Was hatte der Junge nur mit den zwei geraden Stecken und den geknickten Zweigen, die dem Lauf des Fitzroy glichen, gemeint? Vielleicht hatte Dave ihnen nur mitteilen wollen, daß die Verbrecher die Absicht hatten, nach Süden zu gehen. Beim Weiterreiten dachte Manley dauernd darüber nach.

Als sie sich zum Aufstieg auf die Paßhöhe anschickten, beschäftigte ihn das Rätsel der Zweige noch immer, und er hörte Billabong Bill und Norton, die Reddys nächsten Schachzug besprachen, nur mit halbem Ohr zu.

»Wir müssen uns damit abfinden«, erklärte Bill, »daß dieser Reddy schwieriger zu überlisten ist als der schlauste Dingo, Tom. Alles, was wir wissen, ist, daß er dort hinunter zur Küste will.«

»Und sogar das wissen wir nicht genau. Er kann noch einmal einen Haken schlagen und sich wieder nach Norden wenden, Bill.«

»Das halte ich für unwahrscheinlich. Jetzt, wo er so in der Nähe der Küste ist, kann er ja fast die Salzluft und damit auch die Freiheit riechen. Reddy ist zwar gescheit, aber schließlich ist er ja auch nur ein Mensch. Er wird sich bestimmt zum Meer durchschlagen wollen.«

»Ebensogut könnten sie auch wieder ein bißchen tiefer ins Land hineinreiten«, meinte der Polizist.

»Keine Angst. Die Wüste ist jetzt knochentrocken. Deshalb glaube ich, sobald sie den Fitzroy erreicht haben, werden sie sich frische Pferde beschaffen.« Bill brach ab. »Tom, haben Sie sich überlegt, daß sie sich womöglich auf der Red-Bull-Station Pferde geholt haben könnten?«

»Sie mögen den Gedanken vielleicht erwogen haben, aber mehr auch nicht«, sagte Norton überzeugt. »Überfälle brauchen Zeit, und dabei besteht auch immer die Gefahr, daß einmal eine Kugel trifft. Solange ihre Pferde sie noch über den Paß tragen können, werden sie weder Zeit verlieren noch ihr Leben riskieren wollen.«

Bandicoot, vorne an der Spitze, gab ihnen ein Zeichen, daß die Luft rein sei und daß sie schneller reiten könnten. Bill und der Polizist beendeten ihre Unterhaltung, und lange Zeit wurde das Schweigen nur durch die Laute einiger Nachtvögel unterbrochen, die durch das unheimliche Rufen einer Boobook-Eule aufgescheucht worden waren.

Als die Steigung so steil wurde, daß man nur noch im Schritt reiten konnte, sagte Billabong Bill zu dem Sergeanten: »Norton ist felsenfest überzeugt, daß sie nicht nach der Red-Bull-Station hinunter sind. Ich, für meinen Teil, möchte nicht darauf wetten.«

Jim Manley sagte gedehnt: »Es kommt mir doch auch ziemlich unwahrscheinlich vor. Ich sehe den Grund nicht ein, weshalb sie einen Überfall wagen sollten. Es hat doch keinen Sinn für sie, sich frische Pferde zu beschaffen, mit denen sie ja dann doch wieder auf den Paß zurück müssen, wo man sowieso nur im Schritt vorwärtskommt.«

»Das stimmt, Sergeant. Wie steht es aber mit dem Viehweg, der aus dem Tal hinausführt? Dort läßt es sich leicht reiten.«

»Richtig. Aber sie werden von Tiger erfahren haben, daß dieser Viehweg eine große Bumerangkurve bis zum Fitzroy beschreibt. Er würde sie – anstatt direkt nach Süden – zuerst nach Westen führen. Und wenn sie dann schließlich an den Fluß kämen, wären sie dreißig Kilometer näher bei Derby.«

»Und nachdem sie ein Boot auftreiben wollen, sind sie an Derby nicht sehr interessiert. Ich verstehe . . .« Bill nickte vor sich hin.

Nachdem Wallaby Joe ungefähr eine Viertelstunde vorausgeritten war, kehrte er zurück, um dem Sergeanten zu berichten: »Mich glauben, daß Bande fort ist.« Er zeigte nach oben und fügte hinzu, daß er Merkmale gefunden habe, die bewiesen, daß die Verbrecher vom Paß hinunter ins Tal geritten seien. Er konnte es nicht mit Bestimmtheit sagen. Der Mond stand noch zu wenig hoch, um genügend Licht zu verbreiten.

Norton spähte ins Tal und sagte: »Das scheint mir aber ein verteufelt großes Feuer für ein Corroboree, Jim.« Während er noch sprach, schlugen hohe Flammen empor.

»Das ist kein Lagerfeuer«, rief Billabong Bill. »Das ist die Station, die brennt. Und zwar sieht es aus, als ob sie an allen vier Ecken mit Kerosin angezündet worden wäre.«

Der Polizist murmelte: »Ich hätte nie gedacht, daß sie dort hinuntergehen würden. Selbst wenn ihre Pferde . . .«

»Vielleicht war ihnen weniger an den Pferden als am Pedalradio gelegen«, unterbrach ihn Bill.

Als sie, so schnell sie nur konnten, zur Station hinunterritten, überlegte sich Jim Manley, daß Bill recht haben könne. Reddy Evans hatte schon öfter bewiesen, daß er besonders vorsichtig war, wenn es sich um Radiogeräte handelte. Auf allen Stationen, die sie überfielen, hatte er sie zertrümmert. Und kaum, daß sie den südlichen Kurs eingeschlagen, hatte er Tiger veranlaßt, sie auf einen entlegenen Weg durch die Oscar-Berge zu führen.

›Vielleicht‹, dachte der Sergeant, ›hat Reddy noch immer nicht begriffen, daß die Dinge in Westaustralien ganz verschieden von Nordamerika sind.‹ Obgleich Saltbush Jack ihm bestimmt erzählt hatte, wie unerschlossen die Kimberleys noch immer waren, mochte es für einen Amerikaner doch schwer sein, sich das richtig vorzustellen. Wußte Reddy, daß in diesem riesigen Gebiet nicht eine einzige von Ingenieuren gebaute Straße existierte, die das ganze Jahr hindurch benutzbar war? Daß es, außer an der Küste, keine Stadt gab – nur verstreute Siedlungen und Stationen? Daß nicht eine Eisenbahnlinie das Land durchquerte? Daß die einzigen Bahnstrekken, die es gab, nur die Küstenstädte untereinander verbanden?

Nachdem Reddy Evans durch einen Teil der Kimberleys geritten war, hatte er selber erlebt, wie spärlich bevölkert die Gegend war. Allerdings hatte er riesige Rinder- und Schafherden gesehen und mußte erfahren haben, daß Derby der Ausfuhrplatz für diesen reichsten Distrikt des Landes war. Vielleicht wußte er jedoch nicht, daß der kleine Viehhafen nur eine Bevölkerung von nicht ganz zweihundert Menschen aufwies. Wobei Derby noch immer größer als Port Hedland war.

Broome hielt er wahrscheinlich für eine richtiggehende Stadt, weil schon so viel über diesen sonnendurchglühten Perlenhafen geschrieben worden war, mit seiner Kutterflottille, die von dort zum Perlmuschelfang ausfuhr. Vielleicht hatte er auch gehört, daß außer Perlmuscheln noch Vieh, Wolle und Häute dort verladen wurden und daß es an der langen Mole Platz für viele Schiffe gab. Doch die Zahl der weißen Einwohner lag unter dreihundert.

Natürlich bedeutete eine Radionachricht von Red Bull nach Broome schon ein klein wenig mehr als ein Schuß ins Dunkel. War die Polizei erst einmal alarmiert, würde sie Dampier Creek, wo viele Dampfer anlegten, bewachen und jeden kontrollieren, der einen Kutter zu kaufen oder zu mieten suchte. Aber trotz des Überfalls auf die Station im Tal würde bald genug eine Warnung Broome und Hedland erreichen. Am Fitzroy gab es verschiedene Stationen, und Reddy konnte kaum hoffen, jedes Radiogerät auf der ganzen Strecke zu zerstören.

Doch das war noch nicht alles, was der Sergeant sich überlegte. Saltbush Jack hatte ein oder zwei Jahre an der Küste zugebracht. Nachdem er früher schon einige Male mit dem Gesetz in Konflikt gekommen war, verstand er es wahrscheinlich, sich ein Boot zu beschaffen – entweder durch Diebstahl oder durch Verhandlungen mit einem dunklen Ehrenmann, den er aus seiner Vergangenheit kannte.

Nachdem der Sergeant dies alles eingehend erwogen hatte, kam er zu dem Schluß, daß das Pedalradio keinesfalls der Grund für den Überfall auf die Red-Bull-Station sein konnte. Als sie die Talsohle erreichten und auf die verlöschenden Flammen zuritten, überkam ihn eine seltsame Unsicherheit.

Sobald sie sich dem Paddock – der Pferdekoppel – näherten, verlangsamte Wallaby Joe sein Tempo. Nach rückwärts rufend, wies er auf die Weide.

Der Sergeant glaubte seinen Augen nicht zu trauen. Noch atemlos vom Galoppieren rief er: »Schau, Tom, sie sind noch hier! Sieben Pferde – angebunden. Sie auszusuchen und zu satteln, muß eine ganz schöne Zeit beansprucht haben.« Er winkte den Trackern. »Sucht überall! Findet heraus, wo die Bande steckt!« Im Weiterreiten glitten seine Augen über die schwelenden Gebäude.

»Wenn der Wind sich nicht gelegt hätte, wäre alles in Rauch

aufgegangen«, bemerkte Norton. Dann sah er, daß der Sergeant beunruhigt zu den Ställen und Remisen blickte. »Ich glaube kaum, daß Reddy die beiden Buben in einem der Wirtschaftsgebäude eingeschlossen hat. Wahrscheinlich hat er sie irgendwo draußen angebunden und gar nicht mit hierher genommen. Er hat sich bestimmt überlegt, daß sie während des Durcheinanders hier einen Fluchtversuch machen könnten.«

Der Sergeant nickte. »Ich nehme an, du hast recht.«

Jetzt mischte sich Billabong Bill ins Gespräch. »Ich glaube, daß jeden Augenblick einer von den Kerlen wegen der Pferde herauskommen kann. Jemand von uns sollte besser hierbleiben.«

»Es könnte sein, daß sie alle miteinander kommen«, meinte der Sergeant. »Das beste wäre, die Pferde wegzuschaffen. Wir wollen sie in den Stall dort drüben hinter der Scheune führen.«

Nachdem sie die Pferde weggebracht hatten, sagte Norton: »Hast du in die Scheune hineingeschaut, Jim? Sie haben eine Menge Segeltuch bereitgelegt, um ihre Beute einzupacken. Anscheinend haben sie sich reichlich Zeit zu dem Geschäft hier gelassen. Offenbar haben sie keine Ahnung, daß wir ihnen so dicht auf den Fersen sind.« Er hielt inne.

Bandicoot kam auf den Sergeanten zugerannt. Der Tracker sprach leise und eilte dann zu den Pferden.

Norton fragte: »Was hat er gesagt, Jim? Alles, was ich verstehen konnte, war ›Hütten‹.«

»Er sagte, daß er und Wallaby Joe alles kontrolliert hätten. Das ganze Anwesen ist ausgestorben, bis auf die Eingeborenenhütten, die dort hinter den Gummibäumen stehen.«

Die Behausungen der Abos wurden nicht nur von den Gummibäumen überragt, die am Ufer des nun ausgetrockneten Flußbettes wuchsen, sondern auch von einem gemauerten, drei Meter hohen Wassertank, der von einem Windmotor gespeist wurde. Der Sergeant und Bandicoot, denen der Polizist und Bill folgten, ritten darauf zu.

Gerade als sie der kleinen Hütten ansichtig wurden, die sich die Eingeborenen aus plattgehämmerten Benzinkanistern erbaut hatten, stieß Bandicoot einen Warnungsruf aus.

Der Tracker jagte voraus, um sich einen Augenblick später aus dem Sattel zu schwingen. Er war gerade dabei, sich auf ein schattenhaftes Etwas zu stürzen, als Sergeant Manley das unheimliche Schwirren eines geschleuderten Speeres vernahm.

Billabong Bill grunzte: »Das ist noch gut abgelaufen, Sergeant. Ein Glück, daß Bandicoot Augen hat wie eine Katze. Auf wem hockt er denn jetzt dort drüben?«

Es war Banane, den der Tracker auf dem Boden festhielt.

»Kannst du allein mit ihm fertig werden?« Sergeant Manley wendete sein Pferd. Ein schriller Jammerschrei war aus einer der Hütten gedrungen. Eine dunkle Gestalt zerrte eine Lubra aus der Tür: »Tiger!«

Tiger erblickte die Patrouille und stand einen Augenblick lang wie versteinert. Dann stieß er die Lubra zur Seite und verschwand blitzschnell im Gebüsch.

»Er wird zum Paddock rennen«, rief Norton. »Ich kümmere mich schon um ihn.«

Nachdem Tiger den Schutz der Bäume verlassen hatte, raste er auf die Scheune zu. Norton holte ihn ein und ließ sich direkt aus dem Sattel auf den hochgewachsenen Abo fallen.

Als Manley ihn erreichte, meinte Norton: »Er scheint für eine Weile außer Gefecht gesetzt. Inzwischen wollen wir dem wilden Mann einmal Handschellen anlegen.«

Während sie Tiger und Banane zum Sattelschuppen führten, trafen sie Bill, der Erdnuß vor sich hertrieb. Der Dingojäger erklärte: »Wallaby Joe möchte noch ein wenig herumschnüffeln und hat deshalb den Burschen hier mir übergeben.«

»Er scheint mir ziemlich kleinlaut zu sein«, meinte Bill.

»Er schätzt es nicht, wenn man ihm den Arm ausrenkt.«

Nachdem man den Gefangenen Handfesseln angelegt und sie mit Halseisen aneinandergekettet hatte, schwiegen sie noch immer verstockt. Es war nichts aus ihnen herauszubekommen. Und erst durch Wallaby Joe erfuhr der Sergeant, daß Reddy Evans und Saltbush Jack an dem Überfall nicht teilgenommen hatten.

»So steht die Sache also«, meinte Manley niedergeschlagen. »Reddy hatte für die Abos keine weitere Verwendung mehr und überredete sie deshalb zu diesem Blödsinn.« Er heftete seinen Blick auf Tiger. »Du genau wissen, was geschehen, nicht wahr?«

Der große Abo runzelte die Stirn, doch er schwieg noch immer. Banane murmelte zornig: »Dieser Reddy große Lüge gemacht.«

»Richtig«, sagte Norton. »Wahrscheinlich hat ihnen Reddy versprochen, den Paß zu bewachen, Jim. Deshalb haben sich die Kerle hier Zeit gelassen. Warum gibst du den Trackern nicht Auftrag, Banane auszufragen? Der Kerl ist so wütend, daß er wahrscheinlich mit der Sprache herausrücken wird.«

»Was kann er uns schon sagen?« fragte der Sergeant. »Reddy war ziemlich sicher, daß wir sie erwischen würden. Und deshalb ließ er sie bestimmt nicht wissen, was er als nächstes im Sinn hat.«

»Als nächstes wird er sich Pferde beschaffen, sobald er den Fitzroy erreicht hat«, sagte Bill.

»Und dann wird er so schnell wie möglich zur Küste vorstoßen«, fuhr Norton mit vor Ungeduld zitternder Stimme fort. »Irgendwo zwischen Broome und Wollal, vielleicht sogar so weit südlich wie Port Hedland, wird er versuchen, die Küste zu erreichen. So viel wissen wir bestimmt.«

Billabong Bill schnaubte. »Das ist nicht genug. Wir müssen erfahren, wohin er sich von hier aus wenden will. Ich glaube, das war es, was uns Dave mit seinen Stecken mitteilen wollte. Es könnte doch sein, daß er Reddy belauscht hat.«

»Und Reddy sagte, daß er nach Süden gehen will«, unterbrach ihn der Polizist. »Das ist alles. Dave ist ja schließlich noch ein halbes Kind und hat sich nicht vorstellen können, daß wir von selber auf den Gedanken gekommen sind. Deshalb hat er die Zweige so gelegt, daß sie den Fluß im Süden darstellen. Er kennt ja den Flußlauf genau, weil er schon ein paarmal mit seinem Vater die Fitzroy-Furt durchquert hat. Stimmt es, Jim?«

Der Sergeant nickte. »Er ist auch schon mit dem Auto in der Gegend gewesen. Und nachdem die Straße fast parallel zum Fluß verläuft, kennt er auch alle Windungen.« Scharf zog er den Atem ein. »Die Fitzroy-Straße – das ist, was Dave uns sagen wollte. Sie schlagen die Straße nach Derby ein!«

»Ausgeschlossen!« rief Norton. »Dann müßten sie ja direkt an der Polizeiwache vorüber.«

»Donnerwetter! Das wäre mal wieder ein echtes Reddy-Evans-Stück, Sergeant.« Der Dingojäger gestikulierte aufgeregt. »Kein Mensch wird auf die Idee kommen, daß er sich – frech wie Gassendreck – in Derby zeigen könnte.«

»Sie sind verrückt, Bill«, sagte der Polizist. »Derby wäre eine

Sackgasse für die beiden. Wenn Reddy je geglaubt haben sollte, daß Derby ein Hafen wie alle andern wäre, mit kleinen Booten, die auf dem Strand liegen oder im seichten Wasser verankert sind, dann wird ihm Jack inzwischen schon erklärt haben, wie es sich in Wirklichkeit mit Derby verhält. Jack weiß, wie schwierig es dort mit den Gezeiten ist. Er kennt den King-Sund und weiß, daß die Schiffe nur bei Ebbe herein können, um an der Mole anzulegen. Jack kennt schließlich die Küste.«

»Und auch ein paar von den Leuten dort«, fiel Manley ein. »Vielleicht hat er eine alte Bekanntschaft mit einem Schiffer aufgefrischt, der für einen Anteil an der Beute seinen Lugger nach Derby bringt.«

Norton schüttelte den Kopf. »Unmöglich. Reddy und Jack stekken doch schon seit Monaten im Busch. Wann hätten sie eine solche Verabredung treffen sollen?«

»Sie können ihren Plan schon vor langer Zeit ausgeheckt und vielleicht sogar ein bestimmtes Datum abgemacht haben.«

»Ein bestimmtes Datum?« fragte der Polizist ungläubig.

»Genau das. Erinnerst du dich an die beiden Gerten, die Dave an die eine Seite legte? Sie könnten den elften dieses Monats bedeuten, oder etwa nicht?«

Norton rieb sich das unrasierte Kinn. »Du magst recht haben, Jim.«

»Natürlich hat er recht!« Billabong Bills Stimme war ganz schrill vor Aufregung. »Jetzt haben wir sie in der Hand. Sobald Reddy den Fluß erblickte, glaubte er, die Abos nicht mehr zu brauchen. Er hatte nichts anderes mehr im Kopf, als sich eine Möglichkeit auszudenken, wie er sie loswerden könnte, und dabei muß er ganz vergessen haben, noch weitere Fragen an Tiger zu stellen.«

Sergeant Manley nickte. »Hätte Reddy etwas von dem Viehweg gewußt, der ihm ermöglicht, dreißig Kilometer näher an sein Ziel heranzukommen, so wäre er mit den anderen zur Red-Bull-Station geritten. Und dann – mit frischen Pferden – hätten er und Jack nach Derby hineingaloppieren können. Und wenn er Tiger und die Munjons veranlaßt hätte, die restlichen Pferde der Station mit in die Berge hinaufzunehmen, wäre er uns mit Leichtigkeit entkommen.«

Auf die Tür des Sattelschuppens zuschreitend, erklärte Manley:

»Es ist ein langer Weg, aber nicht schwierig. Wir kommen kilometerweit hinter dem Paß heraus und werden dort warten, bis Jack und Reddy auf der Fitzroy-Straße eintreffen. Dank Tiger sind die Pferde schon alle gesattelt.«

»Und wie steht es mit den Gefangenen?« fragte Norton. »Sie werden uns aufhalten.«

»Das ist deine Sache, Tom. Du mußt sie mit Bandicoot zusammen zur Fitzroy-Kreuzung bringen.«

25

Müde sank Glen aus dem Sattel, als es dämmerte und die Verbrecher auf einem Hügel, von dem aus man den Fitzroy überblicken konnte, ihre Pferde zügelten. Der Fluß bestand jetzt nur noch aus einer Reihe von lehmigen Wasserlöchern, die dicht mit Bäumen und Sträuchern bewachsen waren. Der Blick des Jungen wurde von einigen glänzenden Blechdächern angezogen, die keine zwei Kilometer entfernt zu sein schienen. »Ein Buschdorf«, dachte er müde. Seine Augen wanderten zum Flußufer zurück, wo ein Gewirr von Huf- und Wagenspuren zu erkennen war.

»Schau, dort ist die Straße«, sagte Saltbush Jack zu seinem Partner. »Eine Zeitlang dachte ich, wir würden es nicht packen. Aber jetzt haben wir diese Esel doch noch überlistet. Mit ein bißchen Glück können wir dort drüben in dem Buschdorf frische Pferde bekommen. Wenn nicht, muß es auch so weitergehen.«

Reddy spähte auf die Straße hinunter und sagte: »Es scheint, als ob man sie mit einem Auto befahren könnte.«

»Natürlich«, murmelte Jack, »um diese Jahreszeit verkehrt das Postauto regelmäßig. Und ein paar Stationen, die Kastenwagen besitzen . . .«

»Kastenwagen«, rief Reddy aus. »Willst du damit sagen, daß es hier in der Gegend Autos gibt?«

»Gewiß, warum fragst du?«

»Weshalb uns dann weiter Gedanken wegen der Pferde machen?« unterbrach ihn Reddy ungeduldig. »Ich ziehe ein Auto vor.«

»Einen noblen Rolls Royce wahrscheinlich«, brummte Saltbush

Jack. »Na, ich weiß nicht, wo und wie du zu einem kommen willst. Ich bin nie vorher hier gewesen. Alles, was ich weiß, ist, daß es am Fitzroy Stationen gibt und daß ein paar von ihnen Kastenwagen haben. Aber wo die stecken, weiß ich nicht.«

Ohne weiter darauf zu achten, wandte sich Reddy an Dave: »Paß auf, mein ursprünglicher Plan war, daß Jack und ich zu Pferd nach Derby hineinreiten würden. Weil das der letzte Platz ist, wo man uns zu sehen erwartet. Deshalb könnten wir dort ohne weiteres als zwei Erzsucher auftreten.« Er betonte das Wort zwei.

Dave sagte: »Sie hatten also nicht die Absicht, Glen und mich mitzunehmen?«

»Nein«, antwortete Reddy ausdruckslos, und seine Hand griff vielsagend nach der Pistole. »Es ist dir doch wohl klar, daß eure Gegenwart die Sache für uns außerordentlich komplizieren würde. Wenn du hier in der Gegend, wo dich jeder kennt, auftauchtest, wären wir unseres Lebens nicht mehr sicher. Sobald wir ein paar Viehtreiber treffen, könntest du uns mit einer Handbewegung an den Galgen liefern. Aber wenn du mit deinem Vetter auf dem Boden eines Kastenwagens liegst . . .«

»Hätten Glen und ich noch ein wenig länger zu leben«, vollendete Dave ruhig.

»Ein wenig länger bestimmt«, antwortete Reddy. »Wenn alles gutgeht, werden Jack und ich euch lebendig im Auto zurücklassen. Es wird nicht sehr bequem sein, gefesselt und geknebelt dort zu liegen. Immerhin . . .« Er machte eine kleine Handbewegung. »Auf jeden Fall, mein Vorschlag ist folgender: Nachdem du dich hier auskennst, wirst du uns sagen können, wo wir ein Auto finden.« Er schaute Dave erwartungsvoll an.

Dave sagte nichts.

Reddy runzelte die Stirn. »Hör mir gut zu: das Auto ist nicht so wichtig. Wir können uns Pferde beschaffen und doch noch rechtzeitig nach Derby kommen, um eine Verabredung einzuhalten. Ich gebe dir die Gelegenheit, dein und deines Vetters Leben zu retten, aus zweierlei Gründen, von denen aber keiner ausschlaggebend ist. Erstens, weil meinem Hasenfuß von Partner anscheinend sehr viel daran liegt. Und zweitens, weil ich das Reiten satt habe. Das war bis jetzt der längste Ritt meines Lebens. Ich denke, du verstehst mich. Nun?«

Der junge Australier sagte: »In Stanwood Downs haben sie einen Kastenwagen. Die Station liegt ungefähr fünf Kilometer von dem Dorf dort unten entfernt.«

Die eisigen Augen auf Dave geheftet, erwiderte Reddy: »Ich nehme an, daß du die Wahrheit sagst. Trotzdem werde ich mich zuerst vergewissern.«

»Wie willst du das machen?« fragte Saltbush Jack.

»Ich gehe ins Dorf.« Reddy wies hinunter. »Ich habe noch nie einen Buschladenbesitzer getroffen, der keine Schwatzbase gewesen wäre. Ich werde schon alles erfahren, was ich wissen will.« Er ritt ihnen voran zum Fluß hinunter, wo er dem dicken Buschklepper unter den Bäumen zu warten befahl. »Behalte die beiden Burschen im Auge, Jack.«

An einen Baum gelehnt, beobachtete Jack, wie sein Spießgeselle zur Straße zurückritt. »Macht mir keine Geschichten, ihr Buben«, warnte er und fingerte an seinem Revolver. »Reddy brächte mich um, wenn ihr mir durchgehen würdet – speziell du.« Mit einer Kopfbewegung wies er auf Glen. »Er hat die Absicht, sich an dich zu klammern, wenn wir noch in letzter Minute unsere Pläne ändern müßten. Dich kennt in Derby niemand, und deshalb könntest du mit uns kommen, wenn wir schließlich doch noch reiten müßten. Bei deinem Vetter steht die Sache anders.«

Als er den Ausdruck auf Glens Zügen sah, seufzte Saltbush Jack tief. »Mir gefällt es genausowenig. Und es ist auch nicht meine Idee. Aber ich kann es nicht ändern. Es war ein Unglückstag, als ich mich mit Reddy einließ.« Er schüttelte seinen Zottelkopf. »Natürlich bin ich auch kein Heiliger gewesen. Ein kleiner Gauner war ich schon immer. Bis ich dann in Targoola auf Reddy Evans stieß. Ein Schuft ist dieser Kerl. Wir drehten immer stärkere und stärkere Stücke. Aber Rinder und Schafe zu stehlen, war ihm nicht gut genug. Es dauerte nicht lange, bis er zu anderem überging. Und zum Schluß hat er diesen Bahningenieur umgelegt.«

Seine Stimme, der man die Gewissensbisse anmerkte, erweckte in Glen einen Hoffnungsschimmer. »Warum trennen Sie sich nicht von ihm, Jack?«

»Zu spät. Wenn man sich mit einem Schuft wie Reddy einläßt, ist es, wie wenn man in einen Sumpf gerät. Man kommt nicht wieder frei.«

»Aber Sie könnten es doch noch immer versuchen, oder nicht?«

»Und eine Kugel durch den Kopf bekommen? Er ist schnell mit seiner Pistole bei der Hand. In den Vereinigten Staaten nannten sie ihn den gefährlichsten Burschen, den es je gab.«

»Das stimmt nicht, Jack. Er ist nur ein windiger, kleiner Schwindler gewesen. Sergeant Manley hat sein Dossier gesehen.«

»Schau her«, sagte Jack bestimmt, »ich weiß das alles ganz genau. Reddy legt einen Menschen um, ohne sich mehr Gedanken zu machen, wie wenn er eine Laus knickt.« Als er sah, daß Glen etwas erwidern wollte, fuhr er fort: »Jetzt ist genug geschwätzt. Setz dich hin und halt den Mund!«

Das Schweigen wurde erst unterbrochen, als Reddy aus dem Buschdorf zurückkehrte. »Nun?« fragte Jack, als Reddy zwischen den Bäumen auftauchte.

Reddy wies mit dem Kopf auf Dave und erwiderte: »Er hat die Wahrheit gesagt. Es gibt in Stanwood Downs einen Wagen. Und das Beste an der Sache ist, daß der Besitzer, der Withers heißt, sich gerade in Derby aufhält. Wir haben es nur mit seiner Frau und ein paar Schwarzen zu tun.« Während er sprach, beobachtete er Dave aus den Augenwinkeln. Als er den erschrockenen Ausdruck auf dem Gesicht des Jungen sah, lächelte er dünn. »Frau Withers wird nichts passieren, junger Mann – wenn du dich richtig verhältst.«

Es war nicht weit nach Stanwood Downs, doch die müden Pferde brauchten mehr als eine halbe Stunde. Als sie sich der Station näherten, trafen sie ein paar Schwarze, die im Gemüsegarten und im Hühnerhof arbeiteten und ihnen freundlich zuwinkten. Das weißgestrichene Wohnhaus lag in einem blühenden Garten, der voller Kakadus war, und Glen sah eine Lubra, die ein Paar große, graue Bowervögel mit Küchenabfällen fütterte. Kaum erblickte sie die Reiter, so drehte sie sich um und rief etwas ins Haus hinein. Kurz darauf kam eine grauhaarige Frau auf die Veranda. Bei Daves Anblick rief sie erfreut: »Hallo, das ist ja Sergeant Manleys Junge.«

Reddy war abgestiegen. Sich höflich verneigend sagte er: »Richtig, Frau Withers, es ist Dave mit seinem Vetter Glen Hamilton aus Amerika.« Sich selber stellte er als John Field vor. Er sei Prospektor, wie auch sein Freund Sam Flynn – er wies auf Saltbush Jack. »Wir arbeiteten in den Kimberleys, als wir Sergeant Manleys

Patrouille trafen. Sie sind hinter einem wilden Abo und einigen weißen Buschkleppern her.«

»Ich habe schon davon gehört«, erwiderte Frau Withers. »Unsere Knechte haben schon vor ein paar Tagen allerhand Rauchgeschwätz über diese Verbrecher aufgefangen. Hat der Sergeant sie erwischt?«

»Noch nicht«, antwortete Reddy. »Aber er hofft, daß es nicht mehr lange dauert. In der Zwischenzeit wollte er einen Spezialbericht nach Derby senden. Etwas, was er nicht über das Pedalradio weitergeben kann. Als er uns traf, trug er daher Dave auf, es auszurichten, und bat uns, die beiden Jungen zurückzubringen.«

Frau Withers Blick war auf die Pferde gefallen. »Sie müssen einen anstrengenden Ritt hinter sich haben. Während Sie mit mir frühstücken, können die Knechte sich um Ihre Pferde kümmern.«

»Ein Frühstück wäre natürlich fein. Aber es ist wichtig, daß wir Derby rasch erreichen, denn Dave muß seine Botschaft so schnell wie möglich bestellen. Deshalb sind wir hierher zu Ihnen gekommen. Dave meinte, Sie würden uns vielleicht Ihren Wagen leihen.«

»Selbstverständlich können Sie ihn haben«, sagte Frau Withers. »Sie können ihn in Derby lassen, und mein Mann bringt ihn dann zurück. Er steht drüben in der Scheune.« Sie unterbrach sich und runzelte die Stirn. »Ach, ich habe ganz vergessen, daß am linken Vorderrad der Reifen platt ist. Sie müssen das Rad auswechseln.«

»Schon recht, schon recht«, sagte Reddy. »Gehen Sie nur wieder hinein und lassen Sie sich nicht stören. Sam und ich werden unser Zeug in den Wagen laden, während die Buben das Rad wechseln.«

Dave schaute seinen Vetter an. Glen wußte, was er dachte. Er erinnerte sich, was Dave, als sie durch den Paß ritten, geflüstert hatte: »Wenn die Staubwolke, die Tiger sah, von der Patrouille stammte, dann kann Reddys Plan schiefgehen. Es gibt einen Viehweg, der aus Red Bull hinausführt. Er macht einen großen Bogen und trifft dann auf die Fitzroy-Straße – weit hinter dem Punkt, wo wir herauskommen. Vielleicht wartet die Patrouille dort schon auf uns.«

Allerdings würde der Sergeant Reiter und kein Auto erwarten, das so schnell an ihnen vorüberflitzte, daß er gar keine Zeit hatte, zu erkennen, wer drinnen saß. War der Wagen erst einmal vorbei, so vermochten die Pferde nicht mehr, ihn einzuholen. Dies war der

Grund, weshalb Dave so bedrückt gewesen war, als Reddys niederträchtiges Ultimatum ihn dazu zwang, das Witherssche Auto zu erwähnen.

Aber jetzt, seit Reddy den Buben befohlen hatte, das Rad zu wechseln, leuchtete wieder Hoffnung aus seinen Augen. Glen merkte, daß Dave überzeugt davon war, daß sein Vetter ein Auto ebenso schnell gebrauchsunfähig machen wie wieder instandsetzen könne.

›Und ich kann es auch‹, sagte er zu sich selbst. Ein paar unbeobachtete Augenblicke waren alles, was er brauchte. Als er mit Dave zusammen auf die Scheune zuging, erwog er, den Vergaser so einzustellen, daß die Zündkerzen so rasch wie möglich verrußten, damit der Motor nicht mehr anspringen konnte. Wenn er Zeit genug fände, wollte er sogar die Kerzen herausnehmen und dafür sorgen, daß es mit dem Verrußen noch schneller ging. Aber nein – damit war ja noch gar nichts gewonnen, daß der Wagen nicht mehr weiterfahren konnte, ehe sie die Kreuzung, wo die Patrouille auf sie wartete, erreichten. In diesem Falle würde Reddy Evans sich nach Pferden umschauen – nach zwei oder vielleicht auch drei, aber nicht nach vier Pferden. Reddy würde es nicht riskieren, daß Dave womöglich einen Bekannten traf.

Glen biß sich auf die Lippen. Wenn er nur mit Dave sprechen könnte, um zu erfahren, wie weit die Stelle, wo der Viehweg in die Fitzroy-Straße mündete, von hier entfernt war. Aber vielleicht – überlegte er, als sie die Scheune betraten – war es gar nicht klug, alles so genau berechnen zu wollen. Das Wichtigste war, daß das Auto irgendwo, ein paar Kilometer vor Derby, nicht mehr weiter konnte. Dann – wenn die Patrouille ihnen folgte ... Ja, so würde es klappen.

In der düsteren Scheune dauerte es eine Weile, bis Glen sich an das Dämmerlicht gewöhnt und den Werkzeugkasten gefunden hatte. Er würde unter den Wagen kriechen und ein paar Schrauben lockern. Auf der schlechten Straße konnte es nicht lange dauern, bis ...

»Hör auf zu träumen«, sagte Reddy scharf. »Vorwärts, hilf Dave, das Rad auswechseln.«

Es ließ sich nicht verkennen, daß Reddy auf der Hut war. Er überließ es Jack, die Gewehre und die Proviantsäcke von den Pferden in das Auto umzuladen. Der Radwechsel war eine Sache, die er selber zu überwachen gedachte.

Es konnte gar nicht die Rede davon sein, unter den Wagen zu kriechen oder den Vergaser zu öffnen. Glen ballte die Fäuste.

Dave schaute ihn mit einem verzweifelten Ausdruck an. »Laß es mich machen, Glen. Du bist ja todmüde.«

Glen erwiderte nichts. Er trat näher an den alten Dodge heran, um ihn kritisch zu betrachten, wobei er feststellte, daß Reddy kein Auge von Dave ließ, der sich über das Vorderrad beugte.

Glen kauerte sich neben Dave und langte nach einem Schraubenschlüssel. Als er ihn aufnehmen wollte, entglitt er ungeschickterweise seinen Fingern. »Dave«, rief er, »es tut mir leid!«

»Was ist los?« fragte Reddy.

»Der Schraubenschlüssel ist mir ausgerutscht und ausgerechnet auf Daves Hand gefallen.« Er wandte sich zu seinem Vetter. »Hoffentlich ist nichts gebrochen?«

»Ich ... ich weiß nicht.« Mit schmerzverzerrtem Gesicht griff Dave mit der linken Hand nach den Fingern der rechten. »Ich fürchte, du mußt jetzt selber das Rad wegnehmen und die Arbeit beenden.«

»Haltet keine langen Reden«, sagte Reddy ungeduldig. »Macht, daß ihr fertig werdet!«

Als Glen nach dem heruntergefallenen Schraubenschlüssel griff, hörte er seinen Vetter zu Reddy sagen: »Haben Sie etwas dagegen, wenn ich mir bei Frau Withers etwas Heftpflaster hole?«

»Und ob ich etwas dagegen habe«, erwiderte Reddy grob. »Ich kann mir vorstellen, was du im Sinn führst. Du willst dafür sorgen, daß die Alte mit dem Radio Derby alarmiert. Das könnte dir so passen. Du bleibst hier.« Stirnrunzelnd wandte er sich an Glen. »Mach vorwärts!«

»Noch nicht fertig?« fragte Saltbush Jack, als er mit den Gewehren und Säcken beladen in die Scheune trat.

»Es dauert nicht mehr lange«, sagte Glen. »Nur noch ein paar Minuten.«

Aber es vergingen mehr als zehn Minuten, bis Reddy die Station verlassen konnte. Gleich darauf bog er in die Fitzroy-Straße ein. Langsam gewann der alte Dodge an Geschwindigkeit, während Reddy auf Derby und das Meer zusteuerte.

26

Sergeant Manley verließ die Red-Bull-Station mit Billabong Bill und Wallaby Joe, um im gestreckten Galopp über den Viehweg zu reiten. Eine halbe Stunde zuvor war er noch völlig erschöpft gewesen. Jetzt – bei dem Gedanken, daß er vielleicht doch Sieger bleiben würde – fühlte er seine Kräfte zurückkehren. Es würde später Nachmittag werden, bis Reddy über den schwierigen Paß den Fitzroy erreichen konnte. Und dann würden die Verbrecher noch Zeit damit verlieren, sich Pferde zu beschaffen.

›Wahrscheinlich werden sie im Dorf nach Pferden fragen‹, dachte der Sergeant. ›Das können sie ohne weiteres tun. Jeder Mensch denkt, daß die Buschklepper sich noch immer im Nordwesten aufhalten.‹

Während er durch das Tal galoppierte, sah der Sergeant in Gedanken die Gegend vor sich, wo der Viehweg in die Fitzroy-Straße mündete. Ganz in der Nähe gab es eine breite, hufeisenförmige Kurve, wo ein kleines Gehölz gute Deckung versprach.

›Dort werden wir auf sie warten‹, sagte sich der Sergeant. ›Und diesmal werden sie uns nicht entkommen – und wenn sie die besten Rennpferde auf der Erde besäßen.‹

Es mußte ein Überraschungsangriff werden. Wenn Reddy und Jack nicht plötzlich überrumpelt würden, kam es womöglich zu einer Schießerei, wobei den Buben etwas passieren konnte. Mit zusammengebissenen Zähnen sagte sich der Sergeant wieder und wieder, daß Dave und Glen noch am Leben und unversehrt seien. Solange sie wertvolle Geiseln darstellten, würde Reddy ihnen bestimmt kein Härchen krümmen. Das sagte einem doch der gesunde Menschenverstand. Oder nicht? War vielleicht nur sein Wunsch der Vater des Gedankens?

Das silberne Grau der Dämmerung war den ersten Strahlen der Morgensonne gewichen, als der Sergeant sein schaumbedecktes Pferd in Schritt fallen ließ und zu Billabong Bill sagte: »Keine fünfzehn Kilometer mehr. Ich bin sicher, daß wir rechtzeitig dort sind, aber . . .«

Beruhigend sagte der Dingojäger: »Machen Sie sich keine Sorgen, Sergeant. Reddy wird glauben, daß wir die Verfolgung aufgegeben haben. Sicher nimmt er an, daß wir zur nächsten Station geritten sind, um von dort aus die Polizei zu alarmieren, damit sie die Küste in der Umgebung von Broome überwacht.«

»Ich glaube auch, daß er annimmt, jetzt in Sicherheit zu sein. Und doch ...« Sergeant Manleys Stimme verriet seine innere Unruhe. Er verfiel in nachdenkliches Schweigen und starrte zu dem grünen Saum von Bäumen und Sträuchern hinüber, der die Nähe des Flusses kennzeichnete.

Sie ritten über das Ufer mit seinen vielen Huf- und Räderspuren und dann in das dichte Gebüsch, ganz nah bei der Hufeisen-Kurve. Als der Sergeant und Bill ihre Pferde festbanden, hob Wallaby Joe den Kopf und lauschte. Eine halbe Minute später verkündete er: »Kein Mensch unterwegs.«

Dann trottete der Tracker auf die Straße hinaus und prüfte sorgfältig alle Zeichen. Sich aufrichtend sagte er, daß in den letzten Stunden keinerlei Verkehr nach Derby hinein stattgefunden habe.

Billabong Bill grinste breit. »Jetzt können Sie aufatmen, Sergeant. Das einzige, was uns die Sache noch hätte verderben können, ist, daß Reddy schon vor unserer Ankunft hier vorbeigekommen wäre.«

»Ich bin nicht so sicher, Bill. Reddy könnte seinen Plan nochmals geändert haben. Oder vielleicht haben wir Daves Botschaft doch falsch verstanden. Reddy hat uns schon oft hereingelegt.«

Die Gewehre schußbereit, hielten sie sich im Dickicht verborgen.

Auf die Straße hinausspähend, meinte Bill: »Das ist ein guter Platz hier, Sergeant. Wir können sie um die Kurve biegen sehen, wenn sie noch mindestens fünfzehn oder zwanzig Meter entfernt sind.«

Plötzlich sagte Wallaby Joe: »Jetzt Auto kommen.«

»Flußabwärts?« fragte der Sergeant.

Der Tracker nickte. Erst einige Sekunden später vernahm auch der Sergeant das Geräusch des nahenden Wagens.

»Es könnte ein Kastenwagen von einer der umliegenden Stationen sein«, meinte Bill. »Oder vielleicht ein Aufseher oder Quellbohrer, der von Wyndham kommt – jetzt, wo die Straße befahrbar ist. Es könnte sogar ein Dingojäger sein. Ich kenne einen, der seine Pferde und Maultiere aufgegeben hat. Wer weiß, bald wird es vielleicht ein paar hundert Autos in den Kimberleys geben.«

Beim ersten Blick auf den Wagen rief der Sergeant aus: »Hallo, das ist doch Henry Withers' Dodge. Aber das kann nicht Henry sein. Der würde niemals ein solches Tempo fahren.«

Knatternd erreichte das Auto die Stelle, wo die Beobachter sich verbargen. Vor der Kurve nahm der rotbärtige Fahrer ein wenig Gas weg.

»Reddy Evans«, rief der Sergeant heiser.

Gleichzeitig rissen er und Bill die Büchse an die Wange, um auf die Hinterräder zu zielen. Dann ließen sie wortlos – ohne einen Schuß – die Gewehre wieder sinken, denn der Wagen war schon um die Kurve gebogen und ihren Blicken entschwunden.

Manley rannte zu seinem Pferd, über die Schulter zurückrufend: »Vielleicht können wir ihnen an der nächsten Kurve den Weg abschneiden.«

Während er durch die Büsche preschte und sich seinen Weg durch die Schlingpflanzen bahnte, dachte der Sergeant an das flüchtige Bild, das er von dem Fahrer hatte erhaschen können. Es war Reddy Evans gewesen – ganz bestimmt. Er schien sich von Saltbush Jack getrennt zu haben. Was aber war aus Dave und Glen geworden?«

Durch die Lianen behindert, erreichten die Verfolger die Straße erst, als der Dodge schon um die nächste Kurve bog. Obgleich sie in der Staubwolke hinterhergaloppierten, hegte Jim Manley keine Hoffnung, Henry Withers' alten, doch zuverlässigen Wagen noch überholen zu können. Er gedachte, jetzt so schnell wie möglich zu der nächsten Viehstation zu reiten, um Derby zu alarmieren. Vielleicht daß . . .«

Mit plötzlichem Entsetzen merkte er, daß es kein Vielleicht mehr gab. Reddy Evans hatte trotz allem gewonnen. Die Patrouille war in rasender Eile über den langen Viehweg geritten, und die erschöpften Pferde konnten die vielen Kilometer bis zur nächsten Station nicht mehr im gleichen Tempo bewältigen. Es würde Stunden dauern, bis man Derby durch das Radio anrufen konnte. Das Auto würde die Stadt schon lange vorher passiert haben. Reddy Evans würde hinaus in den King Sund segeln und zusammen mit seiner Beute das Wissen mitnehmen, was mit den beiden Buben geschehen war.

Von einer kleinen Anhöhe aus konnte der Sergeant die lange, gerade Strecke der Straße überblicken. Er sah, daß der Kastenwagen in etwas mehr als einer Minute einen Vorsprung von über einem Kilometer gewonnen hatte.

Da rief Wallaby Joe: »Wagen sein krank geworden.«

»Er hat recht«, bestätigte Bill. »Es sieht aus, als ob Reddy die Hände vom Steuer genommen hätte. Nein, das linke Vorderrad ist abgesprungen!«

Sergeant Manley sah, wie der Wagen ins Schleudern geriet und wie betrunken auf das Flußufer zutaumelte, um sich dann, nach einem verzweifelten Ruck, zu überschlagen und ins Flußbett hinunterzurutschen.

Als die Patrouille die Unfallstelle erreichte, stellten die Männer fest, daß der Sturz des Autos auf halber Höhe der Böschung von einem buschigen Cadjuputbaum aufgehalten worden war. Sie sprangen von ihren Pferden und rannten auf den mit dem Verdeck nach unten liegenden Wagen zu, dessen restliche drei Räder sich noch immer in der Luft drehten.

Reddy Evans hatte es fertiggebracht, die Tür zu öffnen und ins Freie zu kriechen. Gerade als er sich aufrichtete, gewahrte er den Sergeanten. Ein ungläubiger, glasiger Blick trat in seine Augen, dann fuhr seine Hand zur Pistole.

»Hände hoch, Reddy«, brüllte der Sergeant. »Das Spiel ist aus.«

Als der Buschklepper die Pistole des Sergeanten und die beiden auf ihn gerichteten Gewehre seiner Begleiter sah, hob er langsam die Hände über den Kopf.

»Wo sind die Buben?« Sergeant Manley trat näher an den rotbärtigen Gangster heran und legte ihm Handschellen an.

Reddy Evans Bestürzung machte einem Ausdruck der Verschlagenheit Platz. »Die Buben? Saltbush Jack hat sich ihrer angenommen. Wenn Sie die beiden noch einmal sehen wollen . . .«

»Hör auf, Reddy, es hat keinen Sinn.« Saltbush Jack kam aus dem Cadjuputbusch hervorgekrochen. »Wir können's aufstecken.« Er wandte sich zu dem Sergeanten. »Die beiden Buben lagen mit mir zusammen auf dem Boden unter einer Zeltplane versteckt. Wir flogen alle drei heraus, als der Wagen sich überschlug.«

»Idiot!« Reddy Evans warf seinem Partner einen vernichtenden Blick zu.

Billabong Bill rief: »Das sind sie, Sergeant!«

Glen und Dave kletterten die Böschung herauf. Auf den müden, staubigen Gesichtern lag das glücklichste Lächeln, das der alte Dingojäger je gesehen hatte. Die Jagd durch die wilden Kimberleys war zu Ende.

27

Derby war voller Leben. »Es ist nicht mehr die kleine, verschlafene Stadt«, dachte Glen, als er aus dem Fenster der Polizeiwache schaute. Er sah die Viehherden, die sich vom Landesinnern hereinwälzten – ein breiter, brauner Strom, gelenkt von den Rufen der Treiber. Sie zogen zum King Sund hinunter und auf die lange Mole hinaus, von wo die Viehtransporter sie nach Freemantle im Süden des Landes brachten.

»Was für eine Unmenge«, sagte Glen zu seinem Vetter. »Heute sind es viel mehr als gestern.«

»Und morgen werden es noch mehr sein. Es fängt ja gerade erst an und dauert noch Wochen. Manche Stationen liegen tausend und mehr Kilometer von hier entfernt.« Dave schaute auf die Rinder und fuhr verträumt fort: »Eines Tages werde ich meine eigene Station besitzen, und dann werde ich auch meine Herde nach Derby treiben.«

»Wann glaubst du, daß du die Station bekommen wirst, Dave?«

»Schon bald.« Der junge Australier lächelte. »Es sind noch weite Strecken Kronland zu haben. Das Gesetz gibt mir die Möglichkeit, 400 000 Hektar zu pachten, und während der ersten fünf Jahre müßte ich nur einen nominellen Pachtzins – ein paar Shilling – entrichten. Es wird allerdings noch eine Weile dauern, bis ich meine Herde nach Derby treiben kann. Wenn ich das Land erst einmal habe, will ich für den Anfang Erdnüsse pflanzen, um möglichst rasch zu einem kleinen Kapital zu kommen. Und Schafe will ich auch züchten. Es wird viel und schwere Arbeit geben, aber es ist das Leben, das ich mir wünsche. Und was hast du für Zukunftspläne, Glen?«

»Das habe ich mir noch nie überlegt«, gestand sein Vetter. »Wenn ich ehrlich sein soll, habe ich mir, bis ich hierher nach Australien kam, noch nie über etwas Gedanken gemacht.«

Cocky, der Kakadu der Polizeiwache, flatterte auf Daves Schulter. Die kleinen Augen auf Glen geheftet, krächzte er: »New Chum! New Chum!«

»Ein kluger Kerl«, sagte Glen mit einem kläglichen Grinsen. »Er sieht, daß ich ein Neuling bin. Ich wollte, ich könnte noch eine Zeitlang hierbleiben.«

»Und warum tust du's nicht?« fragte Dave. »Du hast doch gesagt, daß du erst im September wieder zur Schule mußt.« Er hielt inne. »Ihr habt eigentlich schrecklich lange Ferien in Amerika.«

»Im allgemeinen nicht.« Glen senkte die Augen und fuhr betreten fort: »Ich habe nämlich nur so lange Ferien, weil ... ich aus der Schule geflogen bin. Ich fuhr mit meinem Wagen über das Lieblings-Tulpenbeet unseres Direktors. Ich hatte schon vorher allerlei Unfug gestiftet. Aber das schlug dem Faß den Boden aus. Sie hatten gründlich genug von mir. Genauso wie dein Vater und du genug von mir haben.«

Dave warf ihm einen langen Blick zu. Dann ging er zur Tür, die in seines Vaters Büro führte. Leise klopfte er an und sagte: »Dad, hättest du eine Minute Zeit für mich?«

Sergeant Manley rief: »Ich komme gleich, Dave. Tom Norton hat gerade seinen Bericht beendet und will jetzt heimreiten.« Die Tür öffnete sich.

Als die beiden Polizisten zu ihnen traten, sagte Dave: »Glen meinte gerade, daß wir ihn satt hätten.«

Norton räusperte sich. Glen, der sein steinernes Gesicht sah, machte sich auf ein paar bittere, aber ehrliche Bemerkungen gefaßt. Aber der Polizist sagte: »Wie kommst du auf die Idee, Glen? Vor allen Dingen sind wir dir von Herzen dankbar. Wenn du nicht beim Radwechsel die Schrauben gelockert hättest, säßen die Burschen jetzt nicht im Gefängnis, um auf ihr Urteil zu warten.«

»Das war kein Kunststück«, unterbrach ihn Glen. »Aber wenn Dave nicht die Idee mit dem Reisig gehabt hätte, wären Sie nie auf die Fitzroy-Straße gekommen. Und wenn er nicht so schnell kapiert und vorgegeben hätte, daß er die Hand nicht mehr gebrauchen könne, hätte ich mit dem besten Willen nichts auszurichten vermocht.«

Langsam verbreitete sich ein Lächeln auf Nortons harten Zügen. Und als er jetzt wieder sprach, zwinkerte er mit seinen scharfen

Augen. »Dann wollen wir also nicht weiter von Dankbarkeit reden und nur ganz einfach sagen: wir mögen dich alle gern.«

Sie mochten ihn wirklich! Plötzlich spürte Glen ein seltsames, wunderbares Gefühl. Ein Gedanke flog ihm durch den Kopf: ›Ich glaube nicht, daß mich außer meinen Eltern jemals ein Mensch wirklich mochte. Ich habe nie gedacht, daß es ein Unterschied ist, ob einen die Leute gernhaben oder nicht. Aber es ist einer.‹

Dave sagte: »Dad, erzähl doch Glen von dem Brief, den du von Scotty Marsh erhalten hast.«

Der Sergeant nickte. »Ja, Glen, Scotty ist schon wieder auf den Beinen; er ist sogar bereits nach Blue Gum Downs unterwegs. Er hat noch immer den größten Teil seiner Herde zu mustern und braucht noch Treiber. Er schreibt, daß er gern einen so tüchtigen Burschen wie Glen Hamilton anstellen würde, von dem Billabong Bill so viel erzählt.«

»Du glaubst ... ich ...«, stammelte Glen.

Sergeant Manley grinste. »Nächste Woche muß ich mit meiner regulären Patrouille beginnen. Dave kommt bis Blue Gum Downs mit, wo er für Scotty arbeiten wird. Wenn du ebenfalls eine Stelle dort haben willst ...«

»Natürlich will ich!« rief Glen. »Und ob ich will. Das gibt mir die Gelegenheit, mehr über dieses Land und die Viehzucht zu erfahren, und ...« Er hielt inne. Der Kakadu war auf seine Schulter geflogen.

»Good feller cobber«, krächzte er. »Good feller cobber.«

Goldmann JUGEND Taschenbücher

Aufruhr am Silbersee. Ein Mann kämpft gegen das große Fischsterben. Von Edward C. Janes. Band Ju 78. DM 4.–

Große Verantwortung erhält Ben Colton. Er soll die Ursachen des großen Fischsterbens in den Seen Nordamerikas erforschen. Jeder ist gegen ihn. Doch harte Arbeit und die Aufdeckung einer Falschmünzerbande bringen ihm den Sieg im Kampf gegen die Umwelt.

Für Knaben von 12 bis 15 Jahren.

Drachen, Schlangen, Ungeheuer. Von Untieren zu Wasser und zu Lande erzählt Horst Künnemann. Mit 59 Bildern. Band Ju 50. DM 3.–

Berichte aus alten Chroniken, Geschichten von Land und See oder einfach faustdickes Seemannsgarn – aus all dem entstanden die unglaublichsten, faszinierendsten Erzählungen um Drachen, Seeschlangen und andere schreckliche Ungeheuer.

Für Knaben und Mädchen von 12 bis 15 Jahren.

Schwarzes Schaf im Kloster. Respektlose Streiche einer Schülerin. Von Jane Trahey. 17 Abb. Band Ju 4. DM 3.–

Die Klosterschule St. Markus wird durch einen Störenfried entweiht: Die zwölfjährige Jane, unerschöpflich im Aushecken dummer Streiche, bringt die ehrwürdigen Nonnen völlig aus der Fassung. Ein Buch, das nur absoluten Musterkindern keinen Spaß machen wird!

Für Knaben und Mädchen von 12 bis 15 Jahren.

WILHELM GOLDMANN VERLAG MÜNCHEN

Weitere Jugendbücher

AUDREY LOUSADA

Wilddiebe in der Serengeti

Für die Jugend ab 11 Jahren. 2. Auflage. 148 Seiten. Gebunden, mit Schutzumschlag.

Nach allerhand Abenteuern auf einer »harmlosen« Insel dürfen Peter, Penny und Nick ihre Väter auf einer Expedition gegen Wilddiebe in der Serengeti begleiten. Was für die Kinder erst nach einem netten Ausflug aussieht, wird plötzlich zur nervenkitzelnden, drohenden Gefahr . . .

WINIFRED FINLAY

Das Rätsel vom Kielderstein

178 Seiten. Gebunden, mit Schutzumschlag.

Ein aufregendes Geheimnis umgibt Ethelinda March, die vor mehr als hundert Jahren, an einem Sommertag des Jahres 1848, spurlos verschwand. Die Zwillinge Jane und Simon machen sich auf, das Rätsel um ihre Verwandte Ethelinda zu lüften. Was sie dabei erleben, ist abenteuerlich, lustig und voller Überraschungen.

ERIKA ZIEGLER-STEGE

Ich kenn' die Welt von ihrer schönen Seite

Ein Roman für junge Mädchen. 2. Auflage. 180 Seiten. Gebunden, mit Schutzumschlag.

Im Mittelpunkt steht eine sympathische Tierarztfamilie, deren älteste Tochter, Irmi, inmitten dieses fröhlichen Kreises als verschlossen und gequält erscheint. Onkel Frank zieht als Gast ins Haus ein und bringt für Irmi die schönste Ablenkung mit, die man sich denken kann: Islandpferde.

Verehrter Leser,
senden Sie bitte diese Karte ausgefüllt an den Verlag. Sie erhalten kostenlos unsere Verlagsverzeichnisse zugestellt.

WILHELM GOLDMANN VERLAG · 8 MÜNCHEN 80

Bitte hier abschneiden

Diese Karte entnahm ich dem Buch

Kritik + Anregungen

Ich wünsche die kostenlose und unverbindliche Zusendung des Verlagskataloges und laufende Unterrichtung über die Neuerscheinungen des Wilhelm Goldmann Verlages.

Name

Beruf Ort

Straße

Ich empfehle, den Katalog auch an die nachstehende Adresse zu senden:

Name

Beruf Ort

Straße